서역기행

서역기행

이수웅

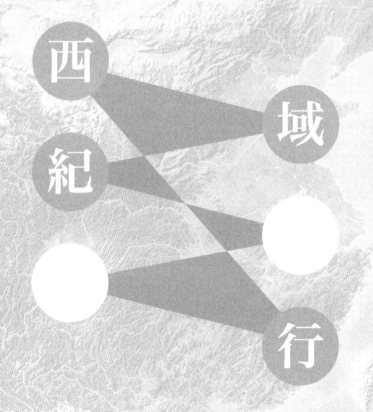

學古房

　　중국의 기련산(祈連山)은 감숙, 청해 변경에 걸쳐 누워있다. 옛 흉노 사람들은 하늘을 '기련'이라고 불렀는데, 높은 산봉우리들이 구름 속으로 솟구쳐 그런 이름을 얻었다. 해발 5천 m가 넘는 천산과 함께, 산정은 하얗게 만년설을 이고 있다. 여기에서 녹아내린 물이 땅속으로 달려오다가 돈황으로 흘러들고, 풀이 자라 녹지를 형성함으로써 이곳은 자연히 유목민족의 생활의 각축장이 되었다. 엎치락뒤치락 전쟁은 끊일 날이 없었다. 한무제는 흉노를 공격하여, 돈황은 물론 하서(河西)의 땅을 모두 정벌하였다. 이곳에 무위(武威), 주천(酒泉), 장액(張掖), 돈황(敦煌)의 4군을 설치함으로, 이때부터 '돈황'이라는 새 이름을 얻고 역사적으로 중요한 의미의 발전을 하였다. 하서4군을 설치함으로 강(羌), 흉노의 연합을 막을 수 있었을 뿐만 아니라, 서역으로의 통로가 활짝 열림으로써 동서문화의 교류가 활발해졌고, 이곳을 오가는 상인들의 낙타행렬이 끊이지 않았다. 그리하여 돈황은 자연히 동서문화의 찬란한 꽃을 피우게 되었다. 불교는 서역 통로가 개통되기 이전에도 이미 파미르 고원 동쪽의 여러 나라에 들어와 활발히 전파되었고, 내륙으로 통하는 길이 트이자, 조심스레 안으로 발걸음을 옮겨왔다. "한무제가 향을 피우고, 예불을 하였다"라는 기록은 믿기 어려우나, 당시 상황을 미루어 보면, 불교는 이미 대중 속에 자리 잡기 시작하여, 빠른 속도로 내지로 전파 된 것으로 보인다. 건원 2년, 즉 서기 366년 어느 해질 무렵이었다. 중 낙준(樂樽)은 자기 키 보다 훨씬 큰 지팡이를 짚고 터벅터벅 걸어서 삼위산(三危山)자락에 이르렀다. 모래산은 온통 황금으로 덮인 듯 금빛이 찬란하여, 눈이 부셨다. 머리를 들어 산을 바라보니, 1천 개의 황금 불상을 아로새겨놓고 있었다. 낙준이 다시 눈을 비비고 크게 떴을 때, 햇빛은 모든 금불상을 거두어가며 모래산을 넘어가기 시작하였다. 참으로 기이하고 황홀하였다. 낙준은 생각 끝에 이곳에 불굴 한 개를 뚫어, 불상을 안치하고 예불을 드리기 시작하였다. 그로부터 시작, 당나라 때에는 불굴이 무려 1천 개가 넘었으며, 불교의 성지가 되었다. 지금은 492개가 남아 있을 뿐이다. 불교뿐만 아니라 실크로드를 통하여 각종의 종교가 수입이 되고, 또 수출이 되고, 따라서 동서 여러 나라의 문화가 만나고 융화하여, 기이하고 찬란한 문화의 꽃을 피우게 되었다.

이 기행문은 1990년 8월, 1992년 8월, 2000년 8월, 세 차례의 서역여행을 비롯한 1991년 8월 동정호 여행 등 네 차례의 여행을 하며, 틈나는 대로 써두었던 여행기를 묶은 것이다. 서역(西域)의 문학 기행이라고 할 수 있다. 그러나 이 글은 여행의 년도에 의한 배열이 아니라, 제1, 2부는 서쪽으로부터 동쪽으로 만리장성을 따라서 내려오며 쓴 글이고, 제3부는 서안(西安)으로부터 시작하여 양자강을 따라 동정호에 이르는 기행을 곁들여 실었다.

목차

제1부

제2부

제3부

제 1부

1

우루무치烏魯木齊로

외로운 임칙서의 동상

2000년 8월이었다.

한국돈황학회 20여명의 회원들은 돈황을 가기위하여 먼저 우루무치로 향하였다. 국제돈황학회에 참가하기 위해서였다. 1천여 명의 국제학자들이 참가하는 대형의 학술대회였다. 나는 〈돈황강창문과 심청가의 관계〉라는 논문을 발표하기로 일정이 잡혀 있었다.

나로서는 세 번째의 돈황을 가기 위한 여정이었다. 우선 홍산공원(紅山公園), 그리고 신강박물관, 천산천지, 감이정(坎而井, 카얼징, 뚫은 우물), 남산목장, 소금호수, 등을 둘러보고자 하는 일정이었다. 기차로의 긴 시간의 여행으로 피로하여 좀 쉬어야 하겠기에 일찍이 잠자리에 들었다. 다음 날의 아침이 밝았다. 우선 우리는 우루무치의 아침시장을 구경나갔다. 위글 상인들의 하얀 모자가 날려 떨어질 것 같아서 마음이 불안하였다. 만두도 사먹고, 화미과 등 과일도 샀다. 그렇게 시장을 걸어 나왔다. 그리고 다시 차에 올라 홍산공원을 향하였다. 입구에 이르렀다. 가장먼저 임칙서(林則徐, 1785-1850)의 동상이 우리를 맞이하였다. 임칙서는 27세에 과거에 합격하여 진사가 되었다. 그 후 여러 지방관으로 일하면서 역량을 발휘하였다. 1837년에는 호광총독으로 임명되었는데, 당시의 관내의 아편의 피해가 참으로 심각하였으나, 이를 해결할 근본적인 해결책을 내놓지 못하였다. 이에 청 도광(道光)황제는 임칙서를 흠차대신(欽差大臣)으로 임명하고, 아편의 수입을 막고 사회적인 아편

임칙서의 동상

중독의 폐해를 구제 할 것을 명하였다. 모두알고 있듯이 당시 영국은 중국으로부터 차(茶), 도자기, 실크를 주로 수입하여 갔을 뿐만 아니라, 그 대금을 주로 아편으로 값하는 실정이었다. 줄어드는 국고도 문제였으나 국민들의 아편중독의 피해는 더욱더 심각한 문제였다. 아편 중독으로 죽은 시체가 가을의 낙엽처럼 거리에 나뒹굴었다. 하지만 중·영 양국의 상인들의 농간과 관리들의 유착으로 아편의 수입은 근절 되지 않았다.

그러므로 흠차대신 임칙서는 마침내는 차를 넘겨주고 받은 아편 몇 만 상자를 몰수하여 바다에 폐기하였다. 결국은 이 사건으로 아편전쟁은 일어났다. 전쟁은 영국의 승리로 끝났고, 남경조약을 체결하게 되었던 것이다. 홍콩을 할양하였다. 전쟁사에서 이만큼 더러운 역사도 없을 것이다. 이에 대한 책임을 물어, 임칙서는 신강(新疆)의 총독으로 우루무치로 좌천을 하였던 것이다. 이 곳 에서도 임칙서는 많은 인민을 위한 일들을 실행함으로써 인민들로부터 칭송은 물론 추앙을 받게 되었다. 그리하여 임칙서를 기념하는 기념비가 공원 입구에 세워 졌고, 지금 우리를 맞이하고 있는 것이다.

우루무치공원

미소를 짓고 있는 소녀의 미라

공원을 한 바퀴 돌아 신강박물관을 찾았다. 1층은 위글족, 카자흐족, 타지크족, 몽골족 등의 관혼상제, 종교, 음식, 복식을 다채롭게 전시하고 있다. 이밖에도 실크로드에서 출토된 많은 문물을 소개하고 있다. 2층으로 올라가니 특히 미라가 눈길을 끌었다. 이집트의 미라와 달리, 매장한 시신이 비가 잘 내리지 않는 건조한 날씨 때문에 자연적으로 수분이 증발하여 이루어진 미라들이었다. 10구가 넘는 미라들이 매장당시의 그 모습대로 전시되고 있었다. 이를 건시(乾屍)라고 한다. 이들 건시가운데에는 3800여 년 전의, 지금은 사막의 모래에 파묻혀 없어진, 누란(樓蘭)왕국의 '잠자는 미녀'라고 불리는, 한 소녀의 미라는 세계적으로도 유명하기도 하다. 미소를 띠고 있는 것 같은 모습이 아름답기까지 하다. 또 그녀가 입고 있는 매미 날개처럼 몸에 붙어있는 실크의 치마 깃의 조각은, 당시의 직조기술의 정도를 보여주고 있다. 감탄하지 않을 수 없다. 장사(長沙)의 마왕퇴(馬王堆)에서 출토된 여인이 입고 있던 실크 투피스의 무게가 겨우 200그람 밖에 되지 않은 것을 보고 감탄한 적이 있었는데, 다시 한 번 놀라지 않을 수 없었다. 이어서 우리는 남산목장으로 가 말도 타며 여유를 즐겼다. 카얼징(坎而井, 뚫은 우물), 소금호수를 둘러보고 호텔로 돌아와 하루를 마무리하였다. 다음날의 여정을 위하여 모두들 일찍이 잠자리에 들었다.

서왕모西王母의 요지瑤池

날이 밝았다. 서둘러 천산(天山)으로 향하였다. 멀리 설산(雪山)이 보이는가하면, 가까이 깎아지른 것 같은, 바위산에 하얗게 붙어있는 양들의 모습이 참으로 기이하고 놀라웠다. 힘이 부친 듯이 버스는 산 고개 길을 올랐다. 버스에서 내리니 기대했던 천산의 천지(天池)가 눈앞에 시원스레 나타났다. 고문헌에서는 요지(瑤池)라고 하였다.

천산(天山) 천지(天池)(2000.8)

불사약(不死藥)의 신인 서왕모(西王母)는 곤륜산(崑崙山)에 살고 있는 모든 여신들의 수령인데, 이곳으로 와서 목욕을 하였다고 하는 전설이 서려 있는 곳이다. 우리일행은 조그만 배에 끼리끼리 나누어 타고 바람을 가르며 천지를 한 바퀴를 돌아 나오니, 어느새 카자흐족 소녀들이 기념품을 사달라고 우리를 둘러섰다. 사기도하고, 안사기도 하고, 사진을 찍기도 하고, 사진을 안 찍기도 하였다. 그리고 근처의 카자흐족의 빠오를 방문하였다. 겉으로 보기보다는 공간이 넓고 화려하였다. 둘러서고 둘러 앉아 따뜻한 산양차를 마시며, 이들의 생활에 대하여 많은 이야기를 주고받았다. 그들은 그들의 고유한 민속춤을 추어보였다. 끝내는 우리와 서툴고 서툰 브루스를 추듯이 어우러져 춤을 한바탕 추었다. 그러다보니 시간에 쫓기게 되어 서둘러 다시 우루무지로 돌아왔다. 호텔을 나와 돈황으로 가기위하여 기차역으로 향하였다. 유원역(柳園驛)에 내리니, 이미 우리를 돈황으로 태우고 갈 버스가 기다리고 있었다. 고마웠다. 날씨가 참으로 더웠으나, 다행히 냉방버스여서 안심하고 버스에 올랐다. 한 시간이상을 달려 돈황 명사산(鳴沙山) 호텔에 짐을 풀 수 있었다.

다음날, 막고굴 광장에서 돈황국제학술대회의 개막식을 시작으로, 일주일동안의 논문 발표와 토론이 이루어졌다. 분과별로 이루어졌다. 나는 문학분과로 앞에서 말한 바와 같이 '돈황강창문학과 심청가와의 관계'를 발표하였다.

하루의 일정이 끝나고 돈황빈관에서 만찬이 성대하게 열리었다. 마시고, 먹고, 떠들었다. 더러는 주기가 돌기도하였다. 그러니 자연히 분위기가 달아올랐다. 그러나 밤이 깊어감으로 각각 호텔로 돌아가고, 돌아가려고 자리를 뜨기도 하였다. 자리를 같이 하였던 중국 남경 사범대학의 역사학과 교수인 유진보(劉進寶)교수가 자신의 저서인

〈돈황학술론(敦煌學述論)〉를 건네주었다. 그는 이 책에서 한국의 돈황학의 발전을 자세히 기술하였다. 몇 년 뒤 한국에서는 이 책이 번역 출간되었다. 연세대학교 전인초(全寅初) 교수에 의하여 번역이 되어 학계에 큰 공헌을 하였다. 며칠의 일정을 소화하고, 나는 대회가 끝나기 하루 전에 영하(寧夏)의 은천(銀川)으로 향하였다.

2

돈황敦煌으로

멀고 먼 돈황敦煌

1990년 8월.

북경에서 직선거리로 만 리가 넘는 참으로 먼 길이었다. 돈황의 밤거리는 적막할 정도로 조용했다. 콩알만 한 별들이 유난히 초롱초롱한 밤하늘을 보니 불현듯 어릴 적 고향의 하늘이 떠올랐다. 그렇게 덥다더니 오히려 바람이 서늘하여 상쾌하게 느껴지기까지 했다.

아무래도 먼 길에 지쳐서인지 일찍 잠자리에 들게 되었다. 오랫동안의 준비를 하고 찾아온 막고굴(莫高窟)이 내일이면 현실로 눈앞에 모습을 드러낼 것이기에 자못 흥분을 금하지 못하고 뒤척이다 한 밤을 보냈다.

기련산(祈連山)은 8백 km나 뻗어나 감숙 청해 변경을 걸쳐 누워 있었다. 돈황 경내의 삼위산(三危山)과 명사산(鳴沙山)은 그 지맥이다. 옛날의 흉노족은 하늘을 기련이라고 불렀다. 깎아지른 듯한 산봉우리들이 구름 속으로 솟구쳐 그 이름을 얻게 된 것이다. 해발 5천 m 이상 되는 산꼭대기는 만년설로 덮여 있었고 여기서 녹아내린 물이 모래 속으로 스며들어 돈황으로 흘러나오기 때문에 사막 가운데

녹지를 형성하게 되었다. 따라서 이곳은 옛날부터 소수민족의 유목생활의 터전이 되었다. 맨 처음 묘려족이 정착을 하였다. 그들은 전쟁에 패해 순임금 때에 내륙에서 축출되어 옮겨왔다. 하·은·주 시대에는 강. 융이 이 땅을 차지하였으나 진나라 때에는 월지의 소유가 되었다. 한나라 초기에 흉노는 월지를 공격하여 물리쳤고 혼야왕의 영지로 예속되었다. 따라서 중원과의 접촉이 빈번하였다. 전쟁이 끊어질 날이 거의 없었으며 한 나라는 수십만의 병력을 동원 전면적인 공격을 하였다. 기원전 129년(한무제)의 일이었다.

전쟁은 기원전 121년에 한나라의 승리로 끝났고, 혼야왕은 그의 무리 4만 명을 이끌고 투항하였다. 이리하여 한 나라는 돈황은 물론 하서의 땅을 모두 차지하게 되었다.

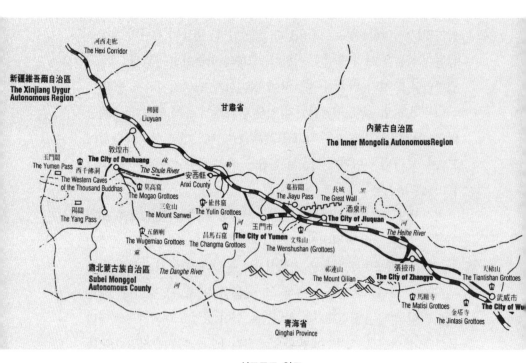

실크로드 약도

한 무제는 이곳에 무위, 주천, 장액, 돈황의 4군을 설치하여 다스렸다. 하지만 당시에는 돈황보다는 삼위, 과주, 사주 등으로 불려졌다. 삼위는 삼위산이 있기 때문이었다. 과주(瓜州)는 향이 짙고 맛이 좋은 과일이 많이 생산되었고 사주(沙州)는 온통 모래 산으로 둘러싸여 있기에 얻게 된 이름이었다.

어쨌든 이 돈황은 새로운 이름을 얻게 됨으로 실제로 중요한 역사적인 의미를 갖게 되었다. 하서사군의 설치는 강과 흉노의 연계를 막을 수 있을 뿐만 아니라 서역으로 통하는 길목의 장애를 제거하였다는데 매우 큰 의의가 있다.

만리장성을 임조에서 돈황의 서역까지 수축하는가하면 옥문관을 설치하고 요새를 만들어 병력을 주둔시켰다. 내지의 백성들을 옮겨 살게 하면서 점차적으로 발전하기 시작하였고 중서문화의 교류가 활발하여 상인들의 낙타행렬이 끊이지 않았다.

천산남로와 천산북로를 이용하여 내륙으로 들어오는 그들의 행렬이 줄을 잇게 되자 돈황은 자연적으로 중국과 서역을 연결하는 요충지로서 큰 발전을 하게 되었다. 그리하여 이곳에 동서 문화의 특이하고 찬란한 꽃을 피우게 된 것이다.

불교는 기원전 6세기경에 인도에서 발생한 종교로 서역 통로가 개통되기 이전에도 파밀 고원 동쪽의 여러 국가에 이미 전파되어 있었다. 그러다가 내륙으로 길이 트이자 조심스럽게 옮아가기 시작하였다. 한 무제가 향을 피우고 예배를 올렸다는 이야기는 믿을 것이 못된다. 하지만 그 당시에 불교는 이미 대중 속에 자리 잡기 시작하였던 것 같다. 사찰을 짓고, 불경을 번역하였으며 이에 상응하여 불교예술도 점차 번성해갔다.

그러나 한·위의 교체시기에는 불교가 성행하지 못했다. 게다가 금지령까지 내려졌다. 서역인이 사찰을 세우고 출가하는 것은 허용되었으나 한인이 중이 되는 것은 엄격하게 금지 하였다. 위 초기에 금지령은 해제되었는데 이 는 일반 백성은 물론이려니와 통치자 및 상류층의 사람들까지도 신봉하게 되었다는 것을 의미하고 있다. 불교는 빠른 속도로 전파되었고 중국은 통일과 분열을 거듭하는 혼란기를 거쳐야 했다. 특히 서북 여러 민족 의 중국점령과 사회의 혼란을 틈 탄 불교는 더욱 성행하고 발전하게 되었다.

이 무렵에 그 시세를 힘입어 막고굴은 건조되기 시작했다. 전진 건원 2년(366)에 낙준(樂樽)이라는 중이 순례 길에 삼위산 아래에 이르렀다. 황혼 무렵이어서 이 사막의 산은 온통 황금으로 덮인 듯 찬란한 빛으로 눈이 부셨다. 머리를 들어 삼위산을 바라보는 순간 낙준은 놀라지 않을 수 없었다. 현란한 금빛 가운데에 1천개의 불상이 아로새겨져 있었다. 물론 환영이었겠으나, 그 광경에 현혹된 그는 기이하다고 생각하고 석굴을 개착하게 되었다. 그 뒤 다시 법량(法良)이라는 중이 동방에서 이곳에 찾아와 낙준의 석굴 곁에 또 하나의 굴을 만들었다. 이것이 바로 막고굴의 효시가 되었다. 366년을 막고굴의 창건연대로 보면, 인도의 학승 구마라습이 이곳을 찾은 연대보다 30년 전이된다. 이것을 보면 돈황 막고굴은 어떤 양상으로든지 서역 승들과의 관계가 잦았을 것으로 생각 할 수 있다.

그런데 막고굴은 막상 북위 때에 이르러 번창했다. 현존하는 위(魏)나라의 불굴을 보아서도 알 수 있고, 이회양(李懷陽)의 '중수막고굴불감비문'에 보면 동양(東陽)이 낙준과 법량(法良)의 종지를 널리 펼쳤다고 하였다. 전해지는 말로는 동양은 위나라의 종실인 과주(瓜州) 자사로서 이 지역을 통치하는 동안 많은 불굴(佛窟)을 만들었다. 위굴을 대표할 수 있는 것으로 제285굴을 들 수 있으며 북위 때부터 더욱 번성하기 시작하여 당나라 초기에는 1천개 이상이나 되는 전성기를 이루었다. 당나라는 서북과의 국제적인 활발한 교류를 위하여 도호부를 두는 등 이 지역의 통치를 공고히 하여왔기 때문에 그 영향권에서 벗어날 수 없었던 것이다. 당의 불교발전과 그 예술적 영향으로 막고굴은 찬란하게 꽃을 피웠다.

막고굴 전경 뒤쪽은 막막한 고비사막이며, 사암벽을 따라서 막고굴의 불굴들이 이어졌다.(〈돈황도사〉에서)

하지만 당나라의 안사의 난을 겪으며 막고굴은 토번의 수중으로 들어갔다. 다행히도 토번은 불교를 믿었기 때문에 잘 보존되었을 뿐만 아니라 석굴을 건조하기까지 했다. 역사는 항상 움직이게 마련인가보다. 토번(土蕃)에서 내란이 발생하였다. 이때를 틈타 장의조(張議潮)가 돈황을 수복하였다. 그는 정식으로 당의 절도사로 임명되어 돈황을 다스렸다.

서기 892년에는 장의조의 사위인 색훈(索勛)이 장인의 관직을 박탈하고 쿠데타를 일으켰으나 얼마못가 그는 피살되고 쿠데타는 평정되었다. 이때의 당은 국정이 쇠퇴하고 황소의 난이 일어나는 동 붕괴의 길에 들어섰다.

당이 멸망하고 내지에서는 5대 10국의 분열과 혼란이 거듭되는 시기, 하서지역은 비교적 안정되었다. 조의금(曹議金)은 이 지역을 서하(西夏)가 일어날 때 까지 1백 20년 동안 통치하였다. 통치기간 조의금은 재력과 정치력을 동원하여 막고굴을 창건함으로써 막고굴은 마지막으로 번창한 시기를 맞게 되었다. 서하는 북송 초기 당항족이 건립한 국가로서 날로 그 세력이 강대해지자 송은 서하를 점령 통치하였다.

몽골에게 망할 때까지 2백 년을 통치해오는 동안의 막고굴은 그 번영을 잃어가기 시작했다. 왜냐하면 불교가 쇠퇴하고 해상 교통이 발달함으로 국제교역로가 바다로 바뀌었기 때문이었다.

1227년 몽골은 서하를 정복하였다. 그들은 불교를 독실하게 믿었기 때문에 막고굴은 잘 보존 될 수 있었을 뿐더러 불굴을 만들고 중수를 게을리 하지 않았다. 이것을 막고굴의 마지막 불굴로 본다면 형성 시기는 전진에서 시작하여 원나라 때까지 1천 년에 걸친 것으로 볼 수 있다.

돈황국제학술대회의 개막식을 마치고, 9층루를 배경으로 한 기념사진(2000.8)

명대부터는 사람들의 발길이 끊기고 예불하는 사람들도 줄어들었고, 청나라에서는 아무런 관심을 기울이지 않았다. 이렇게 막고굴은 사람들의 기억으로부터 망각되어 갔다.

8월 12일의 아침 햇빛은 찬란했다. 호텔 시설이 그런대로 좋아 잠을 푹 잤기 때문인지 심신이 상쾌했다. 싱그러운 바람을 맞으며 우리는 막고굴을 향해 갔다. 막고굴은 돈황의 동남쪽으로 약 25km 떨어진 삼위산과 명사산 사이, 지금은 물이 흐르지 않는 자갈과 모래뿐인 대천하가의 절벽에 자리하고 있다. 막고굴 남북의 길이는 약 1천 6백 m쯤 되며 전성기에는 1천개가 넘었던 불굴이 그동안의 전쟁과 모래바람의 침식 등으로 현재는 모두 492개의 불굴 밖에 보존되어 있지 않다. 하지만 그 불굴의 벽화는 넓이가 4만 5천 m²나 되며 이 벽화들을 연이어 늘어놓는다면 30km가 넘는다. 뿐만 아니라 채색소상이 2천개가 넘으니 그야말로 최대 규모의 문화예술의 보고라고 하지 않을 수 없다. 이것은 세계 최고(最古)이며 내용 또한 여러 가지 의미를 담고 있다.

30분가량 아지랑이가 가물거리는 사막의 길을 달려 ‘돈황연구원(敦煌硏究院)’ 앞마당에 도착했다. 연구원에 들려, 차를 마시며 간담회를 가졌다. 간담회를 끝마치고 그곳 연구원의 안내로 막고굴(속칭 천불동)탐사에 들어갔다. 입구의 솟을 대문에는 푸른색 바탕에 금빛 물감으로 ‘석실보장(石室寶藏)’이라고 적혀 있었고, 그 위에 세로로 ‘막고굴 莫高窟’이라고 덧붙여 있었다. 그리고 삼위산을 향하여 곽말약의 글씨로 ‘삼위람승(三危攬勝)’이라는 편액도 달려 있었다. 문을 들어서니 느티나무 자작나무 미류나무 등이 숲을 이루어 제법 짙은 그늘을 드리웠다. 그 너머로 막고굴은 남북으로 길게 누워 있었다. 깎아지른 듯한 석벽을 따라서 여러 층으로 불굴은 열려 있었다. 그

많은 석굴들 가운데 개방이 허가되고 있는 것은 겨우 30여개에 지나지 않았다. 그러나 '한국돈황학회'와는 미리 연락이 되어있고 먼데서 모처럼 오신 손님이라 하여 보고 싶어 하는 여러 불굴들을 모두 보여주는 친절을 베풀어 주었다.

막고굴과 장경동藏經洞

우리는 비를 피해 집안으로 들어서듯이 바람에 흘러내리는 모래비를 헤치며 불굴 안으로 들어섰다. 어두웠다. 곧 굴 안의 모습이 희미하게 부각되어 떠올랐다. 입구의 맞벽에 수미단을 쌓고 주존 불을 에워싸고 협시보살이 둘러섰다. 벽과 천정에는 온통 불화로 메워져 빈틈이라고는 없는, 대개는 그런 양식이었다. 북위 때의 제254굴을 들어서니 항마도가 눈에 들어왔다. 석가모니가 출가하여 6년 동안 고행하는 내용이 주제이다. 마왕은 마군과 마녀를 인솔하고와 그의 수행을 깨뜨리려고 한다. 그러나 석가는 끝까지 조금의 동요함도 없이 가부좌를 하고 있다. 왼쪽 손으로 가사의 한 자락을 잡고 항마수인을 지어보이며 오른쪽 손은 무릎을 짚고 있다. 무릎 양쪽으로는 마왕의 딸들이 서있다. 뒤에 있는 마귀들의 칼 활 독사 등을 들고 금방 덤벼들 듯 한 기세는 사실적이고 생동적으로 묘사되어 있었다. 마왕 파순은 욕계에서 뛰어나고 지존한 자로 아름다운 마녀를 시켜 보리수 밑에 정각 중인 석가를 유혹하도록 하였다. 아름다운 말, 요염한 자태를 여러 가지로 지어(32종) 보이며 유혹을 다했으나 연꽃이 진흙에 물들지 않듯 꼼짝을 하지 않았다. 그러자 마왕은 크게 분노하여 벽력같이 소리쳤다. 독용으로 하여금 검붉은 연기를 내뿜고 천둥과 번개를 치도록 했다. 석가는 역시 아무런 동요도 하지 않고 오히려 미간에서 빛을 뿜어 마왕을 격파했다. 마왕은 별별 떨었다. 마귀들은 갈팡질팡 했다. 제257굴은 역시 북위 때의 것으로 녹왕(鹿王)의 이야기를 주제로 하고 있다. 굴 서쪽 아래 부분에 그려져 있는데 내용을 남쪽 끝에서 중앙으로 발전시켜 갔다. 즉 물에 빠진 사람을 9색의 녹왕이 구출하였는데 물에 빠졌던 사람이 그에게 감사하는 장면이다.

제96굴은 막고굴 정면의 9층 누각으로 안의 불상의 높이가33m나 된다. 당나라 측천무후의 발원으로 이루어진 것이라고 한다. 그리고 제130굴은 제96굴로부터 남쪽으로 약 1백 50m 떨어져 있는데 남대불이라고 한다. 막고굴에서 두 번째로 큰 불상이다. 키가 26m이며 머리 부분만도 7m나 된다. 그 다음으로 큰 부처는 제158굴의 와불로 누운 길이가 15m에 이르는데 당나라 토번 통치시기에 만들어진 것이다. 이 열반상은 오른쪽으로 비스듬히 누워 입적하였다고 한 불경 내용과 일치하였다. 현세의 고통에 대한 안위와 미래의 희망으로 충만한, 아직까지 두 눈을 다 감지 않고 있으나 매우 평화롭게 잠자고 있는 듯한 모습이었다. 위의 세 부처가 모셔진 굴과 불상들만이 규모가 클 뿐 나머지 불굴들이나 불상들은 소규모였다.

제419굴의 불제자 가섭상은 굴 북쪽에 위치하고 있는데 높이가 165cm이니 본래의 키만 한 높이다. 반면에 깊이 파인 주름, 움푹 들어간 두 눈, 별로 생기 없는 눈망울 엉성한 이빨, 오른 손에 받쳐 들고 있는 발, 말라빠진 왼손, 앙상한 가슴을 헤치고 있는 몰골은 바로 각고하여 수행하고 있는 승(僧)의 일생을 과장되고 그리고 희화적인 수법으로 잘 비저 내었다.

막고굴 가운데 가장 우리의 관심을 끌었던 것은 제17굴이었다. 여러 민족들 사이에는 전란이 끊임없었다. 송나라 때인 서기 1035년에

서하의 국왕인 이원호가 돈황을 침략하였는데, 이 때 막고굴의 승려들은 다른 곳으로 피난을 가지 않을 수 없었다. 그들은 가지고 가기가 불편한 불상, 경서, 그림, 문서, 법기 등 잡다한 것까지 이 석실에 넣고 봉하였다. 석실 밖으로 벽을 쌓고 흙을 바른 다음 벽화를 그렸다. 밖으로 좀 손상을 입어도 찾아낼 수 없도록 했다. 그 후 전쟁은 끝났으나 피난 갔던 승려들은 다시 돌아오지 않았다. 따라서 이 희세의 보배는 어두운 석실 속에서 약 9백 년 동안을 잠들어 있어야만 했다.

1900년, 이들 장서 및 문물들은 수도승 이던 왕도사에 의해 처음으로 발견되었다. 그의 본명은 원록(圓籙)이며, 호북 마성출신인데, 고향의 거듭된 재난으로 생활을 꾸려가기가 힘들어지자 감숙성 주천으로 옮겨왔다. 병역을 마친 뒤에 할 일이 없자 막고굴로 오게 되었고, 출가하여 도사가 되었다. 출가는 하였어도 불교, 도교에 대하여 아는 것이 없었다. 다만 수묘를 열심히 하고 공양을 정성껏 했다. 그해 5월 26일이었다. 왕도사는 제16굴의 양쪽 벽에 그려진 보살들의 행렬이 모래에 묻혀 있는 것을 발견, 모래를 쓸어 내었다.

장경동(제17굴)

왕도사

그러자 벽에 금이 가며 그 사이로 모래가 흘러 들어갔다. 두드려 보니 속이 빈 것 같았다. 벽을 깨니 작은 문이 있고 열어보니 각종의 문서들이 빼곡이 들어차 있었다. 그 후 막고굴의 소문은 세계적으로 퍼져 먼저 러시아의 오브르체프가 이곳을 방문(1905)했다. 발견 된 지 5년 뒤였고 그가 얻어간 것은 필사본 두어 꾸러미에 지나지 않았다. 하지만 1907년 영국의 스타인(Mark Aurel Stein)이 이곳을 찾아와 대량으로 그 문물들을 대영박물관으로 옮겨갔다. 스물 네 상자나 되는 필사한 문서들과, 다섯 상자의 그림을 비롯한 예술품들 이었다. 이 일로 스타인은 영국왕실로부터 공을 인정받아 작위를 얻기까지 했다.

그 이듬해인 1908년 프랑스의 페리오(Paul Pelliot)는 조수와 함께 막고굴을 찾아왔다. 그는 뛰어난 한 학자로 왕도사를 설득했다. 그리 하여 20여 일 동안 이곳에 머물며 정선한 것들, 5천여 점을 프랑스로 실어갔고 현재 파리 국립 도서관에 고스란히 소장되어 있다.

그 뒤 1911년 10월 일본의 오타니 탐험대가 막고굴에 찾아와 역시

문물 선별 작업을 하는 페리오

스타인의 돈황 문물을 반출하는 수레

왕도사를 설득한 나머지 5백 권의 필사한 문서와 두 개의 아름다운 소상을 가져갔다. 이렇게 하여 이 막고굴의 문물은 산지사방 흩어지게 되었고, 뒤늦게야 그 가치를 깨달은 청(淸) 정부는 수습에 나섰다. 나머지 장경동의 문물들을 북경으로 옮겨왔으나 가치가 훨씬 뒤 떨어지는 9천점 정도뿐이었다. 우리의 문화유산 가운데 중요한 여행기인 혜초의 〈왕오천축국전(往五天竺國傳)〉도 바로 제17굴인 이 장경동에 묻혀있었던 것으로 지금은 파리국립도서관에 소장되어있다. 페리오의 편호 3532호이다.

17굴을 살펴보고 나오며 안내자에게 특별히 부탁을 했다. 제85굴은 일반에게 공개하지 않고 있고, 또 애틋한 사랑을 주제로 하고 있는 유일한 벽화였기에 한번 보고 싶었던 것이다. 즉, 바라나국왕은 두 아들을 두었다. 형인 선우(善友)는 성품이 매우 인자했다. 그는 새가 벌레를 잡아먹고 사람이 소 돼지를 잡는 것을 보고 악의 근본을 한탄했다. 눈물을 흘렸다.

그는 아버지인 왕에게 모든 곡식창고를 열어 방출, 가난을 구제할 것을 건의했다. 하지만 얼마 되지 않아서 창고는 고갈되었다. 생각 끝에 선우는 보물을 구하기 위하여 바다 속으로 들어갔다. 보물을 구해가지고 돌아오는 길에 아우인 악우(惡友)가 질투심이 끓어올라 형이 누워있을 때에 마른 대나무가지로 두 눈을 찔러 멀게 한 뒤 보물을 빼앗아 달아났다. 그 뒤 선우는 '이사발국'왕의 과원지기가 되었다. 공주가 과원으로 산보를 나왔다가 선우의 거문고 타는 소리에 매료되어 연정을 갖게 되었다. 그들은 서로 밥을 나누어 먹으며 나무 아래에서 밀어를 속삭였다. 그렇게 사랑은 무르익어 마침내 부부가 되었다. 아름다운 자연을 배경으로 거문고를 타며 밀어를 나누 는 정경은 정말로 낭만적이라 하지 않을 수 없다. 보기 드문 걸작이었다.

불굴들을 뜻하는 대로 돌아볼 수 없어서 안타까웠지만, 다시 한 번올 것을 다짐하며 발걸음을 돌렸다. 막고굴의 솟을 대문을 나서며 멀리 삼위산을 바라보았다. 하늘은 구름 한 점 없이 맑았고 역시 모래산은 금빛으로 빛나는데 들어 갈 때는 보지 못했던 순례자들의 무덤들이 우뚝우뚝 서있었다. 갑자기 숙연해지기도 하고 한편 부끄러운 생각이 들기도 했다. 비행기가 연발하고 밥맛이 어떻고, 향내가 역겹고, 목욕실 수도에서 녹물이 나온다는 등 짜증들을 내다니 죽음을 가볍게 여기던 순례자들의 그 숭고한 구도의 정신을 조금은 본받아야 하지 않겠는가?

구마라습鳩摩羅什의 백마

아침의 태양은 찬란했다. 바람은 맑고 향기로웠다. 일행은 짐을 챙겨 하나 둘 호텔로비로 모여 들었다. 모두들 오늘의 여행 일정이 순조롭게 진행되기를 바랐다. 여행사 안내원에게 비행기타는 일에 차질이 없도록 처음부터 몇 번이고 간곡히 부탁해 놓았기 때문에 예정된 일정대로 움직이게 될 것으로 믿었다. 이에 안심하고 비행장으로 나갈 준비를 하도록 채근 했다. 그러나 여덟시 무렵에 나타난 안내원의 표정은 어두웠다. 뭔가 뜻대로 돌아가지 않고 있음을 직감했다. 그는 나를 옆으로 불러내어 예약한 아침 비행기를 탈수 없게 되었다고 이야기 했다. 순간 아득하게 느껴졌던 것은 난주를 거쳐 북경까지 가야하는 일정이 무산된다고 하면 앞으로 여정이 계획대로 이루어지지 못할 것은 분명하기 때문이었다. 하지만 오후 비행기를 탈 수 있게 해 준다는 것이어서 마음이 조금 놓였다. 무엇보다도 오후에만 떠 날 수 있다면 약속한대로 감숙예술학교 무용단원들의 서역 춤을 보는 데는 지장이 없기 때문이었다. 위욱승(韋旭昇, 북경대)교수는 애써 수동식의 장거리 전화를 걸어 춤의 준비상황을 확인했다. 길도 쓸고 마루도 닦는 등 손님 맞을 만반의 준비를 하고 있다는 것이어서 좀 황송한 느낌을 떨칠 수 없었다. 그렇다고 하지만 오늘은 하루 종일 무엇을 한단 말인가? 일행의 의견이 두 가지로 갈리었으나 막고굴을 다시 가보자는 의견들이 지배적이어서 일부를 제외하고는 다시 막고 굴로 향하였다. 나는 즘 피로하여 떨어져 몇 분틀과 함께 돈황박물관, 골동품가게, 책방 등을 다시 둘러보았다. 햇빛이 뜨거워 타박타박 걸어오다가 노점에서 하미과와 포도송이를 사가지고 호텔로 돌아오니 몸은 마냥 무겁기만 했다. 이 사람 저 사람에게 말을 걸어보고 물건을 살 것처럼 흥정도 해 보지만 몸을 가볍게 할 만한 신나는 일을 찾을 수가 없었다. 언젠가 어느 시인에게 "왜 사느냐?"고 물었더니 그는 주저하지 않고 미인을 만날 수 있는 희망이 있기 때문이라고 했다. 그럴 듯하였다. 그렇게 생각을 하고 옆을 보니 한 중국 여인이 나를 보고 방긋이 웃고 있었다. 그녀도 나와 똑같은 생각을 하였을까? 눈이 마주치자 꽤나 즐거운 표정을 지었다. 그리하여 이야기는 시작되었는데 포도송이의 포도 알이 한 알씩 따져 다 없어지고 막고굴에 갔던 일행이 돌아 올 때까지 무엇이 그렇게 재미가 있었을까 이야기는 끝나지 않았다. 그녀는 갑자기 생각난 듯이 백마탑(白馬塔)을 가보았느냐고 물었다. 그러나 나로서는 백마탑에 대해서 는 사전에 지식을 갖고 있지 못했으니, 가볼 생각을 못했다고 대답했다. 그러자 더욱 신이 난 듯이 설명을 하기 시작했다. 백마탑은 불경 변역가인 고승 구마라습의 죽은 백마를 기념하기 위한 것이라고 했다.

구마라습의 백마탑

　구마라습의 아버지 구마염(鳩摩炎)은 파밀고원을 넘어 서역 땅으로 들어 왔다. 당시 구자국(龜玆國)의 왕은 그의 명망을 우러러 교외에까지 나가 그를 환영했다. 그리고 그를 국사(國師)로 삼은 다음 왕의 누이동생 기바(Jiva)를 그의 배필로 하였다. 그 사이에서 구마라습이 태어났는데 그의 이름은 부모의 이름을 합친 것이었다.

　그는 일곱 살 때에 출가하여 엄격한 종교교육을 받았고 열두 살 때부터는 두각을 나타내기 시작하여 그의 이름은 모든 나라에 전파되었다. 서역의 여러 나라 왕은 구마라습의 강경(講經)을 들을 때이면 옆에 엎드려 그로 하여금 등을 밟고 법단에 오르도록 하였을 정도로 명망이 높았다.

　그는 주로 구자에서 포교하였다. 전진(前奏)왕은 382년 장군 여광(呂光)으로 하여금 병사 칠만을 주어 구자를 공략하도록 하였다. 출전에 임하여 진왕 부견(符堅)은 여광을 전송하며 "짐이 구자를 공략하고자 하는 것은 땅이 탐나서가 아니라 구마라습을 얻기 위함이다. 현명한 철인은 나라의 보배이니 만약 그를 얻게 되면 즉시 짐에게 보내라"고 간곡히 당부했다. 여광은 383년 구자를 공략하여, 구마라습과 2천 마리의 낙타를 얻었다.

여광은 귀한 보배와 문물을 싣고 돈황을 지날 때였다. 구마라습이 타고 있던 백마가 병으로 죽었다. 그러자 돈황 사람들은 구마라습을 존경하였던 나머지 자발적으로 백마를 매장하고 백마탑을 건립하였다. 나는 고개를 끄덕였다. 그 이후로부터 나에게서는 줄곧 염문이 떠나지 않았으니 즐거운 여행인가 싶었다. 오후 네 시 우리일행은 좀은 후줄근해져 공항으로 나갔으나 아주 썰렁한 것이 비행기가 뜨고 내리는 것 같지가 않았다. 게류중인 비행기도 한대도보이지 않았다. 여행사의 직원은 바쁠 것도 없는 것 같은데 이 방 저 방으로 분주하게 드나들고 어디론가 전화를 걸기도 했다. 공항직원에게 비행기가 제대로 뜨느냐고 물어도 입을 다문 채 고개만 가로 저을 뿐으로 잘 알 수 없다고 하는 것인지 제대로 뜬다고 하는 것인지 몰랐다. 안내원은 오전에 그랬던 것처럼 나를 불러 사정을 말하였다. 비행기로 가욕관(嘉峪關)까지 가고, 그 다음은 버스를 타고 난주까지 가게 되었음을 통보하는 식으로 말하였다. 열세시간정도 밤 버스를 타면 된다고 하였다. 이유인즉 가욕관에서 일본 여행객들에게 자리를 내주지 않으면 안 되기 때문이라는 것이다. 일본인들은 "빠오지(包機)"라고 하여 처음부터 자리를 보증 받아 여행하는 것 이라는데 놀라지 않을 수 없었다. 돈황에서 가욕관까지는 비행기 로 한 시간밖에 걸리지 않았으나 가욕관 공항을 빠져 나올 때 는 이미 날이 어두워 하늘에는 별들이 총총했고 일본인들이 타고 온 버스가 반대로 우리를 기다리고 있었다.

우리는 이 버스를 타고 하서주랑(河西走廊)의 길로 들어 설 것이다. 몇 시간이나 걸릴지 알 수가 없다.

장성長城에 걸린 달

가욕관(嘉峪關)은 만리장성 서쪽 끝에 관문으로 가욕관시 서남쪽의 가욕산록에 자리하고 있다. 남쪽으로는 일년 내 눈이 쌓여 녹지 않는 기련산에 닿아 있고, 북쪽으로는 이름처럼 산세가 날카로운 마종산에 이어져 있는데, 두 산 사이의 협곡지대로 하서(河西)제일의 요충지로 일컬어지고 있을 뿐만 아니라 반드시 지나야하는 실크로드의 관문이다. 이 가욕관은 명나라 떼에 세워진 것으로 6백여 년의 역사를 갖고 있으며, 가장 잘 보존되고 있는 중국고대의 유명한 건축 가운데 하나이다. 하지만 밤이라서 멀리서라도 바라보지 못하고, 그냥 지나치고 말아서 아쉬움이 크게 남았다.

이렇게 하여 뜻하지도 않게 밤으로의 긴 하서주랑(河西走廊)의 여행이 시작되었다. 중국의 황하 서쪽지방을 하서(河西)라고 일컬었는데, 특히 감숙하서는 한·당 이래로부터 서역으로 통하는 교통의 요충이었기 때문에 '하서주랑'이라고 일컬어왔다.

가욕관(출처 : 위키백과)

하서주랑은 중국의 중원지역(Chinese plain)과 청장고원(Tsinhai-Tibetan Plateau)이 모이는 곳으로, 지리 및 역사적으로 대단히 중요한 지역이다. 그러나 사막의 광풍이 왕왕 모래를 휘몰아와 사구(砂丘)를 만들 뿐만 아니라 건조하기가 이를 데 없다. 가욕관을 중심으로 서쪽으로 옥문 안서 돈황의 3현이 있으며 그중에 돈황현이 가장 비옥하다. 동쪽으로는 주천 장액 무위의 3현이 있는데, 에부터 수리시설 등이 비교적 잘되어 있어 감숙 지역에 있어서는 가장 물산이 풍부한 지역이라고 할 수 있다. 그리고 이 지역은 중서무역의 중요한 길이었기 때문에, 여러 나라의 이해가 엇갈려 전란이 끊임없었던 곳이다. 어쨌든 주천(酒泉), 장액(張掖), 무위(武威)를 거쳐 난주(蘭州)에 이르는 이 길이야 말로 언젠가는 꼭 더듬어보고 싶었던 길이었기는 하지만, 이처럼 빨리 나를 이 어둠의 길로 맞아 드리게 되리라고는 생각하지 못했다. 하지만 오히려 포근한 품속에 잠들어 가는 것 같은 평안한 느낌이 들기까지 했다. 어두운 밤이라서 그런지 차는 일정한 속력으로 길을 달렸다. 기온은 점차로 떨어져 팔월임에도 여름옷만으로 견디기 어려워, 갖고 있던 옷은 모두 꺼내 덮었다. 잠은 오지 않았다. 차창 너머로 멀리 장성(長城)위에 걸린 달이 차갑고 외롭게 느껴지는 것은, 눈물이 많은 천성적 센치멘탈 때문이리라. 몇 천 년을 두고 오갔을 대상들은 저렇게 걸린 달에 꿈을 싣고 걸었을 것이다. 그러나 지금은 그들을 대신하듯 밀짚을 산더미처럼 실은 나귀가 끄는 달구지들이 느린 걸음으로 먼데 하늘의 별을 따라 걸었다.

한국의 운전사들이라면 한 시간 밖에 안 걸릴 길을 이들은 두 시간 이상 가는 것 같았다. 하지만 시간이 얼마나 지났을까? 어느새 주천(酒泉)에 이르렀다. 기름을 넣고 차는 주천공원을 돌아 시내를 빠져나왔다. 주천은 전해오는 말에 의하면 원래 샘 속에 금(金)이 있기 때문에 금천(金泉)이라고 했다. 이 밖에도 주천 이름의 내력은 여러 가지가 있다. 한서(漢書)에는 "성 아래 금천이 있는데 그 물이 술과 같아서 주천이라고 했다"라고 했고, 당나라 때의 안사고(顔師古)는 "에부터 전해져오는데 성 아래 샘이 있다. 그 맛이 술과 같아서 주천이라고 했다"라고 했다. 또 명·청 때에 는 '주천의물로 술을 빚었는데, 술맛이 뛰어나 이름 했다'라고 했다.

하지만 가장 널리 전해지고 있는 것은 곽거병이 샘 속에 술을 따라 부은 고사이다. 서한 때의 장군 곽거병(藿去病)은 서하를 공벌하였는데, 한무제가 이 소식을 듣고 대단히 기뻐했다. 그리고 어주 한 단지를 하사 했다. 이에 곽거병은 모든 병사들이 술의 맛을 보게 하기 위하여 술을 금천에 따라 붓도록 명령을 하였다. 따라서 모든 병사들은 샘 둘레에 엎드려 술을 마셨는데, 그 뒤로부터 이 금천 의 물은 농후한 주향을 띠었기 매문에 '주천'이라고 불렸다. 지금 '주천'의 샘물의 주향은 없어졌으나, 그 이야기는 널리 전해지고 있다.

주천의 서북쪽으로 정가갑(丁家閘)과 가욕관 사이에 위진 때의 거대한 분묘군이 있다. 바로 묘군 남단의 '정가갑'에는 1600년의 역사를 간직하고 있는 동진의 벽화묘가 있다. 주사, 석록, 석황 석백 등을 사용하여 그린 벽화는 거의 완전하게 보존되어 있으며, 벽화의 내용은 천(天), 인(人), 지옥(地獄)으로 나눌 수 있다.

천계의 벽화는 금조(金烏)의 빨간 태양, 서왕모(西王母), 천마, 흰 두꺼비, 백록, 우인(羽人), 비룡, 세발의 새, 구미호, 운무에 덮인 산 등이다. 인계의 부분은 3m나 되는 행락도로 묘주인의 화려 했던 생활의 모습을 살아 있을 때처럼 묘사하고 있다. 묘주인은 진현관(進賢冠)을 쓰고 황색조복을 입고 있으며, 그의 앞뒤로는 시종이 따르고 있을 뿐만 아니라 거문고, 비파, 격고, 피리 등의 악대와 경쾌하게 춤을 추는 악무와 술 시중하는 주동(酒童)들의 묘사는 참으로 생동적이다. 지옥의 벽화는 집과 신구(거북이)로 나누어 그렸다. 그러나 이 동진묘는 아주 일찍이 도굴 당하여 부장품이 별로 남아 있지 못한 것이 유감이라고 하지 않을 수 없다. 이 묘의 발굴로 동진 십육국 때의 하서의 정치, 역사, 경제, 사희의 생활을 연구함에 있어서 귀중한 자료를 제공하여 주고 있다. 뿐만 아니라 특히 복식, 악무 등 민속학연구에 있어서도 가치 있는 자료를 제공해주고 있음은 더 말할 여지가 없다.

돈황으로부터 난주에 이르는 길은 어느 지역보다도 외래문화의 영향을 많이 받아왔으며, 나름대로의 문화가 발달하였다. 그리고 고유한 풍습을 지녀오게 되었는데 지금까지 이어져 오고 있는 것 가운데 하나가 그들에 의해 놀아지는 연희이다. 무엇보다도 돈황 지역은 동서무역이 성행했던 곳으로 많은 사람들이 모여들게 마련이었고, 따라서 시장의 빈터에서는 재주를 보여주고 돈을 받는 직업적인 광대들이 생기게 되었다. 탈춤과 온갖 잡기를 보여주었다. 그 가운데에서도 중요하고 빼놓을 수 없는 것이 사자춤이다.

사자춤의 유래를 보면, 단순히 놀고 즐기자는 의미보다는 한 동물의 희생이 얼마나 고귀한가를 일깨워주는 교훈이 담겨 있음을 깨닫게 된다. 곤륜산 위에 한 마리의 금사자가 있었는데, 어느 날 옥황상제의 부름을 받아 천궁으로 올라가 사자 왕으로 봉해졌다. 그런데 어느 설날 옥황상제는 신선으로 하여금 세상에 내려가 3일 간 사람들과 함께 지내도록 했다. 이때 사자왕도 함께 내려왔다. 그때 세상은 전염병이 돌아 모든 사람이 고통에 신음하고 있었다. 사자는 여러 사람들의 이야기를 전해 듣고는 역신의 행위임을 알았다. 이에 하늘을 향해 세 번 크게 울부짖어 수많은 금사자를 불렀다. 그리하여 집집마다 뛰어

들어 역신을 몰아냈다. 사자 왕이 하서에 이르렀을 때 하늘에서 귀가 하라는 종소리가 들렸다. 그러나 사자왕은 아직도 고통에 신음하는 사람들을 버려두고, 하늘로 돌아 갈수가 없었다. 그래서 하늘로 올라 가지 못하고, 나머지 역신을 쫓아내었다.

그때서야 사자왕은 하늘의 뜻을 거역했음을 깨닫고 자신의 죽음을 예견했다. 때문에 사람들에게 이르기를 '내가 죽은 후에 나의 머리를 자르고 가죽을 벗기어 내 년 에 또 역신이 나타나면 그것을 뒤집어쓰고 그들을 쫓으라'고 했다. 그리고 크게 소리를 지르고는 피를 토하고 죽었다. 이로부터 사람들은 그 사자의 유언을 따라서 역신이 나타나면 사자왕의 머리를 뒤집어쓰고, 사자가 역신을 몰아냈을 때의 모습을 재현하여 춤을 추게 된 것이다. 그리하여 이 지역 사람들로부터 사랑을 받게 되었고, 널리 전파 되었는데 우리나라에서도 이미 삼국시대에 추었던 기록들이 있다.

또 한 가지 '꽃(花兒)'이란 민가는 격동적이고 경쾌한데 중국민가 가운데에서 매우 독특한 풍격을 갖고 있어 흥미롭다. 원래 중국 서북지역 소수민족의 연가였으나 차츰 널리 퍼져 유행하였다. 이 '花兒'은 서사와 서정으로 분류할 수 있고, 그 곡조를 '~슈'이라고 하는데 1백여 종이 넘는다. '노랫말은 이루 헤아릴 수가 없을 정도로 많다. 기본적인 정형이 있어서 이에 맞추어 즉흥적으로 부르기 때문에 부지기수이다. 우리나라의 아리랑과 같다고 하겠다. 최근에는 이 지역의 '花兒'을 채집하여 연구하려는 학자들이 많아, 그 가집과 논문집들이 나오기도 했다.

우리를 태운 차는 밤새도록 쉬지 않고 달렸다. 장액을 지나고 무위를 향해 달렸다. 무위에는 구마라습의 사숙이 있으나, 그냥 지나칠 수밖에 없다. 이곳은 구마라습의 역경(譯經)을 하던 곳이며, 15년간을 머물렀다. 그러나 후진(401) 때에 구마라습은 장안으로가 '서명각' 및 '소요원'에서 역경을 하다가, 장안에 온지 10년도 못되어 서거했지만, 그의 탑은 1천 5백여 년 동안을 풍우에 시달리면서도 의연하게 빛나고 있다.

우리 일행은 무위 근로자 초대소식당에서 감주와 같이 밥알이 둥둥 뜨는 흰죽 한 사발을 아침대신 먹고, 여기서 다시 고랑(古浪), 영등(永登)을 거쳐 10시가 넘어서야 난주 공항에 도착했으니, 하서회랑을 무려 열네 시간 이상 걸려 달려온 셈이다. 이렇게 여정이 계획대로 이루어지지 않는 바람에, 모두들 기대하고 기대했던 서역 춤을 보지 못 하고 말았으니 지금까지도 아쉬움을 금 할 수가 없다.

황하黃河의 피벌皮筏

난주(蘭州)공항에 도착하자마자 감숙예술학교 고금영(高金榮)교장에게 전화를 걸어 자초지종을 이야기 했다. 타려던 비행기를 못타고 버스로 하서주랑을 열 네 시간 이상 달려 이제야 도착했노라고 했다. 그녀 역시 몹시 아쉬워했으나, 여행의 어려움을 이해하고 양해하였다.

돈황(敦煌)을 가기 위하여 일행은 난주시내 금성(金城)호텔에서 1박을 하고, 돈황으로 떠나면서 모든 짐을 호텔에 맡겨 놓았다. 다시 하룻밤을 유숙하기로 되어 있으니 아무런 일이 있을 리 만무 할 터였다. 그러나 일정에 차질이 생기고보니 다음 예정에 쫓기게 되었다. 오전의 비행기로 북경으로 가게 되어 있었으나, 돈황 공항에서 처럼 아무런 설명도 없이, 공항에는 짐마저 도착하지 않았다. "사람대우를 제대로 해 달라”는 등 일행 가운데에서는 불평이 터져 나오기도 했다. 그러나 마음이 조급한 것은 나였으니 달리 위안할 말이 없어 좀 기다리라고 할 수 밖에 없었다. 점심이 지나가고 세시나 되었을까 짐이 도착하고, 별도로 공군전용비행기가 오게 되었으니 수속을 하라고 했다. 속으로 안도의 한숨을 쉬며 제대로 설명이 없어 답답하였으나, 우리여행을 위해 최선을 다하고 있음에 오히려 고마움을 느꼈다.

난주공항에서 시내까지는 아주 멀어서 버스로 1시간 30분가량을 소비하였다. 비행기에서 내려다보던 풀 한포기 나무 한그루 없는 그 불모의 붉은 산을 누비며 시내를 향해 달렸다. 생물이라고는 살 것 같지 않은 그 불모의 산기슭을 황금빛 햇살을 등에 걸머지고 한 떼의 양의 무리가 내려오고 있었다. 그 산 아랫자락에는 한 치도 못되는 풀들이 푸릇푸릇 깔려 있었는데, 부지런히 그 풀을 뜯고 있었다. 어린 몰이꾼의 채찍이 휘이휘이 하늘을 갈랐으나 양의 무리들은 오히려 한가로이 쫓기지 않고 풀을 뜯었다.

산허리에는 많은 동굴들이 뚫려있었는데 대부분이 방치되어있었다. 하지만 사람들이 살고 있는 곳도 있었다. 동굴의 원형 그대로 대문을 해 달았고, 구들을 놓아 살림을 살기도 하였다. 이지역의 평균 강우량은 33미리 밖에 안 되어 농사짓기에는 너무나 부족한 수량이지만, 그곳 사람들은 비가 내리면 서둘러 산허리의 수분이 있는 심층토를 파내다가 흙을 덮어 수분의 증발을 막고, 밀의 씨앗을 뿌려 농사를 지었다. 산의 많은 동굴들이 이렇게 파여서 이루어진 것이지만, 때로는 더위를 피한 쉼터 또는 살림터로 자연스럽게 마련되었던 것 같다. 굴 동(洞)자가 마을의 뜻으로 쓰이게 된 까닭을 이에서도 찾아 볼 수 있지 않을까 싶다. 우리가 갔을 때는 마침 밀의 수확기여서 집집마다 노적가리들이 쌓여 있었는데, 우리 농촌에서 볼 수 있는 풍경과 꼭 같았다. 수확부터 탈곡에 이르기까지 도구나 방법 등이 이전의 우리 모습과 같아서 아주 친숙감마저 갖게 하였다.

길가에 나앉아 팔고 있는 복숭아가 맛이 있을 것 같아서 차를 세웠다. 일행들이 우르르 내려도 손님을 끌지 않고 아무 일도 없는 것처럼 태연하게 기다리고 있는 것이 이상스럽기까지 하였다. 이곳의 특산물 가운데 하나가 대추와 복숭아인데, 개량종이 아닌 토종 복숭아여서 그런지 달고 향이 진하여 뒷맛이 오래오래 남아 있었다. 허름한 토담집의 대문을 열고 들어섰더니, 햇볕에 얼굴이 까맣게 그을린 노파가 부지깽이로 곡식을 털고 있다가 무례한 침입자들을 보고 다소당황해 하는 기색이었으나, 다행히도 변방에서 현대중국어가 잘 통할 수 있었기 때문에 곧 친해졌다. 또 그들이 사는 방과 부엌들을 친절하게 안내해주어서 삶의 진솔한 모습들을 잘 살펴 볼 수 있었다. 부엌의 세간살이, 구들방위 에 깔려있는 요와 이불들은 어릴 때를 기억하게 하였다.

그날 저녁 우리가 묶고 있는 금성빈관(金城賓館)에서 돈황연구원장 단문걸(段文杰)선생, 난주대학 역사연구소 돈황연구실장 제진준(齊陳俊)선생, 감숙예술학교 교장 고금영(高金榮)여사등과 저녁을 겸한 회의를 가졌다. 앞으로 한국돈황학회와의 학술정보의 교환은 물론, 인적인 교류를 갖기로 진지한 토의를 하였다.

난주지역은 장안(지금의 西安)으로 들어가기 위한 가장 큰 길목이다. 때문에 문화적 유물은 물론 역사적 전설이 많은 곳이다. 난주는 옛날에는 금성(金城)이라고 일컬어 졌는데, 왜냐하면 성을 쌓다가 금을 얻었기 때문이라고 했다. 그러나 수나라 때(서기 581년)에 난주총독부를 둔 뒤로부터 난주라고 불러오고 있으며, 1천여 년의 역사를 갖고 있다. 지금은 석유, 화학, 기계 등 중공업의 신흥도시로 발전하고 있을 뿐만 아니라, 감숙의 정치, 경제, 문화, 교통의 중심지가 되고 있다. 한, 회, 만, 장, 토족 등의 인구는 2백 30만 명이 좀 넘는다고 하지만 절대다수가 한족이다. 유명한 백탑산(白塔山)은 난주시의 황하북안에 위치하고 있는 해발 1천 7백여 m의 산으로 난주시를 마치 끌어 앉는 듯한 기세로 우뚝 서있다. 이 백탑산의 백탑사는 원(元)나라 때에 창건되었다. 기록에 의하면 원나라의 태조인 성길사한(成吉思汗)이 온 중국을 통일 했을 때, 그의 뜻에 따라 서장(西藏) 라마교의 법왕이 한 이름 있는 승을 몽골로 보내어 성길사한을 알현하도록 했으나, 불행히도 난주에서 병으로 죽고 말았다. 원나라에서는 그를 기념하기 위하여 이곳에 탑을 세우도록 했다고 한다. 백탑사에서 아래를 굽어보면 흙탕물인 황하가 굽이쳐 흘러가고 있는 것이 한눈에 들어오며, 철교가 가로놓여있고, 난주에서 가장 오래된 다리일 뿐만 아니라 황하에서는 가장 먼저 놓여진 다리라고 했다. 원래는 부교(浮橋)였으나, 실제로 이 다리가 완성된 것은 청 광서(光諸) 33년(1907)에 미국·독일인들의 기술지도로 이루어 졌다고 한다.

이 철교를 중심으로 위로의 회교사원은 백탑사와는 불균형한 조화를 이루고 있고, 강변을 따라서는 시장이 형성되어있다. 흰 모자를 쓴 회교 인들이 많았으며, 돼지고기를 파는 음식점이나 푸주간은 물론 볼 수 없었고, 양고기를 파는 노점들이 많았다.

꼬치 양고기 구이를 사먹어 보고 싶었으나 끝내 사먹지 못하고 말았다. 여기에서 한 가지 소개하고자 하는 것은 난주의 피벌(皮筏)이다. 가죽을 그대로 벗겨내어 공기를 넣어 양처럼 만든 배인데 한때는 난주 사람들의 빼놓을 수없는 교통의 수단이었다. 수경주(水經注)에는 "한나라 건무 23년(서기 47년)에 왕이 군사를 파견하였는데 가죽배를 타고 남쪽으로 물을 따라 내려갔다"라고 했다. 또 구당서(舊唐書)에 보면 "소가죽으로 배를 만들어 건넜다"는 기록이 있는가하면 송사(宋史)에는 "양가죽으로 주머니를 만들어 공기를 불어넣으면 물 위를 뜬 다"라는 기록이 있다. 난주의 '피벌'은 바로 청나라 광서 때부터 사용되기 시작했을 것으로 전해지고 있다. 난주의 '피벌'은 크고 작은 것 두 가지로 분류할 수 있다. 가장 큰 피벌은 6백여 개의 양가죽을 꿰 메어 만들었는데 ,길이가 12m, 넓이가 7m나 되었고, 6개의 노가 있다. 적재량은 20 내지 30톤을 실을 수 있었다고 하니, 그 크기를 가히 짐작 할 수 있다. 이와 같이 큰 피벌은 주로 먼 거리로 화물을 나를 때 사용하며, 10여일 이상을 운항한다고 한다. 작은 피벌은 10개의 양가죽을 이어서 만들며 단거리 운항에 적합하기 때문에 과일, 야채, 행인들을 건너 주었다.

황하 피벌

'피벌'은 다만 물을 따라 내려갈 수 있었을 뿐 물을 거슬러 올라갈 수 없었으며 편리한 교통수단이었으나 이제는 잘 볼 수 없어 아쉬움이 없지 않다. 그 피벌을 타고 황하를 따라 유람할 수 있었다면 얼마나 재미있고, 뜻이 있었을까 싶었다. 강안의 노점에서 수박 한 덩이를 사고 철교를 배경으로 사진을 찍기도 했다. 그리고 그 회족 상인과 이런저런 이야기를 나누었다. 놀랍게도 한국에 대해서 여러 가지를 알고 있었으며, 순진하니 어리석게 보이기까지 했지만, 한때 실크로드의 상권을 장악했던 것이 그들이었던 것을 생각하면, 대단히 상술에 밝으리라 싶었다.

알다시피 실크로드의 상권을 장악하고 있었던 것은, 터키계의 위글족과 회 족이었다. 지금 돈황벽화 가운데 회골여인들의 공양상이 잘 남아있는데, 그들 의복의 양식이 우리의복에도 많은 영향을 주었을 것으로 여겨지기도 한다. 한국전통적인 여인의 복식에는 '회장저고리'가 있고, 또 바느질 할 때 쓰이는 '골무'가 있는데, 이런 것들이 그 회골인 들의 복식에서 온 것이 아닐까하는 신념을 갖게 할 뿐만 아니라, 사실 근거가 없는 것도 아니다.

어쨌든 이 위글과 회족상인들은 중국은 물론 한국에까지 무역을 함으로써 문화적으로 서로 영향을 주고 받아왔음은 새삼스러이 말할 것까지 없는 것이기는 하다.

고려 충렬왕 때 지은 '쌍화점(雙花店)'이란 노래는 당시민간에 유행하였으나, 조선조 시대에는 외설적 노래로 배척을 당 하였다.내용은 고려의 한 여인이 만두가게에 만두를 사러갔었는데, 이때에 서역인은 손목을 잡으며 유혹했다. 그래서 만두집에서 정사가 이루어졌고, 심부름하는 아이가 광경을 목격하였다. 그 아이놈은 소문을 퍼트려 온 마을에 퍼졌다. 그 정사장면을 연상하며 쌍화점을 떠올렸다. 쌍화(雙花)"란 만두란 뜻이며, 현재도 평안도에는 쌍화떡이 있다고 하는데, '쌍화점'의 일절을 소개한다.

쌍화점에 쌍화 사러 가고신댄,
回回아비 내손모글 주여이라.
이말쌈이 이점밖에 나며 들며,
다로러거디러, 죠고맛간 삿기광대,
네 마리라호리라.
더러둥셩 다리러 디러 다리러 디러,
디로러 거디러 디로려.
그자리에 나도 자러 가리라,
위위 다로러 거디러 디로리,
그잔데 같이 울창한 것이 없다.

이렇게 고려사회에 깊숙하게 파고들고 있는 것으로 보아 당시 회
족상인들의 상행위야말로 얼마나 활발했던가는 짐작하고도 남음이
있다. 나는 그 회족상인과 잡담을 하며 '쌍화점'생각을 하고 속으로
빙긋이 웃었다. 과연 이 상인도 그와 같이 능글맞은 데가 있어서 여
인의 손목을 끌어당길 수 있을 것인가 하니, 더욱 흥미로워 그의 눈
을 뻔히 쳐다보았다. 그는 눈길을 피하며 다음은 어디로 가느냐고
물었다.

천수(天水)는 옛 진인(秦人)의 발상지로 감숙 동, 남부에 위치하
며, 실크로드가 진입하는 감숙 경내의 첫 번째의 중요한 도시였기
때문에, 역사적으로 전쟁이 빈번하였다. 이 경내에는 명승고적들이
대단히 많아 하나하나 열거하기가 어렵다. '천수(天水)'라는 이름은
한 무제 때부터 시작되었으니, 이미 2천 년이 넘었는데 천하주수(天
河注水)의 전설에 기원하고 있다. 전하는 바에 의하면 시의 남쪽에
서 갑자기 붉은빛을 발하며 번개와 천둥을 쳤다. 이어서 대지가 진동
하고 지면이 크게 갈라지더니, 천하(天河)의 물이 그사이로 쏟아져

들어가고 드디어 한 호수가 이루어졌다. 호수의 수면이 잔잔해지고 수질이 깨끗하여 호수와 천하는 서로 통한다는 이야기가 전해지고 있는데, 그리하여 이곳 사람들은 '천수정'이라고 일컬었다. 뒤에 한 무제가 호수가에 성지(城池)를 만들어 천수군(天水郡)이라 불러왔으며, 오늘에 이르렀다.

맥적산(麥積山)

천수시 동남쪽으로 맥적산(麥積山)이 있는데, 그 절벽에 석실이 1백 94개"가 있다. 서진, 북위, 북주, 수, 당, 오대, 송·원, 명, 청대를 통하여 만들어진 7천 2백의 소상이 있고, 벽화만도 1천여 m2가 잘 남아있다. 돈황막고굴, 대동운강석굴, 낙양용문석굴과 마찬가지로 대단히 귀중한 예술의 보장이라고 할 수 있다. 돈황의 현란한 벽화, 운강, 용문의 석각이 유명하다고 하면, 맥적산의 정교한 소상은 더욱 큰 가치가 있다고 하겠다. 당나라 개원(開元) 22년에 천수일대에 강렬한 지진이 발생하여 암벽이 갈라져, 전체의 석굴이 동벽과 서벽으로 나뉘게 되었으며, 그 석굴은 동벽에 54개 서벽에 1백 40개가 남아 있다. 맥적산의 석질은 모두 자갈색의 수성암이어서 정교하게 조각을 하기에는 마땅하지 못하여, 흙으로 상을 빚고 그림을 주로 그렸다. 이 석굴소상의 주요한 제재는 석가, 보살, 천왕, 역사 등으로 각기 그 시대의 특징들을 지니고 있으며, 체계 적으로 중국소상예술의 발전과 변화의 과정을 잘 반영하고 있다.

현장법사玄奘法師와 천수天水의 미인

앞에서 말하였듯이, 천수시는 실크로드에 위치하고 있으며, 서안에서 출발하여 감숙으로 진입하는 첫 번째의 주요한 도시로, 법사가 불경을 가지러 갈 때 잠깐 동안 머물렀다. 이에 따르는 신화전설이 많은데, 그 가운데 '불공사(佛空寺)' 이야기를 소개하고자 한다.

천수시의 서쪽에 경치가 뛰어난, 고(高)씨가 모여 살고 있는큰 마을 이 있는데, 전하는 바에 의하면 저팔계(豬八戒)의 데릴사위의 고로장(高老莊)이라고 한다. 이곳은 '서유기(西遊記)'에 묘사되고 있는 "대나무가 울창하고, 초가집이 많았다. 길가에는 버드나무가 늘어지고 정원에는 꽃향기가 향기로웠다. 거리마다 소와 양이 지나다니고 배부른 닭과 돼지는 우리에서 잔다"라고 하였는데, 그러나 이제는 서유기에 묘사되고 있는 것과 같은 풍경은 많이 바뀌어 그때의 모습 같지 않을 뿐만 아니라, 마을에는 현재 고씨(高氏)는 불과 몇 집밖에 남아 있지 않다.

다만 이 마을의 여자들은 역시 옥같이 흰 얼굴, 앵두처럼 빨간 입술, 까만 머리, 붉은 뺨의 미인의 고장으로 알려져 있다. 마을 남쪽의 산자락 밑에는 한 사찰이 있으며, 이름을 '불공사(佛空寺)'라고 하였다. 이 사찰은 당승 현장법사와 손오공이 저팔계의 항복을 기념하기 위하여 지은 것이라고 전해지고 있다. 하지만 사찰은 모두 허물어지고, 지금은 그 터만 남아있을 뿐이다. 고로장의 아름다운 여인과 현장법사와의 어떤 아름다운 이야기는 숨겨져 있지 않을까?

3국시기의 천수(天水)는 위·촉의 전쟁의 요충지였으며, 특히 가정(街亭), 목문(木門)등은 그 이름이 널리 알려졌다. 이 '가정'은 마속(馬謖)의 잘못으로 제갈량(諸葛亮)의 군사가 대패 하였을 때, 제갈량은 눈물을 머금고 그의 목을 베었다. 그리고 통곡을 금하지 못하였는데, 그 이후로부터 이름이 알려지기 시작했다. 그 가정은 조그만 언덕과 같은 산성이었으나, 한중(漢中)의 목과 같은 전략 요충지였다. 만약 가정이 적의 손에 넘어가면, 한중은 함락의 위험에 직면 할 수밖에 없다. 그리하여 제갈량은 이 가정을 수비할 장군 선발에 신중을 다하였다. 더군다나 위(魏) 사마의(司馬懿)의 선봉을 막아내야 하기 때문이었다. 제갈량은 여러 장수들의 얼굴을 둘러볼 뿐 머뭇거리었다. 그러자 옆에 있던 참군 마속이 앞으로 나서며, 가정으로의 출전을 자원하였다. 하지만 제갈량은 그를 마음속에 두고 있지 않았다. 나이는 이미 이십이 훨씬 넘었으나 전장 경험이 적기 때문이었다. 그러나 마속은 이번기회에 공명을 세울 수 있도록 해달라고 간청하였다. 제갈량은 마속의 임무가 너무나 크다고 생각했으나, 평소의 그의 재능을 믿어, 출전 하도록 하였다. 그리고 가정산성의 중요성을 다시 강조, 지도까지 펼쳐 놓고, 진법을 자세히 설명하였다. 공명심에 불타 먼저 장안을 공격 하려고 하지 말고, 물샐틈없이 길목을 지킬 것을 재삼 당부하였다.

결국 마속은 부장 왕평과 함께 이만여 병졸들을 이끌고 가정으로 달려갔으나, 산성은 보잘 것 없어 보였다. 그럼으로 마속은 승상의 분부, 부장인 왕평의 만류에도 불구하고, 목을 비워둔 채 산상에 진을 쳤다. 왜냐하면 위군(魏軍)이 기어 올라오면 물밀 듯이 덮친다는 것이었지만, 이미 사마의 군사는 가정산을 몇 겹으로 포위하고 함성을 지르며 압박 하였다. 결국 마속은 사마의의 유인책에 휘말리어 아군의 여러 방연의 지원에도 불구하고 대패하고 말았다, 이에 제갈량은 가정수비를 철저히 하라는 간곡한 군령을 어긴 죄를 물어 마속의 목을 자르라고 하였다. 사랑하는 마속의 목이 잘리는 참상을 본 제갈량은 그만 땅에 엎드려 통곡 하였다. 마속의 나이 서른아홉이었다.

그러나 그 '가정'이 실제로 어느 곳인지는 확실하게 알 수 없기 때문에 분분한 의견이 끊이지 않고 있다. '삼국지연의'의 전문가들에 따르면, '가정'은 현 천수시 진안현 동북부임이 틀림없다고 한다. 구체적으로 지금의 용성(龍城)이 당시의 가정이다. 용성은 장안에서 천수에 이르는 유일한 비교적 편안한 길로 한나라 때의 유명하였던 실크로드의 남쪽의 큰 길이었다. 때문에 역대의 병가(兵家)들은 앞으로 진공할 수도 있고 물러나 방어 할 수도 있는 요충지로 생각하였다. 때문에 군웅각축의 전쟁의 터가 되었다. 지금 용성의 '가정'유적을 찾기는 힘들다. 그러나 그 옛날의 우물의 정자는 허물어지고 없어도 우물은 아직 남아 있는 곳이 있으며, 서북쪽 2km 지점의 설리천(薛李川)가운데에서 "蜀"자가 주물 되어진 쇠뇌가 발견되어 현재 감숙성 박물관에 보관되어 있다. 이런 점으로 미루어보더라도, '가정'은 바로 그 우물터가 아닌가하는 추측을 충분히 할 수 있게 한다.

이밖에도 목문도(木門道), 십이연성조장대(十二連城調將垈), 제갈량의 군루(軍壘), 한나라 때의 용장이었던 이광(李廣)의 묘 등등 참으로 소개할 것이 많지만, 우선 지연관계상 생략할 수밖에 없다.

다만 중국고대의 전설적인 인물 복희(伏羲)의 '화괘대(畫卦垈)'만을 소개하고자한다. 이 '화괘대'는 괘대산에 자리 잡고 있으며, 푸른 산이 병풍처럼 둘렀고, 강물이 돌아 나가는 아주 아름다운 곳이다. '화괘대' 동쪽의 강 가운데에는 모래사장이 몇 군데 있는데, 그 모양이 마치 태극도와 같았다. 모래와 물이 감아 돌아가는 곳에 큰 바위가 있는데, 모나지도 둥글지도 않아 마치 태극을 그린 것과 같다. 복희가 문자를 만들 때에 위로는 태양, 달, 날짐승 아래로는 산, 돌, 짐승들을 보며 명상에 잠기였다. 하루 복희가 '화괘대'에서 멀리 하늘을 바라보자 산골에서는 운무가 피어오르고 있는데, 두 날개를 진동하며 용마가 비등하고, 강물가운데 분심석(分心石)의 태극도형과 마주 비치였다. 그것을 본 복희는 '화괘대'위에 즉시 하늘(天), 물(水), 산(山), 우뢰(雷), 불(火), 땅(地), 못(澤)의 상형문자를 그렸으며, 이것이 바로 팔괘의 그림이며, 문자의 시초가 되고 있다. '화괘대'는 이로부터 얻어진 이름이었다.

제2부

1

혜초慧超는 왜?

우리는 난주예술학교(蘭州藝術學校) 까오까오(高高) 여사의 안내를 받았다. 그녀는 먼저 막고굴 496개의 불굴 가운데 문화재 보존을 위하여 8개 밖에 보여 줄 수 없음을 안타깝게 생각한다고 말하였다.

까오까오 여사는 막고굴(莫高窟) 제156굴의 '송국부인 출행도' 가운데의 네 사람이 추는 방형의 춤과 복식은, 〈신당서〉와 〈문헌통고〉의 기록과 맞아떨어진다고 했다. 이는 또한 현재 한국 춤의 복식과 무형에서 흔히 찾아볼 수 있는 형태라는 설명도 덧붙였다. 유명한 최승희(崔承喜)의 제자이기도 한 까오까오 여사는 막고굴 제220굴의 기악(伎樂) 보살무야말로 바로 최승희가 보여주었던 보살무의 원형이라고 하였다. 알다시피 최승희는 문학가인 남편 안막(安漠)과 함께 해방 후에 월북한 세계적인 무용수였다. 그녀는 인민배우로 '최승희 무용연구소'의 '소장'으로서 폭넓은 활약을 하였던 것으로 알려졌다.

그녀의 설명을 듣고 가만히 보살무 벽화를 들여다보니, 한국 텔레비전에서 가끔 보았던, 최승희의 보살무의 율동과 매우 흡사해 보였다. 춤에 대해서는 문외한인 내가 보기에도, 벽화를 동영상으로 바꿔

놓는다면, 정말 똑같을 것 같았다. 한편 그녀는 유림굴 제25굴(당), 제98굴(5대), 제146굴(5대)의 벽화에 나타난 장구춤의 모습은, 현재 한국의 장구춤과 조금도 다를 바가 없다고 하였다. 장구를 허리에 매고, 한 손은 손바닥과 손가락으로, 다른 한 손에는 북채를 잡고 연타하는 것도 마찬가지라고 하였다. 팔을 들어 올리며 한 바퀴 돈 뒤, 바로 왼쪽 다리를 들어 올리고자 하는 순간 멈출 듯한, 장구춤의 자태와 비교하면, 복식만 다를 뿐 이들은 크게 보아 같은 풍격의 무도임에 틀림없다고 하였다.

이어서 그 동안 관심을 기울려왔던, 여러 불굴(佛窟)을 둘러보았다. 사실 돈황은 멀고도 먼 곳이나, 문화적으로 우리와 그렇게 먼 곳은 아니었다. 여기 돈황 벽화의 외국 사신 행렬가운데의 꿩 깃의 조우관(鳥羽冠)을 쓴 사람은, 당시 신라 사신인 것으로 알려지고 있다. 뿐만 아니라 실크로드를 통한 문화의 유적에서는, 사신을 비롯한 교역 상인들의 흔적을 쉬이 찾아 볼 수 있다.

조우관을 쓴 신라사신도 오른쪽에서 두 번째 꿩 깃털의 조우관을 쓴 사람이 신라의 사신이다. 〈당 장희 태자묘의 벽화〉에서

발길을 옮겨 까오까오 여사는 물이 말라붙은 대천하(大泉河)를 따라서 남쪽으로 한참을 걸어 내려와, 제대로 관리가 되지 않고 있어서 사벽(沙壁)이 무너지고, 편호도 없는 그동안 잘 알려지지 않은 이름 없는 불굴로 우리를 안내하였다.

"이곳은 신라인이 창건한 불굴로 여겨집니다."

까오까오 여사는 고증되지 않은 자신의 견해임을 전제하였다. 그리고 속강승(俗講僧)들은 혜초의 막고굴(莫高窟)에서 있었던 일을, 강단이 열릴 때면 빼놓지 않고 연출하였던 것으로 생각한다고 의견을 더하였다.

무명의 불굴 막고굴 아래쪽에 있는 무명의 불굴들이다. 지금은 물이 흐르지 않는 모래자갈의 대천하로 뒤에는 고비사막이다.(1990.8)

이 이름 없는 불굴의 동쪽 벽 전체에는, 장구춤을 추는 여인으로 그려져 있었다. 이 굴을 신라인이 창건한 것으로 보는 근거는, 신라의 장구춤의 무형과, 벽화 아래쪽에 자주 빛으로 '新O丁香'이라고 쓴 글씨에 두고 있다. 글씨는 너무 흐릿하여 확대경에 의지하지 않으면, 거의 알아볼 수 없을 지경이었다. 사실 알아 볼 수 없다고 하는 것이 맞는 말이기는 하나, 그 잔영을 인용한 것이다.

혜초는 그의 〈왕오천축국전〉에서, "투카라국에 있을 때에, 서번으로 돌아가는 중국 사신을 만났다."라고 기록하고 있다.

그들은 운자를 내어 서로 시를 지었다.

> 그대는 서번이 먼 것을 한탄하나,
> 나는 동방의 길이 먼 것을 한탄하네.
> 길은 거칠고 눈은 산마루에 쌓였는데,
> 험한 골짜기에는 도적 떼도 많구나!
> 새는 날아 깎아지른 산위에서 놀라고,
> 사람은 좁은 다리 건너기를 어려워해라.
> 평생에 눈물을 흘리는 일이 없었는데,
> 오늘만은 줄줄이 천 줄이나 뿌리니라.
> 君恨西蕃遠, 余嗟東路長.
> 道荒宏雪嶺, 險澗賊徒倡.
> 鳥飛驚峭嶷, 人去難偏樑.
> 平生不捫淚, 今日灑千行.

눈 덮인 파미르 고원을 넘으며, 본래 눈물이 없다던 혜초였으나, 고향 생각에 천 줄이나 되는 눈물을 흘렸다. 그도 그럴 것이 그의 나이 16세(719)에, 중국 광주에서 인도의 승 금강지(金剛智, Vajrabodhi, 671-741)를 만나 사사를 하던 중에, 금강지의 권유로 723년 인도로 구도의 여행을 떠났다. 나이 열아홉이었다. 이렇게 시작하여 인도의 다섯 나라(五天竺國)를 샅샅이 돌아, 727년 중국의 신강성으로 들어오게 된 것이다. 5년만이었다. 나이 스물셋 이었다. 그 구도의 여정이 얼마나 힘들었으랴? 향수는 얼마나 견디기 어려웠으랴? 눈물을 흘리지 않을 수 없었다.

어쨌든 그는 파미르 고원을 넘어 한 달을 걸어 카시카르에 도착하였다. 다시 동쪽으로 한 달을 걸어 쿠차(龜兹)에 이르렀을 때는 11월 상순이었다. 이곳에는 절도 많고, 승려도 많고, 군대도 대대적으로 집결해 있었다.

중국 땅에 들어서니 마치 내 나라에 온 것처럼 마음이 푸근하였다. 그리하여 어머니 품에 안긴 듯, 며칠을 머물렀다. 장안으로 곧바로 갈 것인지? 아니면 유원(柳園), 돈황(敦煌)을 거쳐 장안으로 갈 것인지? 그는 갈림길에서 며칠을 망설였다. 하루 빨리 동방으로 가야 했으나, 빠르게 가는 길을 접고, 끝내는 돈황으로 발길을 돌렸다. 걷고 또 걸어 돈황에 이른 것은, 해질 무렵이었다.

삼위산(三危山)과 신사산(神沙山, 일명 鳴沙山)은 온통 황금빛으로 물들어 있었다. 혜초는 이곳에 처음 불굴을 뚫고, 예불을 한 낙준(樂樽)을 생각하며, 맑은 물이 흘러내리는 – 지금은 물이 흐르지 않지만 – 막고굴(莫高窟) 앞의 대천하(大泉河)를 따라 올라갔다. 모래 바람이 지나치게 따가워, 한 암벽의 동굴로 들어갔다. 아무도 거처하지 않는 동굴이었다. 아마도 막고굴의 화공(畵工)들이 처소로 사용하였던 곳 같다. 네 벽은 물론 천정까지도 퇴색한 불화로 빼곡히 들어차 있었다. 목련(目連)의 어머니를 지옥살이에서 구해내는 내용의 벽화가 단편적으로 그려져 있기도 하였다. 목련의 어머니는 온갖 악행으로 말미암아, 가장 깊은 지옥에서 지옥살이를 하고 있었다.

"어머니!"

속세의 인연을 끊고 구도의 순례를 하고 있는 혜초였으나, 문득 가슴이 저려 옴을 느꼈다. 지상을 향해 날아 내려오는, 살아서 날고 있는 것과 같은 벽화의 비천(飛天)이, 어머니일 것 같은 생각이 들었다. 어느덧 눈물이 흘렀다. 그는 바라를 품고 누웠다. 좀처럼 눕지 않는 혜초였으나, 마치 온돌방에 눕는 듯이 누웠다. 그렇게 누운 채로 밤을 맞이하였다. 어느새 스르르 잠이 들었다.

혜초는 평소에 꿈을 잘 꾸지 않았다. 그러나 그날따라 잡다한 악몽에 시달리다가, 깜짝 놀라 잠에서 깨었다. 세상은 아무 일도 없이 평화스러웠다. 새벽의 예불 소리가 낭랑하게 들려왔다.

혜초는 불굴을 찬찬히 살펴보았다. 불굴 중앙 벽에 놓여있는 좌불의 양쪽으로, 제자들을 배치해 놓은 것이 더없이 마음에 들었다. 불굴의 크기도 적당하여, 예불의 도량으로 손색이 없을 것 같았다. 그는 하루 빨리 동방으로 돌아가야 한다는 생각을 잠시 접어두고, 그동안 쌓인 심신의 피로를 풀기도 할 겸, 당분간 이곳에 머물기로 작정하였다.

어느새 방석만한 새빨간 아침 태양이 삼위산 위로 떠올랐다. 예불을 마치고 돌아가는 말을 탄 병사, 낙타를 탄 상인, 승려들로 뒤섞인 행렬이 대천하의 언덕을 따라서 줄을 이었다. 모래 바람이 휘갈기는 모래벌판을 건너, 돈황성으로 향하였다. 그곳은 시골의 장터와 같이 장이 서서 도자기, 비단, 향료, 약재, 인삼 등의 물물 교역이 이루어졌다.

혜초는 빨간 아침 햇살을 받으며 막고굴로 들어섰다. 서쪽에서 동쪽으로 거슬러 올라가며 불굴을 섭렵하였다. 한 불굴로 들어섰을 때였다. 몇 사람의 장사꾼들이 신라 말로 말을 주고받았다.

"저 그림은 신라인들일 것 같아. 그리고 저 악기는 장구 아니야? 그럼 벽화를 그린 화공들 가운데에 우리 화공들도 끼어 있을지도 모르지…."

혜초는 놀라지 않을 수 없었다. 여기에서 신라 말을 하는 사람들을 만날 줄은 상상도 못하였다. 벽화를 자세히 살펴보니, 유림굴에서 보앉던 것과 같은 신라 장구였다. 벽화의 인물은 의복의 모양새로 보아 신라인이 틀림없었다.

"혜초라고 합니다. 순례의 길에 이곳에 들렀는데, 고향 사람들을 만나다니 정말 기쁩니다. 어제 저녁 꿈에 어머님을 뵈었더니, 여러 분을 만날 꿈이었나 봅니다."

혜초가 말하였다. 몇 년 만에 해보는 신라 말인가? 그는 그들의 손을 잡고 또 눈물을 흘렸다.

"반갑습니다. 우린 장사꾼입니다. 약재를 팔러 다닙니다. 가끔은 돈황에서 우리 같은 신라 상인들을 만나 고향 소식을 나누기도 한답니다."

"그렇습니까? 다시 만날 수 있을는지요?"

혜초는 그들의 손을 놓을 줄 몰랐다.

"우리는 오늘 돈황을 떠나 장안에 들렀다가, 신라로 돌아갈 것입니다. 안부를 전해드리도록 하겠습니다."

상인들과 곧 헤어질 수밖에 없었지만, 가끔 고향 사람들을 만날 수 있다니, 마음이 설레었다.

막고굴의 주지는 혜초에게 여러 가지 문헌의 필사를 주문하였다. 불교 경전, 밀교 경전, 도교 경전을 비롯한 변문(變文) 등이었다. 그러잖아도 할 일 없는 구도의 승으로서 나날을 보내던 터에, 잘된 일이라고 생각하였다. 왜냐하면 5천축(동천축, 중천축, 남천축, 서천축, 북천축)을 거쳐 이곳까지 온 견문록을 작성할 수 있는 좋은 기회이기도 했기 때문이다. 이에 혜초는 매일같이 불굴에 앉아, 사경에 전념하였다.

봄이 돌아왔으나 아직 모래 바람이 쌀쌀한 어느 날이었다.

당 명황(明皇)의 공주는 막고굴이 일찍부터 불교의 성지일 뿐만 아니라, 불광(佛光)이 휘황찬란하다는 이야기를 들어오던 터였다. 그리하여 꼭 한번 막고굴을 찾아가 보리라 다짐하고 있었는데, 의외로 빨리 그 소원이 이루어지게 되었다. 공주는 휘황찬란한 길고 긴 행렬을 이끌고, 막고굴의 경내로 들어왔다. 공주는 먼저 와불(臥佛)에 합장하였다. 그리고 하나하나 불굴을 둘러보았다. 불굴이 어두워 벽화의 모습이 분명하게 들어나지 않았다. 그럼에도 불구하고 벽화의 내용에 대하여 꼼꼼히 챙겨 물었다. 또 자신이 설명을 덧붙이기도 하였다. 공주는 특히 역사 이야기에 흥미를 갖는 듯하였다.

공주 일행은 불굴을 돌아본 뒤 삼위산(三危山)으로 올라갔다. 끝간 데 없이 이어진 붉은 산들은, 마치 화염이 이글거리며 타오르는 듯하였다. 반나절은 불광욕(佛光洛)을 하였다. 그렇게 며칠을 보냈다. 공주는 떠나기 아쉬웠으나, 서둘러 귀경길에 오를 수밖에 없었다. 일행이 주천(酒泉)에 이르렀다. 주천은 곽거병(霍去病)이 흉노를 물리친 전공으로, 한 무제로부터 술 한 동이를 하사받았으나, 많은 병사들이 나누어 마시기란 턱없이 부족하였다. 그래서 곽거병은 그 술 한 동이를 주천호수에 콸콸 따라 부었다. 그 호수 물은 순간에 모두 술로 변하였다. 주천은 그리하여 얻어진 이름이었다.

공주 일행이 주천을 돌아 나올 때였다.

"궁녀 취향(翠香)이 없어졌습니다. 안 보입니다."

교위가 공주에게 보고하였다.

"언제부터 안 보인다더냐? 이제껏 몰랐단 말이냐? 어디서 없어졌단 말인가?"

공주는 취향이 없어진 것을 확인하고, 급히 교위를 막고굴로 다시 보냈다. 취향을 찾아오도록 한 것이다. 그리고 공주일행은 장안으로 돌아갔다.

취향은 다시 황궁으로 돌아갈 의사가 전혀 없었다. 어떻게 하면 궁궐로부터 벗어날 수 있을까 하고 항상 생각해 오던 터였다. 돈황에서 친가가 있는 유원까지는 그렇게 멀지가 않으니, 이번 공주의 돈황 행차 때에는 꼭 탈출하여 친가로 돌아가리라 다짐을 하였다. 부모를 만나 뵙겠다는 마음으로 설레기도 하였다.

공주 일행이 관아를 벗어나 물물 교역의 장터를 지날 때였다. 취향은 사람들로 북적거리는 틈을 놓치지 않고, 슬며시 대열을 벗어나 길가로 비켜섰다. 그녀는 슬슬 뒷걸음질을 치더니 페르시아, 터키, 신라, 중국 등 각국의 상인들로 한창 붐비고 있는 장터로 스며들었다.

그리고 취향은 사람들의 눈을 피하여 친가를 향해 달렸으나, 어느새 어둠이 깔렸다. 별빛을 따라서 타박타박 모래밭을 걸었다. 얼마나 더 가야 할지, 어느 방향으로 가야 할지 몰라 그저 걸었다. 지쳐 쓰러질 것만 같았는데, 아직 삼위산의 자락을 맴돌고 있었다.

"나무아미타불 관세음보살, 길을 인도해 주옵소서."

취향은 하늘을 향해 합장하였다. 암벽의 불굴에서 촛불이 깜빡였다, 취향은 기진맥진하여 덮어놓고 동굴로 기어들어갔다.

"안에 누가 있습니까? 사람 좀 구해주세요."

취향이 불굴 안을 살폈다.

"누구십니까? 이 추운 밤에…"

혜초는 합장을 하며 취향을 바라보았다. 한참 〈왕오천축국전〉을 써 내려가고 있던 혜초는 적이 놀라며 붓을 내려놓았다.

"정향이라고 합니다. 길을 잃었어요. 스님!"

그녀는 '취향'이라는 본래의 이름을 속이고, '정향(丁香)'이라고 하였다. 탈출한 궁녀 '취향'이라고 솔직하게 말할 수 없었던 것은, 교위에게 잡혀 송치당하면 중죄를 면할 수 없을 것이 분명하기 때문이었다. 뿐만 아니라 만약 죽더라도 궁궐로는 다시 되돌아가고 싶지 않았기 때문이었다.

"나는 신라승 혜초입니다. 이 밤중에 어떻게?"

혜초는 굵은 목소리로 말하였다.

"신라에서 온 스님이라고요? 동방의 신라 말인가요?"

정향은 소스라치듯 놀랐다.

"그렇습니다. 그런데 왜 그렇게 놀라시는지요?"

혜초는 나이차(산양유)를 한 사발 따라주며 말하였다.

"그 먼 곳, 신라에서 이곳에까지 오셨다니, 놀랄 수밖에요."

정향은 나이차를 마시며 대답하였다.

"천축을 돌아 동방으로 돌아가는 길입니다."

정향의 눈빛은 촛불보다 밝게 빛났다.

"스님, 저는 천자의 열세 번째 공주의 시위 궁녀입니다."

혜초는 멍하니 그 녀를 바라보았다. 무슨 말을 해야 할지 몰랐다.

"저는 일찍부터 이렇게 조용한 곳에서 불경을 읽기로 결심했습니다. 그래서 여기까지 오게 된 것입니다. 찾아오는 길에 길을 헤 메다가, 지쳐서 찾아 들었습니다."

"너무나 지쳐 보입니다. 벽에 기대어 쉬시지요. 나무아미타불!"

혜초로서는 이런 경우 어찌 할 바를 알지 못하였다.

"공주의 막고굴 순례 길에 몰래 탈출하여 여기까지 찾아 들었습니다. 그런데 신라 스님을 만나다니 정말 기연이네요"

정향은 혜초를 바라보았다.

"꽃처럼 아름다우시고, 꽃다운 나이에 무엇 때문에 불서를 읽으시려고 합니까?"

이 사람은 누구일까? 아름답기 그지없었다. 정체가 한없이 궁금하였다. 그러나 애초의 큰 인연인 것으로 여겨졌다. 그러니 마음이 안정되었다.

"불서를 읽으면 마음이 탁 트일 것 같습니다. 스님!"

정향의 얼굴은 그의 말처럼 맑고 환하게 떠올랐다.

"불서를 읽는다고 해도 마음이 트이기란 어려운 것입니다. 오히려 번뇌만 더해질 것입니다"

혜초는 정향의 말을 믿으려 하지 않았다. 그녀가 만일 궁녀로 사칭한다면, 후일 큰 죄를 면하지 못할 것이다. 그러나 만약 정말이라고 하면, 더욱 감추어 줄 수도 없는 일이었다.

"불초한 동방의 중이 감히 어떻게 마주하여 불서를 읽을 수 있겠습니까?"

혜초는 합장하며 의심하듯이 말하였다.

"궁궐을 버리고 불서를 읽겠다니, 절 못 믿으시는 건 당연하시지요? 이것이면 믿으실 수 있을는지요? 스님!"

정향은 당황하지 않고, 허리에서 옥패를 풀어 건넸다.

"스님 살펴보십시오. 그리고 저의 이 간절한 마음을 불쌍하게 여겨주십시오. 불서를 읽는 것이 어떤 인내를 필요로 하는 일인지는 몰라도, 궁궐의 깊은 그늘로부터 벗어나고 싶습니다."

정향이 말하였다.

"불굴의 그늘은 그 깊이를 헤아릴 수 없습니다. 궁궐의 그늘보다도 더욱 깊습니다. 그리고 속세의 삶이 불서를 읽는 삶보다 오히려 밝고 명랑할 것입니다."

혜초는 정향이 건네주는 옥패를 받으며 말하였다. 혜초는 옥패를 꼼꼼히 살펴보았다. 정말 아무나 지닐 수 없는, 아무나 지녀서는 안되는 귀한 것임에 틀림없어 보였다. 혜초는 아무 말 없이 또 합장을 하였다.

"비록 불서를 잘 알지 못하나 도와 드리겠습니다."

혜초는 그래도 의심스러웠다.

"스님! 다만 불서를 읽는 한 제자로만 생각하고 가르쳐 주세요."

정향은 혜초의 얼굴을 바라보았다.

"소승이 뭘 아는 것이 있겠습니까?"

혜초는 그녀의 얼굴을 바라보며 얼버무리듯 말하였다.

"무슨 그런 말씀을요! 스님!"

정향이 말하였다.

혜초는 나이차, 수제비 떡 등을 내놓았다.

"불굴의 삶이란 이렇습니다. 이런 걸 자시며, 불서를 읽으시겠다니, 안타깝기 그지없습니다."

정향은 혜초가 건네주는 옥패를 다시 허리에 둘렀다. 옥패는 본래 공주만이 할 수 있는 물건이었으나, 공주의 총애를 받아 하사받았던 것이다. 그런데 이렇게 사용할 줄이야 꿈에도 생각 못하였다. 불연(佛緣)인가 싶었다.

"전생의 인연으로 알겠습니다. 행여 거절하지 마시고 진정한 제자로 받아주시면, 열심히 불서를 읽어 인생의 법도가 무엇인지 터득하도록 노력하겠습니다."

혜초는 넋을 잃은 듯 그녀를 바라보았다. 조그맣고 빨간 입술에서, 나긋나긋한 말씨로 법도를 터득하겠다는 소리가, 가엾게 들렸기 때문이었다.

"정향 마마, 소승의 소견으론 인생의 법도란 것은 속세에 있습니다. 성실하고 거짓 없이 사는 것이, 곧 법도를 터득하는 길이 될 것입니다. 속연을 끊는 것이 오히려 법도를 어길 수 있습니다."

이는 혜초의 평소의 생각이기도 하였다.

"스님! 지금 있는 그냥 그대로 제자로 받아주세요."

정향이 두 손을 모았다.

"답답해요. 그저 망아지처럼 살고 싶어요. 막연하나마 불서를 읽으면, 인생의 자유로운 길을 터득하게 될 것 같아요."

정향은 궁궐의 높은 담장이 싫었다. 그 어두운 그림자를 하루빨리 벗어나고 싶었다. 사람들과 어울려 거리낌 없이 깔깔대고 웃고 싶었다. 수다를 떨고 싶었다. 산에를 오르고 들판을 걷고 싶었다.

"불서를 많이 읽는다고 해서, 무엇을 깨달을 수 있으리까? 마마는 이미 소승보다 많이 인생의 법도를 알고 계십니다. 산, 물, 구름, 바람과 놀 줄 알고 있지 않습니까? 장터나들이도 잘하지 않습니까?"

혜초는 다시 한 번 정향의 의사를 물었다.

"물론 그늘도 있고, 고통도 있을 줄 압니다. 그러나 불서를 읽고 싶어요. 불서 안에서 오히려 자유롭게 꽃을 피울 것 같아요."

정향이 대답하였다.

벽화 속의 보살이 앞에 앉아 있는 듯하였다. 정녕 궁녀로서의 언행은 아닌, 한 보살의 언행인 듯싶었다.

"이곳에서 장안까지는 대단히 멉니다. 황실에서는 반드시 나를 찾으러 올 것이에요. 지금 수색하고 있을 것입니다. 바라옵건대 스님께서는 말씀하시면 안 돼요. 나의 신분을 다른 사람에게 밝히지 말아주세요. 꼭꼭 숨겨주세요."

정향은 눈물을 흘리며 당부하였다.

며칠 뒤였다. 많은 병사들이 정향을 찾아 막고굴을 뒤졌다. 가가호호 수색하였다.

"혹시 궁녀 취향을 보거나 이야기를 들으신 적이 없습니까? 이야기를 듣고도 못 들었다고 하시면 큰 벌을 받게 됩니다. 스님!"

창을 든 병사가 혜초의 불굴로 들어서며 말하였다.

"이와 같은 벽지에 궁녀라니…. 그런 일은 없습니다."

사실 혜초는 정향의 이름이 취향이라는 것을 아예 모르고 있었다. 뿐만 아니라 정향은 궁녀가 아닌, 지금 수도에 정진하고 있는 보살일 따름이니, 거짓말은 아니었다. 이에 병사는 창을 세우고 말에 올라탔다. 그는 돈황성 쪽으로 먼지를 날리며 달려갔다.

"아! 아버지…"

정향은 한숨을 내쉬며, '아버지'를 외쳤다. 그것은 신라 말 이었다.

"지금 뭐라고 하셨나요?"

혜초는 신라 말로 물었다.

"아무것도 아니에요."

정향은 당나라 말로 얼버무렸다.

"마마께서는 어디서 신라 말을 배우셨사옵니까?"

"배우다니요? 신라 사신들에게 몇 마디 얻어들었습니다. 향가(鄕歌)도 배운걸요. 장구를 선물로 받아 두들겨 보기도 하였어요."

"그럽니까? 그런데 신라 말을, 소승보다 잘하시는 것 같습니다."

혜초는 그녀의 신라 발음이 매우 정확하다고 생각하였다.

"웬걸요? 앞으로 신라에 대해서 좀 가르쳐 주세요."

정향은 가볍게 웃었다.

사실 정향의 아버지는 신라 교역 상인으로, 장안, 돈황을 자주 왕래하였다. 그러다가 우연히 위구르 여인을 만나 아내로 맞이하였다. 그 뒤 유원에 정착하여 첫딸을 낳았는데, 그게 바로 정향이었다. 딸은 요조숙녀로 성장하였다. 미모와 학문을 겸비하였다는 소문이 온 성내로 퍼졌다. 그리하여 그녀는 황실의 궁녀로 불리었다. 그 뒤 몇 년 만에 모처럼 궁궐의 그늘을 벗어나, 공주의 행차를 수행하게 되었던 것이다.

"향가까지 배우셨다면 지금도 부르실 수 있습니까?"

혜초는 정향이 과연 신라 노래를 부를 수 있을는지, 궁금하기 이를 데 없었다.

"스님이 원하신다면, 몇 마디는 할 수 있어요. 한번 불러 볼까요?"

정향이 주저하지 않고 말하였다. 체포의 위험으로부터 벗어나, 적이 안심하는 표정이었다.

"한번 들어보고 싶습니다. 오랜만에 내 나라의 노래를 들어볼 수 있다니, 눈물이 날 것만 같습니다. 제발 눈물만 흘리지 않도록 하옵소서. 정향마마."

혜초는 정말로 듣고 싶었다.

"기악이 있어야 하는 것인데, 못한다고 흉보지 마세요."

정향은 자리를 고쳐 앉았다.

"소승에게 다 떨어진 난후(南胡)가 한 대 있사옵니다. 고향이 그리울 때면 현을 키며 노래를 불렀답니다."

혜초는 불굴 구석에 세워놓았던 난후를 찾아들었다. 정향은 몇 번 목소리를 가다듬더니, 가는 소리로 「헌화가(獻花歌)」를 부르기 시작하였다. 혜초는 난후를 잡아 반주를 하였다. 애절한 여운이 불굴 안을 맴돌았다.

붉은 빛 바위 가에
잡고 있는 암소를 놓게 하시고,
나를 아니 부끄러워하시면
꽃을 꺾어 드리오리다.

사랑의 세레나데였다. 난후(南胡) 소리는 아련히 산울림처럼 이어
져 가다가 끝을 맺었다. 경주의 아기자기한 남산과 소나무, 불국사의
범종소리, 계림의 바람소리, 반월성의 걸린 달, 바다의 푸른 파도소리
가 귓가를 스쳤다. 어머니의 숨소리 같았다. 어머니의 따뜻한 품인
듯하였다. 혜초는 소리 없이 펑펑 눈물을 쏟았다.

어느 사이에 정향도 혜초의 가슴에 안겨 흐느껴 울고 있었다. 그러
나 혜초는 자신의 품안에 정향을 안고 있다는 사실을 전혀 몰랐다.
정말로 의식하지 못하고 눈물을 천 줄을 흘렸다.

"속연을 끊으신 스님도 눈물이 많으시네요. 아직 끈이 덜 끊어졌나
봐요."

정향이 혜초를 밀어내며 말하였다. 그리고 속으로 이렇게 눈물을
흘릴 줄 아는 사람이라면, 그렇다면 속된 우리의 삶의 정을 깨닫게
되리라고 생각하였다.

"정향 마마, 소승의 죄를 용서하옵소서. 정말로 소승은 마마를 끌어
안은 적이 없습니다. 몰랐습니다. 나무미타불, 나무아미타불…"

혜초는 어찌할 바를 몰랐다. 도대체 여태까지 닦아온 수행이 무엇
이란 말인가? 더구나 부처님이 보는 앞에서, 음행을 저지르다니 무서
운 일이었다.

"스님 걱정하지 마옵소서. 저도 스님의 품속에 안겨있는 줄 몰랐습
니다."

"나무아미타불…"

혜초는 신음을 거듭하였다.

정향이 마녀인가 싶었다. 불굴 안이 지옥처럼 깜깜하여 아무것도
보이지 않았다. 뜨거운 바람이 휘몰아쳐 지옥의 끝으로 날려 떨어지
는 것 같았다.

"가슴이 그렇게 넓으시고, 아늑한 것도 미처 몰랐습니다."

정향의 눈빛은 맑았다. 오히려 기쁨으로 밝았다. 절로 불법의 꽃이 피어난 것인 양하였다.

정향은 음행도 아니고, 계율을 어긴 것도 아닌, 매우 순수하고 깨끗한 자연의 이치라고 생각하였다.

"나무아미타불…"

혜초는 눈을 감고 있을 뿐이었다.

그러나 어두운 불굴은, 맑은 노래의 여운으로 감돌았다. 밤은 오히려 맑고 밝게 깊어가고 있었다.

불굴의 반을 장막으로 갈라 치고 각각 잠자리에 들려고 하였다. 정향은 속으로 생각하였다. 스님이야말로 해탈을 조금도 터득하지 못하고 있는 것이다. 자연의 순환의 이치를 전혀 모르고 있는 것 같았다. 얇은 장막으로 좁은 공간을 갈라 쳐 놓는 것은 순환을 막는 것밖에 되지 않는 것이다. 어떻든 각각 잠자리에 들었다. 동방의 별자리를 점쳤다.

스물세 살의 혜초. 아무리 별을 헤아리고 점을 쳐보지만, 잠이 오지 않았다. 그는 다시 촛불을 밝히고 천축(天竺, 인도)견문록을 써 내려갔다.

"중천축국으로부터 남쪽으로 3개월 남짓 걸어가면 남천축국의 왕이 사는 곳에 도착한다. 그 나라 왕은 8백 마리의 코끼리를 소유하고 있다. …."

혜초는 날이 밝을 무렵에야 안탁에 엎드려 잠이 들었다. 정향은 해가 뜨기 전에 일어났다. 혜초를 깨울세라 조용히 대천하의 얼음을

왕오천축국전. 막고굴에서 발굴되었으며, 현재 파리국립도서관에 보관되어 있다.

깨고 물을 길어왔다. 수제비 떡을 굽고 나이차를 끓였다. 불굴 안은 모처럼 온기가 감돌았다. 혜초는 한참 동안 단잠을 잔 뒤 눈을 폈다.

"스님, 나이차를 드세요."

정향은 차 사발을 두 손으로 바쳤다.

"정향 마마, 벌써 일어났습니까? 이러시면 안 됩니다. 그냥 안탁에 내려놓으시지요."

혜초는 굳이 받아들려고 하지 않았다.

"정향의 사부님이 아니옵니까? 뭘 그렇게 주저하시는지요?"

정향은 또다시 사람들 사이의 간격을 좁힐 줄 모르는 것도, 순환의 이치를 깨우치지 못하는 때문인 것으로 여겼다. 정향은 나이차 사발을 안탁에 내려놓았다. 혜초의 얼굴을 바라보았다.

"인연 아닌가요? 저는 돈황을 몇 바퀴 헤매고 돌아 불굴을 찾아 들어 왔습니다."

순간 아무것도 모르면서 아는 것처럼 오만하게 생각하고 있는 것 같아 얼굴을 붉혔다.

"소승이 미처 몰랐습니다. 돌고 돌아 여기까지 오신 것을…"

혜초는 그녀의 다분히 자유분방한 말투와 생각에 놀라지 않을 수 없었다.

"수제비 떡이 너무 탄 것 같아요. 시장하실 터인데 드시지요"

정향은 다시 두 손으로 사발을 받들었다. 혜초는 정향의 웃음 띤 얼굴을 바라보며, 수제비 떡을 받아들었다. 그리고 서둘러 입 속에 넣은 뒤, 나이차 사발을 정향에게 두 손으로 바쳐 건네었다.

"스님, 사부님, 돈황의 나이차는 다른 곳에 비해 기름지고 고소합니다."

이렇게 아침밥을 먹고 난 뒤에야 빨갛게 태양이 떠올랐다. 세상에서 제일 큰 것 같은 태양이 둥실둥실 떠올랐다. 세상은 온통 황금빛으로 뒤덮였다. 대천하를 몇 걸음 오르내리던, 혜초와 정향은 곧 불굴 안으로 돌아와, 안탁을 마주하고 앉았다.

정향은 벼루에 물을 따랐다. 한쪽 소매를 걷어 잡고 다소곳이 먹을 갈기 시작하였다. 손목이 시리도록 하얗다. 묵향이 은은히 불굴 안을 감돌았다. 혜초는 어제 필사하다 끝을 못낸 인도(천축)견문록을 다듬어 내려갔다.

"코끼리가 8백 마리나 있다니요? 장안에도 몇 마리밖에 없어요."

정향의 물음에 혜초는 적이 놀랐다. 이렇게 어지럽게 써내려가는 필사문을 해독해 내는 것이 놀라웠다.

"코끼리를 8백 마리나 갖고 있다고 하면 큰 나라입니다."

혜초는 모처럼 똑바로 정향의 얼굴을 바라보았다. 이어서 인도 견문록의 필사를 접어두고, 밀교(密教) 경전을 서둘러 마칠 셈으로 붓을 휘갈겨 내려갔다. 막고굴(莫高窟) 주지에게 넘겨주어야 할 약속한 날이 며칠밖에 남지 않았기 때문이다.

"저도 같이 필사를 할까요? 사부님께서 쓰고 계신 것을 보니 갑자기 저도 쓰고 싶어지는 걸요…."

정향은 붓에 듬뿍 먹물을 찍으며, 혜초의 동정을 살폈다. 혜초는 다시한번 놀라서, 붓을 내려놓고 잠시 생각에 잠겼다.

"사부님 미덥지 못하신지요? 저도 5경(五經)은 읽었는걸요."

정향이 말하였다.

"아닙니다. 정향 마마."

하지만 필사한다는 것은 불전에 밝아야 하고, 학식이 깊지 않으면 어려운 것이었다. 하지만 안 된다고 거절하기가 어려웠다. 어떻게 하면 좋을까? 혜초는 잠시 고민하였다. 그렇다면 밀교경전보다는 민간 설화를 필사하도록 하는 것이 좋겠다고 생각되었다.

"굳이 소승을 좀 도와주시겠다면…. 이것이 〈연자부(燕子賦)〉이온데, 그렇게 길지 않으니, 우선 이것을 필사해 보시지요."

혜초가 말하였다.

〈연자부〉라고 하면 황실에서도 익히 들어왔던 것이었다. 참새가 제비집을 강점하여 벌어진 법정의 싸움을, 희극적으로 현실을 풍자한 내용으로, 사실 궁궐에서는 연출을 기피하던 것이었다.

"봉황의 명에 의해 뱁새에게 체포되었어요. 변명, 아첨하는 몰골은 요즘 관리들과 별로 다를 것이 없어요. 궁중에서 제일 꼴불견들이었어요. 눈으로 보고 참고 견딜 수가 없었지요. 그래서 궁궐이 싫어졌는지도 몰라요."

〈연자부〉는 궁궐의 부패한 몰골을 적나라하게 웃음거리로 표현한 것이었다. 그래서 늘 통쾌하고 재미있게 생각해 왔던 것이다.

"글의 내용을 잘 알고 계셨습니까? 이것 말고도 좋은 작품들이 많다고 들었습니다. 정향 마마."

혜초는 더욱 은근히 놀랐다. 정향이 운필이 여유롭고 글줄 또한 유수와 같았다.

"특히 자은사(慈恩寺) 앞마당에서는 매일같이 '강단(講壇)'이 열려요. 사람들로 법석이지요. 남녀존비를 가릴 것 없이 모여들어요. 때로는 황실에서도 납시는걸요. 강경(講經, 불경의 강설)을 할 때는 썰렁해도, 속강(俗講, 민속의 강설)을 할 때는 열광적이죠. 제사보다 제삿밥에 마음이 있는 것이지요. 〈연자부〉는 당, 고구려, 신라사이의 역사를 바탕으로 이야기가 이루어져 더욱 흥미로워요."

정향은 붓을 놓으며 말하였다.

"이곳 막고굴 앞마당에서도 가끔 속강을 연출합니다. 언제 한번 같이 가도록 기회를 보겠습니다."

혜초는 밀교 경전의 마지막 줄을 써 내려가며 말하였다. 이로부터 두 사람은 매일같이 예불을 하고 불서를 읽고 문서를 필사하는 일로 바쁘게 보냈다.

며칠이 지난 뒤였다. 혜초의 말대로 사람들이 줄을 이어서 막고굴의 광장으로 모여 들었다. 강경(講經)이 열리고 있기 때문이었다. 강경의 사이에 속강(俗講)이 끼어드는데, 강경보다 더욱 청중들의 열렬한 환영을 받았다. 그 가운데에도 〈연자부〉는 날카로운 현실의 풍자여서 울고 웃고 하였다.

속강이 끝나고 사람들은 구름이 흩어지듯 흩어졌다.

혜초와 정향은 대천하를 따라서 다시 불굴로 돌아왔다. 그러나 혜초는 매일 아름다운 여인과 함께 협소한 불굴에서 지낸다고 하는 것은 힘겨운 번뇌였다. 부지불각 중에 일어나는 욕정을 견디기란 정말 고행이었다. 혜초로서는 금욕이 아직 까마득한가 싶었다. 더구나 무욕(無慾)은 말 할 것도 없었다. 이 고행을 이겨내지 못하면 혜초는 파계승이 되는 것이다. 혜초는 몸서리를 쳤다.

"여기서 멀지 않은 곳의 불굴로 옮겨가고자 합니다. 화공들이 살고 있는 근처이옵니다."

혜초가 입을 열었다.

"사부님이 이 불굴을 떠나시면, 저도 따라 갈 수밖에 없어요."

정향의 말이었다. 정말 정향은 이 불굴에 혼자 남아 있을 수는 없다.

"남녀가 유별하지 않습니까? 여기가 거기인데, 다를 것이 없습니다. 마마."

"불굴에서 혼자 밤을 보낼 순 없어요. 무서워요. 다시 잡혀 갈 것 같아요. 늑대에게 물려갈 것 같아요. 지금까지 무사무념 하였는데 무엇이 걱정입니까?"

정향은 혜초를 바라보았다.

"늑대라니…? 늑대의 울음소리를 가끔 듣긴 했으나 불빛이 있는 곳에는 나타나지 않습니다."

혜초는 남녀가 좁은 공간에서의 겪는 번뇌를 말 할 수는 없었다.

"아마도 해탈의 징조가 아닐는지요? 꽃이 필 징조에요"

정향은 남자로서의 혜초의 참아내는 고통이라고 생각하며 말하였다.

혜초는 아무 말도 할 수 없었다.

"해탈의 꽃은 음양이 어우러질 때만 필 수 있지요 스님! 이제와서 사부님이 옮겨가시면, 전 어디로 가야 합니까? 혼자는 못 견뎌요."

정향의 목소리는 떨렸다.

"듣기가 민망하옵니다. 말씀을 거두어 주시오, 마마!"

혜초는 얼버무렸다. 그러나 '애신(愛神)'이란 말이 떠올랐다. 공주의 '해탈' 의 논법이 여기에서 비롯하고 있는 것 같았기 때문이었다. 믿음의 금욕주의를 반대하고 있는 듯싶었다.

"꽃은 무슨 꽃이든지 아름다워요. 꽃이 곧 극락인걸요. 아름다운 꽃이 피려면 금욕, 계율의 속박으로부터 자유로워야 해요.”

정향이 평소에 굳게 갖고 있던 소신이었다.

“꽃이 너무나 아름다워 지옥입니다. 아름다운 꽃이어서 사람들을 지옥으로 유혹할 수 있습니다.”

“꽃을 못 피우는 곳, 그곳이 지옥이 아닐까요? 사부님!”

혜초는 속으로 놀랐다. 그녀는 아마도 남녀의 교합이 성불의 장애가 되지 않을 뿐만 아니라, 정신적으로 해탈 할 수 있는 수단이라고까지 생각하고 있는 것 같았다. 이 해탈을 통하여 순수한 복락을 누릴 수 있다고 믿고 있는 것 같았다. 그리하여 불법을 따르려고 하는 것이 아닌가 싶었다.

“음악이나 춤에서도 볼 수 있어요. 제가 장구춤을 한 번 보여드릴게요.”

정향은 어느새 장구를 허리에 매고 있었다. 장구채를 잡고 한 손을 높이 쳐들었다가 내려쳤다.

“둥당둥당…, 둥당당…,”

마치 맑은 날 갑자기 소나기가 퍼붓는 듯하였다. 감정의 표현이었다. 몸을 한 바퀴 돌리며, 두 팔을 살포시 들어 올리며 멈출 듯하였다. 하더니 화가 난 듯 장구채를 혜초에게 내던졌다.

“이 채로 장구를 두들겨 보세요.”

정향은 다시 혜초가 건네주는 장구채를 잡았다.

“바람이 불고, 우레가 치고, 꽃이 피고, 새가 우짖고, 아름다운 음악이 되는 것처럼 불법이나 인생의 법도도 마찬가지라고 생각해요. 둥당둥당 둥다다…”

정향은 다시 빙글빙글 돌아가며 춤을 추기 시작하였다. 춤사위가 조용하고 고왔다. 앞에서는 폭풍우가 몰아치듯 휘감아 돌아가더니,

이제는 봄바람이 불고, 새가 지저귀고, 구름이 흘러가고, 풀벌레가 재잘대는 자연 가운데에 피어난 한 송이 꽃과 같이 빙글빙글 돌았다.

> 선화공주님은
> 살그머니 정을 통하여
> 서동이란 사내를
> 밤에 몰래 안고 다니네.

〈서동요〉의 낭랑한 목소리는 불굴 안을 맴돌았다. 그야말로 한 송이 불법의 꽃이 활짝 핀 것 같았다. 그러나 이 노래는 두 사람의 관계를 암시하고 있는 것처럼 들렸다. 밤에 몰래 안아보지는 않았으나, 몰래 안아볼지도 모를 일이었다.

"서동의 노래까지 알고 계셨사옵니까? 신라 사람들보다도 훨씬 더 잘 부르십니다."

혜초의 말은 허공을 울릴 뿐이었다.

> 선화 공주님은
> 남몰래 서동을 안았는데,
> 정향이는
> 살그머니 혜초 스님을 안아

정향은 자신이 선화공주인양 다짐 하였다. 그녀는 다시 한 번 장구춤을 휘돌아 추었다. 땀이 온몸을 적시었다. 장구를 허리에서 풀어내어 내던지더니 웃웃을 벗어 공중에 팽개쳤다.

"나무아미타불."

혜초는 돌아앉아 눈을 감았다.

"스님! 눈을 뜨소서. 얼마나 아름다워요? 꽃보다도 아름다운데요. 이젠 꽃이 필 때가 되었지 않아요?"

정향은 눈을 감고 있는 혜초의 목을 두 팔로 감았다.

"모래벌판에서 무슨 필 꽃이?"

혜초는 속으로 얼버무렸다.

순간 안탁의 촛불이 쓰러지고 벼루의 먹물이 엎어졌다. 거친 숨소리가 불굴을 맴돌았다. 숨소리는 회오리바람을 일으켰다가 잦아들었다.

며칠이 지났다. 기다리던 유원(柳園)의 아버지로부터 돈황을 거쳐 장안으로 돌아가는 한 향신료 장수로부터 서찰을 받아 품에 앉았다. 은근히 막고굴의 드나들던 유원의 상인을 통하여 그동안의 사정을 소상하게 밝히고, 구원을 바라고 있던 터였다. 그런데 아버지가 직접 막고굴로 찾아오겠다는 기별이었다.

혜초는 정향의 뜻을 따라 해돋이를 맞이하기 위하여 명사산(鳴沙山)을 올랐다. 정향은 떠오르는 태양을 두 팔을 벌려 가슴에 안 듯 합장 또 합장하였다.

"사랑을 터득 했어요. 불법을 깨닫고 삶의 길을 배웠어요."

정향이 말하였다. 나란히 날카로운 모래 산의 능선을 걸어 내려왔다. 불광욕(佛光浴)으로 몸의 땀을 씻어 내렸다. 때를 벗겨내었다.

"스님! 어제 아버지가 오셨습니다. 이 길로 친정으로 돌아가겠어요. 모든 것을 용서하여 주실 줄 믿습니다."

정향은 눈물을 흘렸다.

"부디 꽃의 행복을 누리시소서. 정향 마마."

혜초는 정향의 손을 잡으며 말하였다.

"스님! 구도의 순례 길에 큰 어려움이 없기를 빌겠어요. 그리고 동방의 구도의 꽃으로 피어나세요."

그들은 어느새 산기슭에 이르렀다. 아래 자락에는 이미 한 필의 말이 매어 있었다.

"사부님, 저의 아버지예요. 신라 사람이에요. 다시 연이 이어질 것을 믿어요."

정향은 말에 올라탔다. 떠오르는 해를 등지고 말은 먼지를 일으키며 서쪽으로 점점 작아져 시야에서 콩알처럼 사라졌다. 혜초는 그제야 발길을 불굴로 옮겼다. 흩어져 있는 사경(寫經)을 거두었다. 벼루에 물을 붓고 먹을 천천히 갈았다. 꽃의 체온이 핏줄을 타고 흐르는 듯하였다.

"돌아가서 풀어보시기 바랍니다."

혜초는 불굴 구석에 팽개쳐 두었던, 정향의 아버지가 메어주고 떠난 바라를 풀었다. 공양전이 쏟아졌다. 그리고 신라 말로 쓴 한 통의 서찰이 들어 있었다. 신라 교역 상인으로 유원에 정착하여 살게 된 것과, 정향이 궁녀로 선발되었다가 탈출하기까지의 내용을 소상히 밝히고, 정향을 구원해 준 것에 대한 고마움을 표시하였다. 혜초는 서찰을 접었다. 촛불에 태우고 합장하였다. 그리고 그 공양으로 정향의 불굴을 건축하기로 결심하였다. 그는 서둘러 막고굴 서북단 상벽에 굴을 뚫기 시작하였다. 혜초는 석공, 화공들과 함께 밤낮을 함께 지냈다. 두 달에 걸친 공사 끝에 불굴을 완성하였다.

중심 불단에 좌불을 안치하고, 좌우로 아난, 가섭을 배치하였다. 서남벽에는 팔상도(八相圖)를, 북벽 중앙에는 설법도(說法圖)를 그리고 아래쪽에 실제 인물 크기의 공양인을 그렸다.

꿩 깃 모자를 쓴 신라인으로 묘사하여 정향의 아버지임을 상징적으로 나타냈다.

막고굴 제401굴 공양보살상   막고굴 제61굴 공양여인상

"불정의 비천은 옷을 입히지 마시오. 여인들은 옷을 입히는 것보다 벗겨놓음이 더욱 아름다워요. 곱게 핀 꽃 같지요. 위나라 불굴의 옷을 벗어버린 알몸의 비천을 보시라우."

혜초가 화공들에게 지시하였다.

"위의 그 비천은 한 화공이 사랑했다던 여인이라는뎁쇼."

혜초는 못들은 체 하였다.

"그리고 동벽은 장구춤을 추는 여인의 그림으로만 가득하게 채우는 것이 좋겠소. 율동적으로 그리시오"

"화전만 듬뿍 집어 주시지요. 저희야 스님이 원하시는 대로 정성을 다하여 그리겠습니다요. 하하하…"

화공들은 즐거웠다.

"마음에 들게만 그려놓으시오. 장구춤을 추는 여인의 입에 꽃 한 송이를 물리면 어떻겠소? 아직 덜 핀 꽃으로 말이요. 곧 활짝 필 수 있도록 말이요."

혜초는 정향이 했던 꽃의 설법을 떠올렸다.

"말씀만 하십시오, 스님. 이 안료를 사용하면 꽃의 향기가 천년은 간다고 하는 걸요….."

화공의 설명이었다.

그렇게 며칠이 지났다. 비천(飛天), 기악(伎樂), 장구무(長鼓舞)를 추는 여인 등의 벽화가 완성되었다. 특히 여인의 장구의 율동적인 춤이 눈앞에 닦아왔다. 혜초는 가까이서, 멀리서 바라보기를 수없이 하였다. 마치 정향이 향가를 부르며, 춤을 추는 듯하였다. 살아 움직이는 것 같았다. 그는 큰 붓을 들어 안료를 듬뿍 찍었다. 잠

당(唐) 217굴 비천(飛天)
〈돈황장식도안〉에서

시 망설이다가 벽화 구석에 '新羅丁香'이라고 썼다.

"신라 정향이라니…, 누굴 말하는 것인 가요? 이곳 기악들은 대부분 알고 있는 터인데요? 정향이란 기악의 이름은 못 들어 보았는데요."

화공들은 궁금하였다.

"쓸데없는 억측일랑 마시구려. 그가 이 불굴을 짓게끔 공양전을 듬뿍 내놓았다오. 여기 있소. 이것이 여러분들의 공전이오. 이만하면 충분할 것이외다."

혜초는 정향의 아버지로부터 받은 공양전의 전부를 풀어놓았다.

혜초는 그날로 이곳으로 거처를 옮겨왔다. 그리고 종전과 다름없이

매일 경전을 필사하였다. 틈틈이 천축국의 견문록을 마무리하였다. 여가에는 난후를 타며 향가를 불렀다. 눈물을 흘렸다.

그렇게 많은 시간이 지난 뒤였다. 혜초는 다시 바라를 걸머지고 동방을 향하여 길을 떠났다. 혜초는 사막에 널린 인골(人骨)을 이정표로 타박타박 동쪽을 향하여 걸렀다. 사막에 핀 꽃을 보고 다음과 같이 노래하였다.

> 하필이면,
> 인골을 덮고 자랄 것인가?
> 하늘의 별처럼,
> 자잘한 흰 꽃으로,
> 다복 다복이 피어났네.
> 안타깝구나! 누구시오 당신은?
> 죽어서야 꽃으로 해탈을 하다니.

1년이 지났다. 모래바람이 불고 날씨가 쌀쌀하였다. 정향은 막고굴로 발길을 옮겼다. 그리고 혜초가 수축한, 그 정향의 불굴 안으로 들어섰다. 누구의 체온이 감도는 듯하였다. 아무도 없는 불굴 안의 연화대에는 자신의 장구가 가지런히 놓여 있을 뿐이었다.

"지금 어디쯤 가고 있나요? 만날 때 떠날 것을 몰랐던 것은 아니나, 이렇게 일찍 가실 줄은 생각 못했어요."

정향은 서러웠다. 한 번이라도 더 만났더라면, 후회가 없을까싶었다.

그녀는 장구춤의 벽화를 더듬다가, 불단에 엎드려 흐느껴 울었다. 이렇게 일찍 떠날 것이 무어란 말인가? 싫었다. 미웠다. 발병이나 걸려라. 갔으니 오리라 싶었다. 전혀 마음의 갈피를 잡을 수 없었다.

"신라 동경에는 언제쯤 도착하실는지? 아직 장안에도 못가셨을 터인데…, 배는 쉽게 구해 타실 수 있을지?"

정향은 그렇게 밤을 지새웠다. 행여 다음 날에는 혜초가 돌아오지 않을까싶어 얼른 막고굴을 떠날 수 없었다. 삼위산을 오르내리며 불광욕(佛光浴)으로 마음을 가다듬었다. 혜초가 가고 있을 동쪽을 향하여 합장하였다. 평안한 길이 되기를 빌었다. 걸음걸음마다 꽃이 피어날 것을 빌었다.

그리고 정향은 서쪽으로 말을 달려갔다.

정향은 다음해, 다음 다음해, 다음, 다음, 다음해의 3월 삼질에도 막고굴을 찾아왔으나, 혜초의 소식은 감감 할 뿐이었다.

"무정도 하셔라"

그 후에도 정향이 막고굴을 찾아오는 일은 한 해도 거르지 않았다. 삼질이면 어김없이 막고굴을 찾아왔다. 그리고 그녀가 죽기 몇 년 전부터는 그 불굴로 이주하였다. 혜초의 소식을 기다렸으나, 그는 이미 오대산으로 입산하였다.

그런데 그 이전부터 돈황에는 이상한 소문이 나돌았다. 처음에는 서역을 내왕하는 교역 상인들의 입을 통하여 퍼지기 시작하였다. 즉, 당 황실의 궁녀는 신라승과의 비련으로 막고굴의 승려가 되어 부처님을 열심히 섬기다가 입적을 한 지오래 되지 않았다는 것이다. 이 이야기는 돈황은 물론 장안에까지 퍼졌다.

많은 사람들은 정향을 불쌍하고 안타깝게 여겼다. 그녀를 기리기 위하여 한 닢, 두 닢 동전을 모아, 대천하가에 탑을 건조하였다. 지금도 그 탑은 여기 저기 우뚝우뚝 서 있는 순례자들의 무덤을 바라보며 그대로 서 있었다.

사람들은 '명황공주의 탑'이라고도 하지만, 틀림없는 '신라의 정향

탑'이라고 까오까오 여사는 설명하였다. 역시 개인적인 의견이라고
전제하였다.

　다음날 우리는 '혜초, 정향'이라고 쓴 화환을 탑 돌에 헌화하고 묵
념하였다. 그리고 또 다른 불굴로 발걸음을 옮겼다.

　위의 글은 혜초의 〈왕오천축국전〉을 근거로, 속강문(俗講文)으로
엮어, 새로이 연출한 것이다.

　그런데 혜초는 왜 끝내 신라로 돌아오지 않았을까?

2

연자부燕子賦

　강단(講壇)이 끝나고 사람들은 구름처럼 흩어졌다. 강단의 강경은 무엇을 말하는 것인지, 무슨 뜻인지 알 듯 말 듯 하다고 하였다. 그러나 속강승(俗講僧)의 〈연자부〉의 연출은 웃다 못해 눈물이 날 지경이라고 하였다. 몸짓과 함께 소도구를 가지고 연출하는 내용은 정말로 실감이 난다고 하였다.

　정향도 끝까지 웃다가 울다가하였다. 혜초와 정향은 대천하의 자갈길을 따라 불굴로 돌아왔다. 하지만 〈연자부〉의 감동으로 몸을 가누기가 힘겨웠다.

　짹짹… 우리 당나라와 고구려와의 관계가 매우 미묘하게 전개되고 있어, 이런 어지러운 때에 공을 세우면 우리도 행복해질 수 있다고.”
"당신은 일할 생각은 안 하고 툭하면 그런 정치 이야기나 해요? 이젠 그런 소리 듣는 것조차 지겹다니까요, 짹짹짹…"
　"그런데 고구려와의 관계는 아무래도 심상치 않은 것 같아. 신라에서 몇 차례씩 사신을 보내와 고구려와 백제를 정벌할 것을 요청하고,

우리 황제께서는 그 요청을 받아들일 것 같아. 그렇다면 두 국경을 넘나들며 살고 있는 우리에게 틀림없이 전공을 세울 기회가 올 것 같은 예감이 들어서 하는 소리야.”

“무슨 힘이 있어 전공을 세우겠다는 거예요. 말 잘하는 것밖에 당신이 할 수 있는 것이란 아무 것도 없잖아요? 창을 쓸 줄 알아요, 칼을 쓸 줄 알아요? 헛된 꿈꾸지 말고 열심히 일하고 살 궁리나 하세요. 아이들은 주렁주렁한데 포근한 둥지조차 없이 떠돌아다니는 처지에 무슨 전공을 세워요 세우긴? 짹짹짹….”

“그건 당신이 몰라서 하는 소리지. 사신을 고구려에 보내어 신라를 침범하지 말라는 황제 폐하의 권유를 듣지 않고 고구려왕은 사신까지 구속했다니까! 그런데 가만히 있을 것 같아?”

“짹짹짹…, 그렇잖아도 고구려는 국력이 쇠퇴해서 평양성으로 수도를 옮겼다던데…, 세력에 밀려간 것 아니겠어요?”

“듣고 보니 당신도 정치에 일가견이 있구려. 당은 그 틈을 이용하여 고구려를 공략할거야. 그러면 분명 전공을 세울 기회가 올 것이고, 전공을 세우면 우리도 행복하게 살 수 있다니까. 하하하….”

그때 갑자기 매가 공습을 감행해 왔다. 참새 일가는 혼비백산 하여 숲 속으로 날아들었다. 그러나 다섯 자녀들 가운데 맏아들이 미처 피하지 못하고 매의 발톱에 매달려 산 너머로 사라졌다.

“지지배배, 무엇보다도 예쁘게 집을 지어야 해요.”

“물론 그래야 하겠지만 먼저 운세가 맞아야 해. 지지배배.”

“물론이에요, 저 들보 사이에 지으면 좋을 것 같아요. 남향이기도 하고, 아들딸 다섯은 두어야 할 터이니 좀 크게 지어야 하겠지요.”

“글쎄 까마귀 점이 잘 맞는다던데, 한번 점을 쳐 보고 짓는 것이 어떻겠어?"

"그래요, 운세는 보는 것이 좋겠네요. 지지배배."

그리하여 제비 부부는 점을 잘 치기로 소문난 산 너머의 까마귀를 찾아갔다. 까마귀는 한참 동안 산가지를 놓더니 가택궁은 진생(辰生)으로, 집은 북향이 가장 좋고 집 모양은 표주박형으로 지어야 길하다고 했다. 남쪽으로 대문을 내면매일 생기가 감돌고, 주방을 북쪽으로 두면 자연 발복한다고 하였다. 그러나 가족 수에 비해 너무 크게 지으면 흉상에 속하고 집안에 생기가 돌기 힘들며 방위의 나쁜 기운이 작용할 수 있으니 점괘를 어기지 말고 지을 것을 당부하였다.

"지지배배, 고맙습니다. 복채가 얼마 되지 않아 부끄럽습니다."

제비 부부는 돌아와 남동쪽으로 매여 있는 빨랫줄에 앉아 까마귀의 점괘대로 집을 설계하였다. 그들은 다음날부터 흙을 물어 날라 대들보 구석에 집을 짓기 시작하였다. 집을 짓기 시작한 지 일주일 만에 예쁘고 튼튼한 집이 완성되었다.

방 안은 풀로 자리를 깔아 솜처럼 부드럽게 만들었다. 제비부부는 길일을 택하여 낙성을 한 뒤, 깔끔하게 정리를 마치고, 농부들이 밭갈이하고 있는 들판을 날아다니며 먹이를 잡았다. 그러던 어느 날 이들을 몰래 지켜보며 기회를 노리고 있던 떠돌이 참새가 제비 부부가 집을 비운 사이에, 자기 가족을 모두 데리고 옮겨왔다. 힘들이지 않고 새로 지은 깨끗하고 튼튼한 집을 얻게 된 참새로서는 기쁘기가 그지 없었다.

"옛사람이 이르기를 '시골 사람이 잡은 토끼, 서울 사람이 먹는다'고 했는데, 정말로 옳은 말이야. 우리는 주먹과 몽둥이만 있으면 돼. 제비는 둘뿐이고, 우리는 이렇게 식구가 많으니 싸워도 우리가 이길 것이 틀림없지 않은가?"

참새는 의기양양해 하며 말했다. 그러나 말을 마치기도 전에 제비 부부가 돌아와 빨리 집을 비워줄 것을 지지배배, 찌찌빼빼 하며 항의하였다.

"도대체 이 집이 누구 집인데 우리보고 나가라고 항의야. 먼저 차지한 자가 임자 아니야? 짹짹짹… 이 집이 너희 집이란 증거가 어디 있어? 있으면 내놓아봐. 짹짹짹…. 날강도 같으니라고….

참새는 두 날개를 세워 싸울 자세를 취했다.

"증거는 무슨 증거? 우리 부부가 손발이 다 닳도록 이삭을 줍고 물어다 집을 쌓았다고. 내 입이 다 헐도록 새로이 지은 집인 것을, 상량만 하고 아직 하룻밤도 자지 않았는데, 너의 집이라니 정말 너야말로 날강도가 아니고 뭐야? 찌찌빼빼."

제비는 둥지 끝에 파닥거리며 올라앉았다.

"강도? 주둥이로 말싸움할 것이 아니다. 관청의 법도가 있으니, 명백히 판결을 내려 줄 것이다. 빈집은 거주해도 괜찮거늘, 내가 무슨 횡포를 부렸단 말이냐? 날강도라니! 짹짹짹…"

참새는 날갯죽지로 제비의 턱을 쳤다.

"정말 어처구니없구나. 내 집을 차지하고서도 오히려 주인을 속이다니, 그러고도 관청에 고소한다고? 지지배배"

제비가 참새의 머리를 받았다. 마침내 한 가족이 달려들어 치고, 받고, 물고하며 한 덩어리로 엉켜 싸웠다. 그러나 제비네는 중과부적이었다. 제비는 눈이 멍들고 부어 잘 보이지 않았다. 고개도 돌릴 수가 없었다. 날렵했던 날개가 빠지고 헝클어져 제대로 날 수조차 없게 되었다.

제비 부부는 어처구니없는 표정으로 서로를 바라보며 세상에 이런 경우는 없었고 도무지 있을 수 없는 일이라고 한탄하였다. 점괘에 따라서 집을 지었는데 이런 횡액이 날아들 줄은 예상하지 못하였다. 뜻밖의 일에 분노를 참을 수가 없었다.

사회정의를 실현하기 위해서라도 마땅한 조치를 취하지 않으면 안된다고 여겨 봉황에게 소장을 제출하였다. 법의 공정한 심판을 받아 집을 되찾고자 한 것이다.

제비는 천하고 가난하여 겨우 둥지 하나를 틀었는데, 잠깐 비운 사이 참새에게 강탈당하였습니다. 뿐만 아니라 협박, 공갈하고 있습니다.

"천자의 명령으로 분명하게 규정하고 있어. 이주자는 정식으로 주민세를 내고 호구로 등록하도록 돼 있는 것도 몰라? 몰래 남의 마을에 들어와 살다니? 관의 부역을 하는 것도 못 봤는데, 마땅히 태형의 처벌을 받고 멀고 먼 산골로 내쫓아야 해. 종달새는 내 사촌 장인이고 들 까치는 우리 큰아버지야. 주현의 장관들이 모두 친인척들인데, 나를 고소해봤자 아무 소용도 없다고. 서둘러 우리 둥지를 떠나야지 안 그러면 귀싸대기를 맞을 줄 알아."

라고 협박을 한다고 하였다.

"저희는 더 이상 참을 수가 없어 법의 심판에 의지하고자 합니다. 옹 가족이 몰매를 맞았습니다. 머리털이 뽑히고, 날개가 부러지도록 구타를 당해 생명의 위협까지 받았습니다. 아직까지 당시의 타박상이 그대로 남아 있습니다. 삼가 대왕께 원하옵건대 현명하고 공정하게 조사를 하시어, 법에 따라 처벌을 내려주시기 바랍니다."

봉황은 제비의 소장을 면밀히 검토하고는, 참새의 횡포로 빚어진 사건임을 간파하였다. 그럼으로 뱁새를 보내 참새를 체포하여 호송해 오도록 하였다. 뱁새가 문 앞에 이르렀을 때였다. 둥지 안에서 참새 부자가 나누는 이야기가 밖으로 새어나왔다.

"어제 저녁에 악몽을 꾸었어. 아침에 일어나니 눈꺼풀이 뻣뻣해. 이건 좋은 징조가 아니야. 관의 송사가 있을 것 같다. 너희들은 오늘 누가 찾아와 나를 찾거든, 문을 열어주지 말고 없다고 해라. 관귀(官鬼)들이 날뛰고 있어!"

그때 뱁새가 문을 열어젖히고 고함을 쳤다.

"거짓말 할 생각 말라. 문 밖에서 너희들이 나누는 이야기를 모두 들었다. 봉황의 명령에 따라 너희들을 체포하러 왔다. 내가 관귀의 대장이다."

뱁새는 참새에게 체포 영장을 내보였다. 참새는 아무 말도하지 못하였다. 돈 봉투를 찔러주고 향응을 베풀어 무마해보려 했으나, 거절 당하고 말았다. 오히려 뱁새의 분노만을 샀을 뿐이다. 뱁새는 즉시 포승을 풀어 참새를 포박하고는 봉황 앞으로 끌고 갔다. 참새는 봉황 앞에 꿇어 엎드렸다.

"오히려 제가 모함을 당했습니다. 만약 제가 제비집을 강탈했다면, 일생일대를 가난하게 살아도 좋습니다. 하늘에 맹서하옵건대 저는 잘못이 없습니다."

참새가 하소연했다.

"사람이 급하면 향을 피우고, 개는 급하면 담장을 뛰어넘는다고 했습니다. 문둥병이나 걸릴 참새 놈은 죽은 다음 매장해 버리면 그만입니다. 시종 거짓말로 대왕을 현혹시키고 있을 뿐입니다."

이를 듣고 있던 제비가 말하였다.

"참새의 죄는 변명의 여지가 없다. 이유를 묻고 있거늘, 시종 거짓말을 늘어놓고 있다. 곤장 오백 대를 치고 목에 형틀을 씌워 옥에 가두도록 하라."

진노한 봉황의 판결이었다.

"내 집을 강탈하고, 나를 두들겨 패고도 행운이 따르리라고 여겼겠지만, 하늘이 네게 보복할 줄은 생각 못 했겠지? 이제 곤장 오백 대를 맞게 되었는데도 속일 셈이냐?"

제비는 악은 악으로 돌아간다고 생각하며 기뻐하였다. 이때 참새의 맏형인 때까치와 아우인 비둘기가 실망한 표정으로 지켜보고 있다가 제비에게 '여우가 죽으면 토끼도 슬퍼한다'고 했는데, 같은 동포끼리 그렇게 동정심조차 없느냐고 대들었다.

참새의 아내는 남편이 곤장 오백 대를 맞았다는 이야기를 듣고 정신을 잃었다. 그녀는 머리를 풀어헤친 채 감옥으로 달려왔다. 남편 참새의 얼굴빛이 흙색처럼 변했고, 곤장을 맞은 등은 곱사등처럼 부어올랐다. 남편의 처참한 몰골을 보고 비 오듯 눈물을 쏟았다. 서둘러 남편의 입에 소변을 들이 붓고 등창에 고약을 발랐다.

"평상시에 곧잘 옳은 것을 그르다고 하더니, 기어코 관아에 꿀 끌려와 곤장을 맞게 된 거야. 언제까지 감옥에 갇혀 있을는지 알 수가 없으니 어떻게 하면 좋아? 자초한 화이니 누구를 원망도 할 수 없어."

아내 참새가 말했다.

"사내가 일을 하다 보면 실수를 할 때도 있는 법. 등이 터졌다고 그렇게 두려워할 것까지 없잖은가? 한 번 살지, 두 번 죽을까? 당신 서둘러 뱁새를 찾아가, 길을 찾아보도록 해. 권력이 있는 이를 찾아 봉황에게 줄을 이어보라고. 또 다시 곤장을 맞지 않도록 말이야."

남편 참새가 당부하였다.

며칠 동안 감옥에 갇혀 있던 참새는 황새 옥졸에게 형틀을 벗겨달라고 애원하였으나, 옥졸은 이를 들어주지 않았다.

"관에서는 할 수 없다지만, 사사로이 못할 것도 없잖아. 잘 좀 봐달라고 이 꺽다리야. 집에서 밥을 들여올 때, 밥 속에 금을 숨겨오도록 할게. 그 금을 너에게 주어 네 가족을 봉양하면, 나 좋고 너 좋잖아?"

참새가 꺽다리 옥졸을 구슬렸다.

"나는 조정의 관리인데, 어떻게 그런 뇌물을 받을 수 있다는 말인가?"

옥졸은 호통을 쳤다.

"옛날 사람들이 말하기를 삼정승이 옥졸에게 당한다더니, 오늘 내가 그 꼴을 당할 줄 정말 몰랐네! 짹짹짹…"

참새는 깊이 탄식을 했다. 참새는 마음속으로 염불하고 발원 할 수밖에 없었다. 감옥에서 풀려나면 양심적으로 살아가겠다고 다짐하고서는, 곧이어 옥졸을 찾아가 은혜를 갚을 터이니 좀 편리를 봐달라고 애원했다.

"법을 어기고도 회개할 줄 모르는 놈이군. 내일 곤장 맞을 준비나 하고 있어. 염치없는 놈아."

꺽다리 옥졸이 소리쳤다.

"또 곤장을 때린다고?!"

참새는 곤장을 맞는다는 소리에 몸을 떨었다.

다음날 2심이 개최되었다.

"제비가 집을 지은 것은 인정하는가?"

재판관이 물었다.

"그렇습니다."

참새가 고개를 끄덕였다.

"그렇다면 어찌하여 강탈을 하였는가?"

재판관이 다시 물었다.

"저는 매에게 쫓기고 있었습니다. 급하니 무엇을 분별 할 수 없었습니다. 구멍이 있어서 잠시 위험을 피해 들어간 것일 뿐, 절대로 억지로 빼앗은 것이 아닙니다."

참새가 반론하였다.

"피난이라고 하면 왜 공갈 협박을 하고 주먹을 휘둘렀는가? 구타죄는 곤장 백 대를 맞도록 형법으로 정하고 있다. 정당한 이유가 있으면 진술할 기회를 주겠다."

재판관이 말하였다.

"피난으로 잠시 제비집에 머물러 있으려 했을 뿐입니다. 빈집이어서 그냥 거주해도 무방하리라고 생각했습니다. 제비가 돌아오리라고는 생각하지도 않았습니다. 나는 사죄를 하였으나, 제비는 나의 말을 듣지도 않고 욕설을 퍼부었습니다.

나는 참을 수 없어 그와 치고받았습니다. 제비는 상처를 입고 깃털이 빠졌다고 하지만, 나는 다리를 다쳐 절룩거리게 되었습니다. 양쪽의 다친 정도가 비슷합니다. 차라리 벌금을 물도록 해주시기 바랍니다. 만약 또 곤장을 맞도록 판결을 하시면, 억울함을 호소하지 않을 수 없습니다. 나는 나라에 큰 공을 세워 훈장을 받은 적도 있으니, 청하옵건대 죄를 사면해 주시기 바랍니다."

참새는 조리 있게 자신을 변론하였다.

"죄인은 남의 집을 강탈하고 거기에 공갈죄까지 짓고도 죄를 받아들이려고 하지 않으니, 파렴치하기 그지없구나. 큰 공훈이 있다고 했는데 어디서 어떻게 공을 세운 것인지 말해보라."

재판관이 참새의 표정을 살폈다.

"정관 19년(644)입니다. 아시다시피 신라에서 몇 차례 사신을 우리나라에 보내와 고구려의 침략을 막아달라고 요청해 왔습니다. 우리 황제 폐하께서는 장엄이란 사신을 고구려에 파견하여 신라와의 화해를 권고했지만, 불응했을 뿐더러 무엄하게도 사신까지 구속했습니다.”

참새의 설명이 길어졌다.

“그런데 그것이 피고와 무슨 상관인가? 재판관이 묻는 말에만 충실히 대답하라.”

재판관이 참새의 말을 제지하였다.

“한편 고구려는 장항성을 점령 당과 신라의 교역을 차단하고, 연개소문은 영류왕을 시해하는 등 반역을 서슴지 않았고, 백성이 폭정에 시달리게 되자, 황제 폐하께서 진노하시어 삼십만 대군을 이끌고 친정에 나서지 않았습니까? 저는 그때 군대에 입대하였는데, 수색대에 배속되었습니다. 양군은 토산을 쌓아가며 대치하던 중에 대접전이 벌어졌습니다. 그때 저는 말도 타지 않고, 활도 갖지 않은 채 입에 불을 물고 바람을 타고 고구려 진영으로 몰래 날아 들어가 방화를 하였습니다. 고구려 진영은 순식간에 불바다가 되었고, 고구려의 장졸들이 투항해 옴으로써 우리 당나라 군사는 대승을 거둘 수 있었습니다. 쨱쨱…”

참새는 의기양양하였다.

“말대로라면 과연 큰 전공이긴 한데…”

“훈장이 여기 있습니다. 그리고 이 가슴의 흉터는 그때 입은 영광의 상처입니다.”

참새가 말하였다.

잠시 휴정이 되었다가 속개되었다.

“참새는 교활하여 제비집을 강점한 죄에 대하여 승복하지 않을뿐더러 조금도 회개함을 보이지 않는다. 그러나 고구려의 양만춘이 쏜 화살이 황제 폐하의 용안에 맞을 것을 가슴으로 막아 빗나가게 했고,

참새의 화공으로 고구려의 고연수장군, 고혜진 장군을 투항하게 하는 등 큰 전공을 세운 바 있다. 이에 그 공을 참작하여 석방하니, 참새는 집을 제비에게 돌려주도록 하라. 그리고 더 이상의 송사를 벌이지 말라."

봉황의 최종 판결이었다.

석방된 참새는 술상을 차려놓고 제비를 초청하였다. 술잔이 오고가고 둘은 취기가 감돌아 '지지배배', '짹짹짹' 하며 저간의 감정을 털어놓았다.

"지난번에는 내가 죄를 지었는데, 너그러이 용서 하시요. 오늘부터 잘 모시도록 할 것이며, 남 앞에 나서서 앙앙불락하지도 않겠습니다. 짹짹짹…"

그리하여 제비와 참새는 마침내 화해하고, 이웃하여 평온하게 살기로 하였다. 그런데 갑자기 기러기가 날아들었다.

"최근 둘이서 다투시던데, 내보기에 참새 당신이야말로 웃으며 침상에 오줌을 싸는 격으로 고의적으로 죄를 어긴 것이 분명하지만, 봉황의 은덕을 입어 목숨을 건질 수 있었지. 만일 근신하지 못하고 어느 날이고 새매에게 잡혀가면 생명을 보전하지 못하지."

기러기는 참새의 교활함을 꾸짖었다.

"제비 당신도 지나치게 고집이 세. 그 작은 일을 가지고 관아에 고소하여 참새는 거의 죽다 살아나지 않았나? 당신들은 정말 견식이 없어. 그러니 우리 기러기들은 당신들과 같은 옹졸한 것들과 함께 어울리기를 원치 않지."

기러기는 제비의 졸렬함을 비난했다.

"봉황께서 우리를 양해해 주신 일인데, 기러기 당신이 무슨 말이 그렇게 많소? 저질스러운 것들, 당신은 당신대로 할 일이 있을 터인데?"

제비와 참새가 기러기를 꾸짖듯이 말하였다.

우리 기러기는 원대한 뜻을 지니고 있거늘, 네 참새, 제비 따위가 어디 그 뜻을 알겠는가? 우리는 순간적으로 푸른 구름 속으로 날아올라가고, 이어 삼년을 날며 기럭기럭 노래를 한다고, 이에 기럭기럭 더욱 목청을 높였다. 그리고 그냥 고고하게 서쪽으로 날아갔다.

"고고한 체 해봤자 제 까짓 것 뭐…"

제비와 참새가 코웃음을 쳤다.

"아무렴…제까짓 것이 우리의 이 자유자재한 삶을 알까나? 지지배배…짹짹짹…"

참새와 제비는 합창하였다.

그리고 참새는 광야의 숲으로 날아가고, 제비는 물을 차고 하늘을 날아올랐다.

까오까오여사는 '돈황속부'의 대표적인 작품이라고 설명하였다. 물론 막고굴 17호 장경동(藏經洞, 경을 감추어 둔 동굴)에서 거의 1천 년동안 감추어져 있다가 비로소 발견 된 것이다. 그러나 지금은 파리 국립도서관에 있다.

3
외뿔신선獨角仙人

막고굴의 안내원은 우리를 북주 막고굴 제428굴로 인도하였다.

후진(後秦)의 구마라습역 〈대지도론〉 권 17, 양승민(梁僧旻), 보창 (寶唱) 등이 편집한 〈경률이상(經律異相)〉 권 39에 실려 있는 내용이다.

"외뿔신선의 내용이에요."

안내원은 벽화 속의 외뿔신선을 가리키며 설명하였다.

한 신선이 파라나의 깊은 산속에서 수도를 하고 있었다. 보름달이 높이 떠 오른 어느 날이었다. 초가을의 바람 소리가 스산하고 풀벌레 소리가 유난스러웠다. 신선은 갑자기 소피가 보고 싶어서, 초옥의 문을 열고 나와 수초가 무성한 연못가로 걸어갔다. 발자국 소리를 따라서 벌레 소리가 멎었다. 소피 줄기가 폭포처럼 쏟아졌다. 잔잔한 호수의 물이 파문을 일으켰다. 그때 물을 마시던 사슴이 주춤하며, 먼 산을 바라보았다. 그러나 그놈은 아랑곳하지 않고, 계속해서 물을 마셨다. 신선은 볼일을 본 뒤 초옥으로 돌아오고, 사슴은 골짜기를 타고 산으로 올라갔다. 이상한 일이었다. 사슴이 그 호수의 물을 마시고 잉태를 하였던 것이다.

"그것을 어떻게 믿어. 수컷을 만나서 짝을 지었겠지."

그 후 열 달이 지난 어느 날이었다. 사슴은 그 신선의 초옥 옆에 아늑한 자리를 마련하고, 한 남자 아이를 낳았다. 뜻밖의 아이 울음소리에 놀란 신선은 방문을 박차고 밖으로 나갔다. 사슴은 신선을 돌아보더니, 바람처럼 숲 속으로 사라졌다.

이것이 어떻게 된 것일까? 신선은 아기를 감싸 안고 초옥으로 돌아왔다. 아이를 가만히 살펴보니 머리에 소뿔 크기만 한 외뿔이 나 있었고, 다리는 매우 힘이 강하여서 일어나려고 몇 번 비틀거리는가 싶더니 금방 걷기 시작하였다. 세 살 때에 경서를 읽었다. 하나를 배우면 백을 터득하였다. 점차 건강하게 자라면서 공부에 열중하여 경전에 정통하고 박물에 무불통지하였다. 또한 면벽하여 좌선을 하더니, 마침내 다섯 가지의 신통력을 얻게 되었다.

어느 여름 날, 도통한 외뿔신선은 높은 산에 올랐다. 갑자기 구름이 모여들고 천둥과 번개가 치더니 폭우가 쏟아지기 시작하였다. 계곡이 흙탕물로 소용돌이쳤다. 외뿔신선은 계곡을 건너 언덕을 오르다가 그만 미끄러져 다리를 다쳤다. 접질린 다리가 아파서 걸을 수가 없었다. 그는 비바람을 저주하여 비가 내리지 않도록 주문을 외우고 도술을 부렸다.

해신 역시 신선의 도행을 감히 거역할 수 없었다. 비는 곧 그쳤다. 그 이후 오랫동안 비가 내리지 않아 나라에 한발이 극심하였다. 곡식들이 말라죽어 사람들의 생존까지 위험한 지경에 이르렀다. 산천초목이 모두 타들어갔다.

바라파시 국왕은 대신들을 불러 모아 극심한 한발을 구할 방법이 없는가를 의논하였다.

"신이 듣기로는 깊은 산속에 외뿔신선이 살고 있다고 합니다. 그는 어느 비 오는 날 산에 오르다가 미끄러져서 두 다리를 다쳤다고 합니다. 화가 난 그는 주술을 부려서 해신에게 12년 동안 비를 내리지 못하게 하였다고 합니다. 황공하옵니다."

여러 대신들이 함께 머리를 조아렸다. 그 말을 듣고 국왕은 성대히 기우제를 올렸다. 그러나 아무런 효력이 없었다. 오히려 덕이 부족하여 비를 불러오지 못한다고 부끄럽게 생각하였다. 다시 대신들을 불러 모아 의논을 거듭하였으나, 뾰족한 수를 찾지 못하였다. 백성들의 불만이 깊어가고 흉흉해져 살인, 강도, 도둑들까지 횡행하였다.

"큰 것을 위해 작은 것을 희생하는 것은 불도에 어긋남이 없는 줄 압니다. 수많은 백성들이 굶어 죽어가고 있사오니, 주술 하는 신선을 잡아들여 처형함이 마땅한 줄로 압니다."

한 대신이 아뢰었다.

"살생을 하다니요. 더구나 살인을 하다니요? 더 큰 하늘의 재앙을 면치 못할 것이요."

다른 대신이 반박하였다.

"외뿔신선보다 더 큰 신통력을 가지고 있는 도인이 세상 어디엔가 있을 터이니, 그의 신통력을 무력하게 할 수 있는 사람을 찾아보는 것이 좋을까 합니다."

또 다른 대신이 머리를 조아리며 말하였다.

"그것이 좋겠소. 외뿔신선의 신통력을 무력하게 할 자가 있다면, 국토의 반을 상으로 줄 것이니 곧 공포하도록 하시오."

국왕의 명령이었다. 그리하여 방방곡곡에 방이 나붙었다. 많은 도인들과 재주가 있다는 사람들이 모여들었다. 그들은 이런저런 의견을 내놓았으나 아무 소용없는 일이었다.

"신통력이 여음력(女陰力)만 할까?"

여러 의견들을 자세히 듣고 있던 선타가 코웃음을 치며 중얼거렸다. 선타는 곧 국왕을 찾아가 배알하고는 이렇게 말하였다.

"외뿔신선은 사람입니까? 아니면 하늘의 아들입니까?"

선타는 미소를 지으며 왕을 올려다보았다. 마치 하늘에서 금방 내려온 선녀인 듯, 그의 용모에 대신들은 넋을 잃고 그녀를 바라보았다.

"외뿔신선은 분명 사람이외다. 그러나 사슴이 낳은 사람이외다."

수염이 무성한 신하가 대답하였다.

"그렇다면 그의 도행을 파괴하고 신통력을 무력하게 할 수 있습니다."

선타는 자신 있게 말하였다. 그녀는 우선 많은 보화를 준비하도록 하였다.

"폐하! 기다려 보시옵소서. 곧 외뿔신선의 등에 업혀 돌아오겠나이다."

산타의 말이었다. 그녀는 많은 수레를 동원하여 깃털 옷과 나뭇잎 옷을 입은 많은 시녀들을 태워 신선이 살고 있는 숲 속으로 향하였다. 그리고 신선의 초옥 주위로 초막을 치고 수도생활을 시작하였다. 모두가 외뿔신선이 하는 방식을 따라서 하루하루를 살았다. 신선이란 숫기가 없거나 고자이다. 어디 한두 번 겪는 일인가? 산타는 속으로 생각하며 빙긋이 웃었다. 그리고 산에서 나는 여러 가지 약초로 환회환을 만들었다. 마치 산과일처럼 모양을 빚었다. 또 향기로운 술을 빚어 땅에 묻었다. 술 향이 은은히 풍겼다.

어느 날 외뿔신선이 새롭게 시작하는 여인들의 수도 생활이 궁금하여 초막을 찾았다. 여인들은 그를 열렬히 환영하고 꽃과 향료를 선물하고는 화려한 꽃방석 위로 안내하였다.

"이것은 감로수입니다. 한 번 드시면 아옵니다."

선타는 섬섬옥수로 겸손히 받들어 올렸다.

"이것이 천하제일의 산과일들입니다. 도사님은 이런 것은 생전에 못 잡수셨을 거예요."

나뭇잎 옷의 시녀가 미소를 지었다. 그리고 과일을 입속에 넣어주었다. 그들은 계속하여 먹고 마시었다. 점심때가 지나도 끝나지 않았다.

"내가 세상에서 이렇게 아름답고 맛있는 과일은 처음 먹어보았소. 또 이렇게 달고 향기 나는 물도 마셔 본적이 없다오."

외뿔신선의 얼굴이 홍시같이 붉게 달아올랐다. 말도 잘 가누지 못하였다.

"우리가 한 마음으로 수도하는 것을 기특하게 여기어 천신께서 내려주신 성수입니다. 당연히 보통 물과는 다르지요."

선타가 말하였다.

"이 과일을 먹고 그물을 마시면 도력이 몇 배 더해집니다. 도사님은 지금 그것을 못 느끼십니까? 하오면 좀 더 드셔 보세요."

선타는 빨간 과일을 건네주며 이제 그가 신통력을 더 이상 발휘할 수 없을 것이라고 생각하며, 속으로 은근한 미소를 지었다. 아무렴 신통력이 여음력을 이겨낼 수 없는 것임은 분명하다고 여겼다.

"우리와 함께 수도하신다면 항상 이런 과일과 물을 마실 수 있습니다. 하오니 우리와 함께 수도하는 것이 어떠하실까요?"

선타는 외뿔신선의 손을 잡고 어루만지며 간청하였다. 선타는 외뿔신선의 가슴을 더듬어 올라갔다. 그녀의 꽃잎 같은 빨간 입술이 코 밑에서 나불거렸다.

"그렇군요. 당신들과 함께 수도를 한다면, 곧 학이 되어 날아오를 수도 있을 것 같구려!"

외뿔신선은 하하 웃는가 하였는데, 선타를 왈칵 끌어 앉았다.

"도사님은 선학이 되시려면 아직도 먼 듯합니다."

선타가 슬며시 그를 밀어내며 말하였다.

"아직 멀다니! 섭섭한 말이오. 곧 구름을 타고 둥둥 날 것만 같은 걸…."

"도사님, 우리와 함께 수도 생활을 한다면, 먼저 우리 나름대로 행해야 할 의식이 있습니다. 우리가 입고 있는 옷은 도의 허식이지요. 모두 벌거벗고, 목욕부터 해야 합니다. 그렇게 하실 수 있으신지요?"

선타는 외뿔신선의 표정을 살폈다.

"그렇다면 해야지. 겨드랑이에서 바람이 나는 것을 보니, 학의 날개가 돋으려는가 보오. 학의 날개를 달아야 해요"

외뿔신선은 천천히 옷을 벗었다, 여인들은 그를 부축하며 모두 연못 속으로 들어갔다. 선타의 몸은 마치 곤륜산의 백설처럼 희고 아름다웠다. 하얗고 긴 손으로 외뿔신선의 목을 감싸 안으며, 온몸을 더듬어 갔다. 신선은 가슴이 마구 뛰었다. 수도 생활 중에 처음으로 이런 아름다움과 기쁨을 느꼈다.

외뿔신선은 선타를 이끌어 연못 밖으로 나왔다. 시녀들은 그들의 옷을 모두 벗어 풀 위에 깔았다. 여인들은 그들을 에워싸고 꽃잎을 흩뿌리며 외뿔신선과 선타의 합환을 축하하는 노래를, 원을 그리고 돌고 돌며 합창을 하였다.

바람아 불어라 바람아
꽃잎이 쏟아져 내리고
바람아 불어라 바람아
향기 구름타고 날아라.

두 몸은 시녀들이 부르는 노래의 율동에 맞추어 힘차게 춤추었다. 그날따라 태양은 더욱 강렬하게 내리쬐었다.

외뿔신선은 날개가 돋아난다고 느꼈다. 학의 날개가 돋아난다고 생각하였다. 학의 날개가 돋아나고 있다고 생각하였다. 선타를 품에 앉고 하늘로 날아올라 가리라고 하였다. 그러므로 버들가지 같은 선타의 허리를 다시 껴안으려 하였다. 그러나 어쩐지 기력이 없어지기 시작하였다. 손발을 움직일 힘도 없었다.

"일어나세요. 외뿔에 힘을 모아보세요.

선타는 여음력의 신통성을 다시 한 번 깨달았다.

선타는 외뿔신선의 옷을 감싸주며 자신은 풀잎 치마로 몸을 둘렀다. 외뿔신선은 학이 되어 날 것 같았던 기쁨도 사라지고, 지니고 있던 신통력이 빠져 나갔음을 그제야 알아차렸다.

그 순간 바람이 불고 구름이 모여들더니, 비가 내리기 시작 하였다. 밤낮으로 먹고 마시고 춤을 추고 노래하는 며칠 동안 계속하여 비가 퍼부었다. 신통력을 발휘하여 주술을 써보려 했으나, 비는 그치지 않았다. 환회한과 술이 모두 바닥난 뒤에야 비는 멎기 시작하였다. 구름은 산봉우리를 둘러서 바람에 밀려 나갔다.

다음날 오후가 되어서야 여인들은 한둘씩 일어나서 세수도 하고 옷도 갈아입은 뒤 외뿔신선에게 문안을 하였다.

"이 산과일을 드세요. 햇빛을 받아 아주 잘 익었습니다."

선타가 권하였다. 외뿔신선은 과일을 받아들고는 학이 되어 날아갈 것만 같았던, 어제의 일들을 떠올렸다. 과일을 한입 깨물었다. 시큼하고 달콤한 물이 입 안에 가득하였다.

"과일 맛이 시고 달고 하니… 못 먹겠소."

외뿔신선이 말하였다.

"아직 그런 구별을 못 하세요. 신 것이 속이면, 단 것은 선이지요. 속과 선이 함께 들어 있어서 그래요. 선만 알고 속을 모르니, 학의 날개를 못 다셨지요."

선타가 웃으면서 말하였다.

"어제는 학의 날개를 다는 듯했소. 이 과일은 정말 못 먹겠소. 전에 먹었던 물과 과일을 좀 주시구려."

선타의 손을 잡고 애원하였다.

"그 과일은 이미 다 먹었어요. 물도 다 떨어졌고요. 원하시면 저와 함께 하산하셔서 가져와야 해요."

선타는 외뿔신선의 목을 살포시 끌어안으며 말하였다.

"그게 무엇이 어렵겠소. 함께 가서 가져오면 되겠구려."

외뿔신선은 선타의 말을 따랐다. 둘은 손을 잡고 산길을 내려왔다. 다리가 아프고 발이 부르터서 걷기가 힘들었다. 바라파시 성이 눈앞에 가까이 와 있는 듯 보였으나 멀기가 그지없었다. 기어가듯이 해서 성문 가까이 이르렀다. 선타는 성문을 바라보며 털썩 주저앉으며 말하였다.

"더 이상 못 걷겠어요. 한 발짝도 못 움직이겠어요."

선타가 애원하듯이 말하였다.

"그러면 내 등에 타시오. 등에 업고 가리다."

외뿔신선이 말하였다. 외뿔신선은 선타를 등에 업고 성문을 향하여 비틀비틀 걸어갔다. 그때 성문이 열리면서 국왕이 말 위에 앉아서 외뿔신선의 등에 업혀 입성하는 선타를 친히 영접하였다.

그 후 국왕은 외뿔신선을 성안에서 살도록 하였다. 그의 요구는 무엇이든지 다 들어주도록 하였다. 그러나 몇 개월이 지나고 나니 외뿔신선은 궁성의 생활에 싫증이 나기 시작하였다. 기쁨을 찾을 수가 없으니 늘 우울하였다.

"비가 많이 내려 이미 한발이 해소되었소. 만일 신선께서 다시 입산수도하실 생각이 있으시면, 그렇게 하도록 하시오. 마음대로 결정하시오."

궁정의 의결로 외뿔신선은 다시 산으로 되돌아갔다. "그래서 시고 달아요." 라고 선타가 웃으며 말하던, 그 선과 속의 뜻을 되새기며, 마음을 가다듬고, 수도에 정진하였다. 심혈을 기울여 면벽 수련함으로써 그는 잃었던 신통력을 회복하였다.

4

석가모니 열반의 예언

현재까지 남아있는 석굴은 모두 496개이다. 그런데 불굴의 보존을 위하여 우리에게 8개 밖에 보여 줄 수 없음을 다시 한 번 안타까워하였다.

까오까오여사는 우리를 막고굴 제259굴로 안내하였다. 열반경변(涅槃經變)의 대표작가운데 하나이다. 수나라 후기에 그려진 것이다. 석가모니의 사라쌍수아래에서 열반에 든 모습, 시방불과 보살 및 제자들의 애도의 모습, 제자들의 질문 등이 사실적으로 묘사되어 있다.

석가는 암바랏티가 동산을 지나 암바(망고) 숲에서 설법을 마친 뒤에 다시 갈 길을 재촉하였다. 어느 곳에 이르자 도도히 흐르는 강물이 석가의 앞을 가로 막았다. 강을 건너 석가는 베사리에 이르러 비구들에게 정념하고 자각하여 있으라고 설하였다.

"아니 부처님께서 우리 숲에 머물러 계신다고?"

석가가 암바 숲에 머물러 있다는 소식을 들은 기녀 암바파리는 화려한 수레를 타고 즉시 숲속으로 달려갔다. 암바파리는 고아였다. 망고나무아래 버려졌는데 한 정원사에 의하여 발견되어 그에게서 자라났다. 미인으로 자랐다. 절세의 미인으로 자랐다. 소문이 퍼져 뭇 남자들의 청혼으로 다툼이 끊이지 않았다. 그러므로 암바파리는 이 다툼이 큰 다툼으로 번지고, 다툼이 끊이지 않을 것을 염려하여 모든 청혼을 물리쳤다. 그리고 모든 남자들의 여자가 되리라고 생각하였다. 그리하여 남자들이 몰려들기 시작하였고, 당시 사교계의 스타가 되었다. 따라서 엄청난 재화를 갖게 되었고, 가이없는 암바숲을 갖게 되었던 것이다.

그녀는 석가에게 무릎을 꿇고 절을 올렸다.

"우리 숲을 찾아오실 줄은 꿈에도 몰랐습니다. 이곳 웨살리에 유행하는 역병을 내 몰아주셔서 안심하고 살고 있습니다. 돈 벌이도 몇 배로 좋아졌나이다."

암바파리는 맑게 웃으며 말하였다. 그녀는 한 송이 부용과 같았다.

"몸이 병들어서는 안 될 것이다."

석가는 조용히 설법을 하였다.

"돈이 없으면 고달플 것이니라."

암바파리는 돈의 설법을 의아해 하였다.

"아무것도 없으면 병들지도 않는다."

잠시 적막이 흘렀다.

"아무것도 없으면 고달프지도 않을 것이다."

다시 적막이 흘렀다.

"그러한즉 마음에 병이 들면 더욱 안 되리라."

암바파리는 석가의 설법을 알 듯 말 듯하였다. 흥미가 없었다. 그러나 차츰 귀를 기우리게 하였다. 기쁨으로 마음을 설레게 하였다. 결국에는 감동한 나머지 울음을 주체하지 못하였다.

"내일 제 집에 와 주시기 바라나이다. 비구들과 함께 오셔서 공양

음식을 받아 주옵소서."

암바파리는 눈물로 간청을 하였다. 석가의 발에 입을 맞추었다. 긴 머리카락을 풀어 발을 닦았다. 석가는 말없이 고개를 끄덕였다.

그제야 다른 베사리(릿챠비족) 사람들은 석가가 이곳에 계시다는 것을 알고 수레를 타고 모여 들었다. 그들은 노상에서 암바파리의 수레와 마주쳤다.

"어이! 암바파리 부처님을 우리가 모실 수 있도록 하여주게나. 대신 십만금을 낼 터이니…"

"귀공자들이여, 베사리의 영지를 다 준다고 하여도 이 공양을 양도하지 않을 것이오."

암바파리는 속으로 못난 것들이라고 비웃으며 수레를 달려 돌아갔다. 그러나 베사리 사람들은 석가를 찾아와 자신들의 집에서 내일 공양식을 올리겠다고 하였으나, 암바파리와의 약속으로 거절할 수밖에 없었다. 그러자 베사리의 릿챠비 사람들은 기녀 암바파리에게 선수를 뺏긴 것을 안타까워하며 수레를 되돌렸다.

다음날 아침이었다. 태양이 찬란하였다. 석가는 약속한대로 비구들과 함께 암바파리의 집으로 향하였다. 암바파리는 석가일행을 반갑게 맞이하였다. 그리고 정성을 다하여 공양음식을 올렸다.

"부처님!"

"말하시오."

"저의 이 숲을 모두 부처님께 바치겠나이다. 수행의 장소로 받아주시면 기쁨이오 영광이겠습니다."

석가는 잠간 묵상하더니 흔쾌히 받아들였다.

그리고 암바파리의 집을 나와 베사리의 여러 곳을 돌아다니며, 설법을 계속하여 이어갔다. 그런데 설법을 계속하는 가운데, 스스로 열반을 예언하였다. 갑작스러운 열반의 예언에 제자들은 두려워하였다.

> 비구들이여,
> 그대들에게 고하노니,
> 모든 현상은 소멸한다,
> 게으르지 말고 노력 하라,
> 석 달 뒤면 열반할 것이니라.

석가는 언덕에 올라서서 베사리를 둘러보더니, 아난을 옆으로 불렀다.

"아난아! 이번에 베사리 보는 것이 마지막이 될 것이다. 이제반라 마을로 가자구나."

쿠시나라로 가기 위함이었다. 핫티, 암바, 잠브, 보가성으로 향하였다. 석가 일행은 보가성의 금 세공업자 춘다의 암바 동산에서 설법을 하며 얼마동안 머물렀다. 이 때였다. 대장장이의 아들인 춘다는 석가가 바로 이 망고 숲에 머물고 계시다는 말을 듣고 찾아와 설법을 듣고, 암바파리와 마찬가지로 감동한 나머지 내일 공양식을 올리겠노라고, 찾아주실 것을 간청하였다. 이에 석가는 말없이 수락을 하였다.

그런데 아난은 지금은 흉년이 들어 먹을 것이 부족하고, 부자도 공양이 어려운편인데, 춘다는 가난하여 공양을 준비하기가 어려울 것이

망고농원이었던 농지(정희정 제공)

라고 하였다.

"아난아 걱정하지 말라. 춘다는 공양을 준비 할 것이다."

석가는 춘다의 믿음을 알았다. 또 부자의 공양은 받고, 가난한자의 공양은 받지 않을 수가 없는 것이었다.

춘다는 기쁜 마음으로 하루 종일 공양을 준비하였다. 날이 밝아 춘다는 공양음식 준비가 다 되었으니, 따스할 때 오셔서 드실 것을 권유하였다.

여러 종류의 많은 음식이 차려졌다.

"이것은 '스카라맛다바'라고 하는 특이한 음식입니다. 한번 드셔보시옵소서."

"고맙구려."

석가는 한 사발의 '스카라맛다바'를 모두 비우고 손을 씻었다. 그런데 얼마 뒤엔가 갑자기 손이 떨리었다. 오한이 심하였다. 그리고 피를 토하였다. 그러나 석가는 아픔을 견디며, 아난에게 구시나가라로 갈 것을 재촉 하였다.

> 이와 같이 나는 전하여 들었다.
> 세금공 춘다의 음식을 먹고,
> 현자는 병에 걸렸다.
> 죽을 정도로 심한 병에,
> 스카라맛다바를 먹고,
> 스승에게 격렬한 병이 일어났다.
> 쿠시나라로 나는 가고자 한다.

〈대반열반경〉에 실려 있는, 위의 시구를 보아 '스카라맛다바'라는 공양 음식이 발병의 원인이 되었던 것을 알 수 있다.

석가는 아픈 몸을 이끌고, 파바를 지나 쿠시나가라에까지 걸어와, 히란나바티 강가의 사라 숲으로 들어갔다. 그리고 사라 쌍수 사이에 누웠다. 머리를 북쪽으로 두고, 오른쪽으로 누웠다. 다리를 포개어 사자와한 뒤, 정념에 들었다. 사라 숲의 만발한 꽃이 쏟아지듯 떨어져 날렸다.

석가모니가 열반하였던
사라쌍수(정희정 제공)

"스승이 입멸하신 뒤에는 어떻게 되나이까?"

아난이 여쭈었다.

"어느 누구라도 불탑에 예배하라."

석가가 말하였다.

"불탑에 열심히 예배하겠습니다.

아난이 슬픔을 견디며 대답하였다.

"신심이 있는 자는 사후천상에 다시 태어날 것이다."

석가가 말하였다.

"그리고 여자들은 어떻게 대하여야 하겠나이까?"

아난이 갑자기 여색에 대한 물음을 여쭈었다.

"아난아! 보지 말라."

석가가 타일렀다.

"어떻게 안 봅니까?"

아난은 송구스럽듯이 말하였다.

"보았을 때는 말 하지 말아라."

석가가 거듭하여 타 일렀다.

"보면 말을 하게 되지 않습니까?"

아난의 번뇌이기도 하였다.

"말하게 되었을 때는 삼가라."

아난   가섭

아난은 당시 제일의 미남이었다. 그리하여 항상 여자들의 유혹을 벗어나지 못하였다. 물의를 빚기도 하였다. 1천명이 넘는 아라한(阿羅漢, 깨달은 제자)이 있었는데, 아난은 아라한이 되지 못한 것도 여자 때문인 것으로 전해지고 있다. 이렇게 여자의 일로 어려움을 겪어오던 아난으로서는 꼭 스승의 답을 얻고자 하였던 것 같다.

석가는 제자들을 둘러보았다.

"···제행무상(諸行無常)하니, 게을리 하지 말고 노력하여라."

석가는 마지막으로 말을 마치었다. 그리고 조용히 눈을 감았다. 눈을 감는 것과 동시에 대지진이 일어났다. 사람들은 두려움에 떨었다. 제석천(불법을 지키는 신, 12천의 하나)은 다음과 같이 말하였다.

아아! 모든 현상은 무상하다.
생멸의 성질로 이루어진 것은,
생하면 멸하고 멸하면 생한다.
이것들이 진정한 명은이니라.

돌아가실 때 석가는 "제행무상(諸行無常, 모든 현상은 소멸한다)"을 말씀하셨다. 나이 80세였다. 예수는 십자가 형틀에 매달려 "다 이루었다"라고 말씀하시고 돌아가셨다. 그러나 죽어 사흘 뒤에 부활하였다. 나이 33세였다. 공자는 제자 자공(子貢)이 찾아왔을 때, 눈물을 흘렸다. 그리고 노래를 부르며 사망하였다. 나이 71세였다.

태산이 무너지려한다,
들보가 내려앉으려한다,
철인(哲人)이 초목처럼,
말라서 죽으려 한다.

성자들의 삶의 끝은 이렇게 달랐다.

5
석가퇴마록

막고굴 마당에서는 다음날도 강단을 설치하였다. 강단은 석가 퇴마의 이야기이다. 막고굴 제254굴의 불화의 내용을 연출하였다.

남벽 감실 안에는 교각불, 보살들을 안치했는가 하면, 감벽에는 천불, 비천, 공양보살, 파수선, 사자, 인동 문양의 벽화들로 가득 채워져 있었다. 교각 보살 아래쪽에는 6년에 걸친 고행을 주제로 한 벽화가 파노라마처럼 펼쳐졌다.

태자 싯다르타가 고행을 시작한 지 6년째였다. 섣달 초여드레였다. 그는 이른 아침 설산에서 내려왔다. 도도히 흘러가는 니연하의 강물을 묵상하듯 조용히 바라보았다. 차례로 옷을 벗더니, 미끄러지듯이 차가운 강물 속으로 들어가 몸의 묵은 때를 찬찬히 닦아내었다. 몇 번 물속에서 숨바꼭질을 한 뒤, 강둑으로 올라왔다. 마음이 상쾌하기 이를 데 없었다. 이리저리 뛰어다니는 사슴들을 흥미롭게 바라보며, 벗어놓았던 옷을 다시 주워 입었다. 구름에 가렸던 햇빛이 부챗살처럼 퍼졌다. 어느 새에 길상동자가 길상초로 엮어 만든 자리를 둘둘 풀어 깔았다.

"태자님 드시옵소서. 방금 받은 사슴의 나이차입니다."

사슴 치는 소녀는 두 손으로 사발을 받들어 올렸다. 태자는 목례를 하고, 사발을 받아 단숨에 비우고는, 상좌에 가부좌를 틀었다.

그때였다. 천상의 마왕(魔王)의 궁이 무너질 듯이 진동하였다. 마왕 파순(波旬)은 하계에 어떤 일이 일어나고 있는지를 살펴보았으나, 아무 일도 일어나지 않았다. 다만 싯다르타 태자가 곧 정각을 서두르고 있을 뿐이었다.

"만약 그가 성도를 하고 중생을 구제하게 된다면, 그 누구도 우리를 따르려 하지 않을 것이다. 그러니 먼저 강수를 사용하지 않으면 안 된다. 그를 살해하여 화근을 없애야 한다."

마왕 파순은 싯다르타가 깨달음을 얻을까 두려웠다. 파순은 쇠북을 쳐 요귀들과 대군을 집합하였다. 파순은 그들을 진두에서 지휘하여 총공격을 개시하였다.

파순의 대군은 보리수 아래에서 정각 중에 있는 싯다르타 태자를 겹겹이 포위하였다. 제군을 지휘하는 도통수 염라왕은 정예군을 뽑아 전진 배치하였다. 5개의 눈, 8개의 팔, 10개의 머리, 고깔머리, 장대다리 등 형용할 수 없는 요귀들은 박쥐처럼 하늘을 날아다녔다.

갑자기 천지가 캄캄해지고 강풍이 불기 시작하더니, 회오리바람이 불어 닥쳤다. 고목이 뿌리 채 뽑혀 나뒹굴었다. 요귀들은 구름을 몽땅 마셨다가 내뿜기를 반복하였다. 천지가 진동하고 해와 달이 요동하였다. 음산하고 괴기한 소리로 소름이 끼쳤다. 그제야 마왕은 천천히 숲 속에서 모습을 드러내었다.

"제장들은 들어라. 오늘 저 오만한 자를 잡아 죽이지 못하면, 누구도 천상으로 돌아가지 못 할 각오를 해라"

마왕은 벽력같이 호령을 하였다.

항마변 압좌문(降魔變押座文). '압좌문'이란 강경이 시작되기 전에 청중들을 안정시키기 위한 것이다.

순간 독룡들이 검붉은 불길을 내뿜으며, 태자를 휘감아 삼킬 듯하였다. 땅이 무너질 듯 번개와 천둥을 치고 비는 화살처럼 쏟아졌으나, 태자는 전혀 동요하지 않고, 고요히 앉아 눈을 감고 깊은 생각에 잠겨 있을 뿐이었다.

"저 마군들을 어떻게 다스리면 좋을까? 창칼로 대항할 수는 없지 않은가?"

태자는 자비의 힘을 빌려 마왕의 항복을 받고자 하였다. 그는 마군과 달리, 그 자비로운 위풍에 마왕, 마장들은 벌벌 떨었다.

"도통수 염라왕은 들거라. 1군, 2군은 좌우로, 3군, 4군은 전후로 배치 공격하라."

마왕 파순이 명령하였다. 그러나 불을 내뿜던 무리들은, 도리어 그 불에 타 죽었다. 화살을 재어 쏘려고 하면 활시위가 끊어지고, 창을 세워 공격하고자 하면 절로 꺾이었다. 우레 소리는 범종 소리로, 우박은 진주로 변하여 쏟아졌다. 펄럭이는 깃발은, 향기로운 바람으로, 검붉은 연기는 안개로 내렸다. 그러자 마군의 요술로는 그 변화를 막을 도리가 없었다. 마군들은 갈팡질팡 도주하기 시작하였다. 파순은 전차를 돌려세우더니, 그냥 달아났다. 나찰(羅刹)이 죽을죄를 지었노라고 머리를 조아렸다.

마궁으로 돌아온 마왕은 분노를 삭이지 못하였다. 싯다르타를 살해할 계략을 다시 세우고자 하였으나, 기존의 마왕의 술법은 모두 쓸모가 없게 되었으니, 다른 방법을 찾아야 하였다. 마왕은 골몰하였다. 그러나 묘안을 찾을 수가 없었다. 몸져누울 지경이었다.

"요즘 무슨 까닭에 그렇게 성정이 평안하지 못하신지요? 나라에 걱정이 있나요? 우리 딸들을 위해서 연유를 말씀해주세요."

마왕의 세 딸 가운데 큰딸이 말하였다.

"너희들 때문이 아니니라. 국경에도 아무런 소요가 없거늘, 천궁에 무슨 걱정이 있을까보냐? 다만 싯다르타란 놈이 이미 정각을 이루었는데, 세상에 나오기 전에 제거해야 화를 면할 수 있게 되었다. 그런데 제거할 계략을 찾을 수가 없어 걱정이란다."

마왕파순이 말하였다.

"싯다르타는 어려서부터 궁궐에서 습관적으로 여색을 즐겨왔을 뿐만 아니라, 지금은 환락을 추구할 나이예요. 우리 세 자매가 하계로 내려가 그를 유혹하여 정각을 못 하도록 하겠어요. 하계에는 우리처럼 아름다운 여색은 없는 줄 압니다."

첫째 딸이 말하였다.

"참으로 훌륭한 계교로구나. 당장 그 계교를 실천하도록 하여라. 정말로 너희들과 같은 뛰어난 여색은 인간계에는 없느니라."

마왕은 매우 기뻐하였다.

세 딸들은 바로 아름다운 비단옷으로 갈아입고, 금은으로 머리를 장식하였다. 궁녀들은 앞뒤로 보개를 들고 그들을 따랐고, 무녀들은 기악을 연주하며 춤을 추었다. 그 행렬은 십리에 이어질 것 같았다.

하늘에서는 꽃비가 쏟아졌다. 그들은 꽃비를 맞으며, 태자가 정각 중에 있는 보리수 아래에 이르렀다. 궁녀들은 길상좌에 앉아 묵상 중인 싯다르타 태자를 에워쌌다. 그리고 세 딸들은 춤을 추듯이 태자 앞으로 다가섰다.

"태자님, 사람이 이 세상에 살면 얼마나 오래 살겠어요? 영화를 버리고 고행을 한다는 것이 무슨 의미가 있습니까? 저와 같은 미색은 이 세상엔 없나이다. 태자님과 백년가약을 맺어 영화를 누리며 같이 살면 얼마나 행복 할까요?"

첫째 딸이 애원하여 말하였다. 그리고 보리수 열매를 따 태자에게 던졌다. 사랑의 고백이었다.

"깨달음이란 무엇입니까? 아름다운 여자를 사랑할 줄 모른다면 더 무엇을 깨닫겠나이까? 그렇다면 깨달은들 무슨 소용이 있겠나이까? 어버이를 버리고 하계로 내려왔나이다. 원하옵건대 부부의 연을 맺어 주옵소서."

보리수 잎을 흩뿌렸다.

"조용히 하여라. 나는 지금 정각을 하고자 하느니라. 정각을 하여 너희들과 같은 어린 중생들을 구원하고자 하니, 방해하지 말고 물러들 가거라."

싯다르타가 말하였다.

"태자님, 왕위까지 버리시고 홀로 산중에 사시다니, 얼마나 고적하시나이까? 소녀가 찾아온 것은 언니와 다르옵니다. 이곳에 있게 해 주시면 향불을 피우고, 물을 길어오고 청소를 해드리도록 하겠나이다."

둘째 딸이 말하였다. 첫째 딸이 춤을 추며 태자를 감싸고돌았다. 둘째 딸은 그 반대로 돌아가며 춤을 추었다. 치마의 끝자락을 잡고 나비처럼 너울너울 춤을 추었다.

"소녀는 비단 치마를 즐겨 입나이다. 부드러운 살결과 같나이다. 맹세컨대 부부의 연을 원하는 것이 아니오니다. 다만 이 고운 손으로 금상을 청소해 드리고 싶을 따름입니다."

"나는 지금 무상으로 골몰하느니라. 앉아 있는 이 자리는 본래 맑고 깨끗하다. 누가 너로 하여 금상을 쓸라고 했더란 말이냐? 어서 돌아가렷다."

싯다르타가 조용히 말하였다.

"태자님, 소녀는 아직 어립니다. 이만하면 단정하고 아름답지 않나이까? 제석천왕이 저를 신부로 맞이하려고 했으나, 지위가 낮아 부모님께서 허락하지 않으셨나이다. 그러나 감히 태자님의 아내가 되기를 바랄 수는 없는 줄 아옵니다. 옆에서 시중을 들 수 있도록 해 주시옵소서."

셋째 딸의 말이었다. 순간 꽃잎이 쏟아져 내렸다. 그녀는 춤을 추며 노래를 불렀다.

> 열다섯 살이에요
> 가슴이 두근거려요
> 방금물속에서 피어난
> 한 송이 부용인 것을
> 모른 체 하신다고 하면
> 정각의 눈은 아주 멀 것.

그녀의 청아한 목소리가 바람을 타고 날렸다.

"더 이상 방해하지 말라. 서둘러 상계로 돌아가렸다."

싯다르타는 근엄하게 말하였다.

"태자님, 정각 중에 태자님은 교만하기 이를 데 없나이다. 자비심도 없이 정각을 할 수 있나이까? 소녀의 꽃다운 마음을 모르는데, 어찌 어린 인생을 구원할 수 있겠나이까?"

셋째 딸이 따지듯 말하였다.

"나를 능멸할 마음이면, 지옥 불에 떨어질 수 있느니라. 후회하지 말고 서둘러 돌아가거라."

싯다르타는 손을 내저으며 말하였다.

꽃비가 쏟아지니
향기가 바람에 날려
꽃비에 목욕을 하면
여인을 사랑하게 된다는데
싫다니 죄 중에 큰 죄 되리.

세 딸은 한 목소리로 합창을 하였다. 그리고 S자형, Y자형, O자형 등 광란하듯 춤을 추었다.

"태자님, 꽃비가 향기롭지 않나요? 향기를 모르시나요, 못 맡으시나요? 이런 것 저런 것 다 모르시면, 어떻게 큰 도를 이루실 수 있나요? 그러고도 큰 도를 이루시다니 거짓말입니다."

둘째 딸이 말하였다. 그녀는 하나하나 옷을 벗어 내던졌다.

"그래요. 큰 도를 이룬다는 것은 거짓말입니다. 여색과 사랑도 모르는데, 어떻게 중생을 구원하겠어요?"

셋째 딸은 조롱하듯 말하였다. 그리고 옷을 모두 벗어 버리더니 빨간색의 비단 천을 휘날리며 회오리바람이 돌듯이 춤을 추기 시작하였다.

"서둘러 돌아가라고 하지 않더냐? 더 이상 소란을 피우면 용서하지 않겠다."

싯다르타는 눈을 감은 채 노기를 띠며 말하였다.

"오히려 소녀가 용서할 수 없나이다. 사랑과 자비도 모르는 사람은 죄인이 아니옵니까? 죄인을 누가 용서할 수 있겠나이까?"

셋째 딸은 비단 천을 내던지며 말하였다. 비단천은 태자의 목을 휘감았다.

"최후의 경고이니 그리 알아라. 서둘러 돌아가라."

싯다르타는 노기를 가라앉히며 말하였다.

"태자님, 눈을 뜨시옵소서. 뜬 듯도 하고 감은 듯도 하나이다. 정각의 눈을 크게 뜨시고 세상을 사랑으로 바라보소서."

둘째 딸이 말하였다. 그리고 첫째 딸은 무릎을 꿇고, 싯다르타의 발에 입 맞추려 하였다.

"내 몸에 손을 대지 마라. 재앙을 면하지 못할 것이다."

싯다르타가 말하였다. 그러나 첫째 딸은 엎드려 발에 입을 맞추었다. 순간 싯다르타는 황금빛 팔을 뻗어 마왕의 딸들을 하나하나 가리키며 저주하였다.

그들은 갑자기 늙기 시작하였다. 얼굴이 숯 검댕이 같이 검게 변하고, 두 눈은 사발처럼 함몰하였다. 머리통은 썩은 호박처럼 쭈그러들고, 까만 머리는 노랗게 사그라졌다. 이빨은 새까맣게 썩고, 눈썹은 하얗게 시들고, 입술은 파랗게 늘어졌다. 목은 마른 국수 가락처럼, 허리는 굽은 낫처럼, 다리는 장대와 같았다. 온몸에 감고 있던 비단은 낡은 무명으로 너덜너덜 하였다. 머리의 긴 옥비녀가 구불구불 움직이기 시작하더니, 한 무더기 뱀으로 변하여 몸속으로 기어 들어갔다.

마왕의 세 딸들은 서로 얼굴을 바라보고는 대경실색하여 울부짖었다. 하늘의 잘못이 아니라 스스로 초래한 재앙이라고 여겼다.

"태자님, 자비를 베풀어 용서해 주옵소서. 정각을 방해한 죄가 너무 크나이다. 한 번만 용서해 주옵소서."

그들은 무릎을 꿇고 줄줄이 참회의 눈물을 쏟았다. 뱀은 여전히 갈라진 혀를 날름대며 몸의 안과 밖으로 어지럽게 기어 다녔다.

싯다르타는 조용히 생각에 잠겼다. 그들이 흘리는 참회의 눈물에 자비의 용서를 하였다.

'알았으니, 그만 일어나거라. 그리고 돌아가거라."

싯다르타는 목에 걸린 빨간 천을 걷어 셋째 딸에게 건네주며 말하였다. 순간 그들의 추악한 몰골은 본래의 아름다운 모습으로 되돌아왔다. 마왕의 세 딸들은 다시 한 번 대경실색하였다. 다시 제 모습으로 돌아오다니, 기쁨의 미소를 환하게 지었다.

"태자님, 자비하신 태자님, 미처 몰라보았나이다. 정각을 경하하옵니다. 용서하옵시고 절 받으시옵소서."

미왕의 세 딸은 싯다르타에게 세 번 큰절을 올렸다.

'만수무강하시기 바라나이다."

그리고 그들은 궁녀들을 거두어 하늘로 돌아갔다.

미왕 파순은 성문 밖에까지 나와 세 딸을 맞이하였다. 길 양쪽으로 마군이 도열하였다. 군악에 맞추어 우렁찬 합창이 울려 퍼졌다.

"태자님은 이미 큰 도를 이루었습니다. 부왕이시어, 다시는 태자님을 대항할 생각일랑 버리시옵소서! 그 생각을 버리지 않으시면, 나라에 큰 재앙을 면하지 못할 것이옵니다."

세 딸들은 그동안 그들이 겪었던 일을 자세히 보고하였다. 그 이후 마왕 파순은 싯다르타 태자의 정각에 대하여 아무 말도 하지 못하였다.

강단을 떠나 흩어져 돌아가는 당시 사람들의 표정은 숙연하였다. 그러나 마음은 기쁨으로 충만하였다. 따라서 돌아가는 걸음은 경쾌하였다.

6

〈사유보살상〉과 〈생각하는 사람〉

불굴 제254굴 〈교각보살상(交脚菩薩像)〉과 불굴 제257굴의 〈사유보살상(思惟菩薩像)〉은 본래 우리에게 개방하지 않는 것이었으나, 나의 연구목적 때문이라고 특별히 부탁하여 어렵게 문이 열렸다. 제254굴의〈교각보살상〉은 남벽 상단부에 위치하였다. 북위시기에 형성되었다. 다리를 교차하고 단정하게 앉아있다. 보관을 높게 썼는데, 얼굴은 둥글고 눈썹은 넓고 기쁨으로 넘쳤다. 상반신은 벗었고, 가슴에는 두 마리 뱀을 그렸다. 긴 천으로 팔을 감싸고 아래로 늘어뜨렸다. 제257굴의 〈사유보살상〉은 대표적인 소조상(塑造像)으로, 남쪽 상층의 감실 안에 위치하고 있다. 오른쪽다리는 위로 구부려 왼쪽 위에 놓고, 상반신은 약간 앞으로 기울이고 고개를 수그리고, 아래를 내려다보고 있다. 오른 손은 주먹을 쥐고 오른쪽 복사뼈위에 놓여있다. 오른쪽 팔꿈치는 무릎에 두었다. 그리고 한 손가락으로 턱을 괴고 있다. 입술은 다물고 깊은 생각에 잠겨 있다. 막고굴의 사유보살상은 모두 다섯이다. 석가모니의 성불전에 생로병사의 고통으로부터 해탈 할 때의 태자 사유상으로 이해되고 있으며 도솔천(兜率天)에 살고 있다. 도솔천은 욕계육천(欲界六天)가운데의 네 번째 하늘(四天)이다. 욕계라고 하는 것은 식욕, 색욕, 재욕을 말하는데, 수미산(須彌山)의 꼭대기에 있는 하늘이다. 늘 환락에 차 있다. 막고굴 벽화 가운데의 〈도솔천궁도〉를 보면, 미륵보살이 천궁내의 본당에서 설법을 하고 있고, 보살과 천인 (天人)이 좌우에서 협시하고 있다. 청중들은 설법을 듣고 있고, 양 옆으로 궁전 누각이 솟아있다. 천녀(天女)가 여러 가지 악기를 연주하며 노래를 부르고 있다. 그리고 사대천왕은 궁성을 지키고 있다.

그런데 이 미륵보살은 도솔천에서 염부제(閻浮提, 인간이 사는 세계)로 내려와 용화수(龍華樹) 아래에서 성불한다. 그리고 설법을 한다. 막고굴의 미륵강생도(彌勒降生圖)는 다수가 존재하는데, 위와 같은 내용의 그림이 잘 보존 되고 있다. 이렇게 미륵보살이 지상으로 내려와 성불하고, 설법을 함으로부터 인간계의 미륵신앙이 점차로 퍼지게 되었다. 사람들의 생활 깊숙이 자리를 차지하였다. 중국, 한국, 일본에서 다 같이 유행하였다. 미루어보면 이 미륵신앙은 한국에서 가장 성행하였던 것 같다.

교각보살상

막고굴 제27굴 교각미륵보살상(北凉)

돈황의 〈교각보살상〉, 〈사유보살상〉 등은 한국의 국보 제78호, 제
83호인 〈금동미륵보살반가사유상〉을 비롯하여, 여러 곳에 산재하여
있는, 보물로 지정된 보살상과 내용과 모양이 거의 비슷하다. 위에서
말한 것과 같이, 태자의 생로병사에서 해탈 할 때의 사유상으로 알려
져 있으나, 한편에서는 태자가 출가하기 전의 고뇌하는 모습이라고도
한다.

　〈금동미륵보살반가사유상〉은 국보로 지정
되어 있으며, 삼국시대 말기의 불상이다. 6~7
세기 동아시아의 대표적인 불상의 하나이다.
일반적으로 이 반가사유상은 중국에서는 대
개 어떤 주된 불상에 종속되어 있어서 독립된
예배의 대상으로 존재하지 않았다. 이러한 반
가사유상이 우리나라에 들어와서는 종속의
존재로부터 벗어나, 독립적으로 만들어지고,
예배의 대상으로 존재하게 되었다.

금동미륵보살반가사유상
(한국)

　따라서 자연적으로 우리민족의 미적인 감
각으로, 막고굴의 여러 반가사유상에서 한결
같이 나타나고 있는 높낮이를 둔 계단식의 유려한 치맛자락, 여러 양
식의 옷 주름 등, 비교적 복잡한 몸의 구조와 양식을 간결하게 소화하
여, 우리의 것으로 만들었다. 그리하여 우리는 참으로 신비하고 잔잔
한 미소의 반가사유상을 지금도 보고 있게 되었다.

　앞에서 이야기 하였듯이 싯다르타태자의 인간의 생로병사의 번뇌
로부터 해탈한 모습에서 비롯한 것이다. 그런데 신라에서는 독립적인
우리 미륵보살의 신앙으로 유행하게 되었다. 또한 일본으로 건너간
미륵신앙은, 그를 나름대로 꽃피웠던 것이다.

일본교토 고류지(廣隆寺)에서 소장하고 있는 〈목조미륵보살반가사유상〉은 일본의 국보로 지정되어있는 대표의 작품이다. 그런데 이 반가사유상은 사진에서 보듯이 우리의 〈금동미륵보살반가사유상〉과 거의 같은 모습이다. 우선 보관의 모양 벗은 상반신, 허리에 드리운 옥대, 우수의 온화한 표정, 입가의 잔잔한 미소 등 신비한 아름다움의 표현은 다를 것이 없다.

그리하여 이 일본의 고류지의 반가사유상은 신라에서 만들어 졌을 가능성이 크다고 하는 것이다. 한 일본의 여대생은 반가사유

목조미륵보살반가사유상
(일본 고류지)

상 앞에서 걸음을 멈추었다. 한 참을 바라보고 있었다. 추측하건대 넋을 잃고 바라보고 있었을 것이다. 우수의 잔잔한 미소에 넋을 잃고 있었던 것이다. 그녀는 반가사유상의 새끼손가락을 어루만졌다. 아차! 새끼손까락이 부러졌다. 손가락을 보수하지 않을 수 없었다. 수리하는 과정에서 이 반가사유상의 목재의 재질을 분석한 결과, 한반도에서만 자라는 적송(赤松)이라는 것이다. 적송나무는 경상도지역에서 많이 자라는데, 정밀 분석한 결과에 의하면 경북봉화군에서 자라는 소나무로 판명되었다고 한다. 그러나 일본에서도 적송이 자라고 있다고 말하는 사람들도 있다. 어쨌든 일본의 반가사유상은 신라에서 제작되어 일본으로 건너 간 것이 맞는다는 견해가 우세하다.

그러면 로댕(Rodin,1840-1917)의 〈생각하는 사람〉은 어디에서 온 것일까? 단테(Alighieri Dante, 1265-1321)의 〈신곡(神曲)〉의 〈지옥편〉에서 비롯하고 있다. 단테가 35세가 되던 해에 인생의 무상함을

체험하였다. 그리고 가시밭길의 삶의 중턱에 와 있음을 깨달았다. 이때 로마시인 베르길리우스를 만나 지옥 여행을 시작하게 되었다. 지옥은 원추형을 거꾸로 세워 놓은 것과 같다. 지옥은 9층으로 이루어져 있는데, 죄가 무거울수록 밑에 층으로 내려가 옥살이를 한다. 단테는 베르길리우스의 안내로 지옥의 순례를 마치고, 곧바로 연옥으로 향하였다. 천당과 지옥의 갈림길이다. 단테는 이곳에서 3일을 보냈다. 이어서 천국으로 향하였다. 그러나 베르길리우스는 세례를 받지 않아서 천당에 들어 갈 수 없었다. 그리하여 단테와 헤어지고, 베아트리체의 안내로 3일 동안 천당을 여행하였다. 베아트리체는 귀족의 딸이었는데, 단테가 9살 때 반하여 평생을 마음속으로 사랑하였다. 그러나 사랑은 이루어지지 않았다. 평생 사랑의 영원한 여성으로 살아남게 되었다. 그런데 그녀의 안내를 받아 천당을 여행하게 된 것이다. 천당은 밤낮이 없었다. 노래와 춤으로 어우러졌다. 정말로 행복한 곳이었다.

돈황 막고굴에서 〈대목건련명간구모변문(大目乾連冥間救母變文)〉이라는 강창(講唱, 말을 하고 노래를 부르는 새로운 장르)문학이 발견되었다. 목련이 온갖 죄행으로 지옥살이를 하고 있는, 어머니를 구해내는 내용이다. 아들 목련은 어머니를 구해내기 위하여 지옥 맨 마지막인 7격(七隔)으로 내려갔다. 어머니는 철상에 눕혀져 몸의 위아래로 못이 박힌 채 꼼작 못하고 형을 받고 있었다. 그런데 아들의 효심에 힘입어 어머니는 개로 환생하였다가, 다시 사람으로 되돌아왔다는 내용이다. 특히 불교신자들이 개고기를 안 먹는 것도 이와 같은 신앙 때문이리라. 어쨌든 단테의 지옥과 아비지옥의 내용은 크게 다를 것이 없다.

로댕은 단테의 〈지옥편〉을 읽고 〈생각하는 사람〉을 제작하게 된 것이다. 지옥의 문 위에 앉아 사바세계를 내려다보며, 번뇌하고 있는 모습이다. 얼핏 보면 근육질의 투원반선수의 모습 같기도 하지만, 〈생각하는 사람〉은 〈사유보살〉의 번뇌의 모습과 유사하다. 신비한 미소는 없지만, 번뇌하는 모습은 유사한데, 유사한 인연은 있을 것이다. 나의 연구한 결과는 없으나, 단테가 딱히 〈목련구모변문〉은 아니더라도, 일찍부터 교류가 있었다고 하면, 내용은 전해 내려왔을 것이다. 또한 작품에 반영되었을 것이다. 비롯하여 〈생각하는 사람〉도 〈사유보살〉의 영향을 받아 이루어졌다고 여겨진다. 실크로드를 여행하다 보면 두 가지의 생각이 떠오른다. 사람이 목숨을 걸고 하는 일은 돈과 신앙이라고 하는 것이다. 때문에 동서는 아무리 길이 험하여도 끊임없이 내왕이 이루어졌던 것은 틀림없다. 단테 이전, 까마득한 옛날로부터 사유보살의 신앙은 전해졌다. 그러니 자연히 영향을 받지 않을 수 없었을 것이다.

로댕의 생각하는 사람

아비지옥阿鼻地獄으로

돈황장서 가운데서 변문(變文)이 발견되었다. 강창(講唱)문학이다. 운문과 산문으로 이루어진 독특한 문체이다. 경문(經文)의 문체이다. 불교의 문체이다. 우리나라도 이 문체의 영향을 받아 소설문체로 발전하였다. 판소리 계열의 문학도 이 문체에서 비롯되었다고 여겨진다. 예를 들어 〈심청가〉, 〈춘향가〉 등을 들 수 있다.

〈대목건련명간구모변문(大目乾連冥間救母變文, 대목건련, 즉 목련이 지옥에서 어머니를 구하는 변문)〉은 1만자가 넘는 장편이다. 아들 목련이 지옥으로부터 어머니를 구해내는 내용이다. 〈우란분경(盂蘭盆經)〉은 아귀도(餓鬼道)에서 고통을 겪고 있는 어머니를 구해내는 내용인데 반하여, 〈대목건련명간구모변문〉은 어머니를 찾아 삼악도(三惡道)에서 어머니를 구해내는 내용이다.

목련의 어머니 청제부인(靑提夫人)은 남편을 잃었다. 과부로 아들과 함께 살았다. 그런대로 가정은 부유하였다. 하지만 인색하고 잔인한 성격 때문에 이웃과 잘 싸웠다. 살아 있는 개, 닭 등을 서슴지 않고 매일같이 잡아먹었다. 늘 피 비린내가 불었다. 반면 아들 나복(羅卜,

목련변문(目連變文)

출가하여 목련이란 법호를 얻음)은 어머니와 달리 자비심이 많았다. 이웃과 화목하게 지내고, 어려운 사람을 잘 도왔다. 어머니에게는 효성이 지극하였다. 특히 삼보(三寶, 불·법·승)를 존중하였다. 그러나 어머니의 그 살생을 좋아하고 싸움을 좋아하는 생활로부터 나복은 시달려왔다. 견디기가 힘들었다.

"어머니 이웃들하고 잘 지내세요. 좀 싸우지 마세요."

나복은 웃으며 말하였다.

"내 괜히 싸우겠니? 그 것들이 이것저것 다 훔쳐가. 하다못해 개밥까지도 훔쳐다 쳐 먹는다니까."

금방이라도 싸울 듯 분노를 참지 못하였다.

"먹을 것도 없는 가난한 사람들이잖아요. 도와준다고 생각하고 못 본체해요. 불쌍하지도 않아요? 그들이 있어서 우리가 잘 먹고 잘 사는 거지요…”

나복은 모처럼 속마음을 말하였다.

“그렇게 이놈저놈 다 퍼주고 나면, 우린 뭘 먹고 산다니?”

“염려마세요. 돈을 많이 벌어 올 것이니까요.”

“네가 뭘 하여 돈을 벌어 온다고? 퍼주기만 좋아하는 네가…”

“퍼주는 것하고 돈 버는 것하고는 달라요. 퍼주면 돈이 더 잘 벌린다고 하잖아요? 아버지가 돌아가셨으니 내 돈을 벌지 않으면 누가 벌겠어요? 돈 걱정 말고 이웃과 잘 지내세요.”

나복은 장사하여 돈을 벌기로 다짐하여 온 지 오래었다. 돈을 번다는 것은 어려울 것 같지가 않았다. 아버지도 돈을 잘 벌었다니, 아들도 잘 벌 수 있으리라고 생각하였다. 돈을 벌어도 많이 벌 것 같은 믿음으로 충만 하였다.

“그래 돈만 많이 벌어와. 이웃들과 안 싸울 터이니…”

시간은 흘러갔다. 나복은 장사를 떠나고자 준비를 서둘렀다. 그는 먼저 가산을 삼등분 할 것을 말 하였다. 첫째는 어머니의 생활비, 둘째는 가난한 이웃의 구제비, 셋째는 자신의 장사 밑천이었다. 그런데 어머니는 나복의 큰 부자가 될 수 있다는 믿음에 찬 말을 흔쾌히 받아들였다.

“그래 돈 좀 많이 벌어와. 이참에 누구네 같이 큰 자몽과원을 하나 살 수 있도록…”

나복은 어머니의 말을 등에 업고, 곧 먼 길을 떠났다.

그런데 나복이 길을 떠난 그날부터 이웃과의 싸움은 벌어졌다. 우리 담장의 대추를 왜하여 몰래 따 갔느냐는 것이다. 하지만 안 따갔다는 것이다. 엎치락뒤치락하였다. 머슴이 뛰어나와 겨우 뜯어 말렸다. 흙을 떨며 일어나더니, 분풀이를 하듯이 개를 발로 걸어찼다. 개는 원망하듯 힐끔거리며 달아났다. 이 뿐이랴? 승(僧)이 밉다고 하였다. 거지와 다를 것이 없다고 하였다. 이에 머슴을 시켜 폭행을 하였다. 개를 풀어 늙은 걸인을 물어뜯게 하였다.

나복은 장사의 길을 한 바퀴 돌아 집으로 돌아왔다. 10개월이 채 못 되었다. 마을 사람들은 어머니의 악행을 모두 고자질 하였다. 용서 할 수 없는 일이라고 질책하였다.

"모두 거짓말이야. 네가 부탁한대로 재회를 열어 복을 받도록 했단다(依汝付囑, 營齋作福). 거짓말이면 칠일 안에 죽어도 좋아. 아비지옥(阿鼻地獄)에 가도 좋다니까."

그런데 공교롭게도 어머니는 7일이 안되어 사망하였다. 말이 씨앗이 되었다. 나복은 눈물로 어머니의 3년 상을 치렀다. 낳아주시고 길러주신, 부모의 하늘보다 높은 은혜를 잊을 수가 없었다. 어떻게 하면 그 은혜를 보답 할 수 있을까? 나복은 녹야원(鹿野苑)의 수도를 결심하였다. 석가모니는 나복의 진실 됨을 알고, 제자로 받아 들였다. 나복은 석가모니의 열 제자가운데 하나이다. 그는 성실하게 수도생활을 하여 승이 되었다. 법호를 목련(目連)이라고 하였다. 한편 목련은 깊은 산에서 좌선관공(坐禪觀空)하여 신통력을 얻었는데, 제자들 가운데 으뜸이었다.

목련은 천궁(天宮)으로 날아올라 갔다. 아버지를 찾았다. 아버지 부상(傅相)은 생전에 좋은 일을 많이 하였음으로 천수를 누린 뒤에 하늘에 올랐다. 아버지를 만난 목련은 어머니의 소식을 물었으나, 여기에 어머니는 계시지 않았다. 아버지와는 달리 생전의 지은 온갖 죄로 지옥살이를 하고 있다고 하였다.

"세상의 지옥으로 내려가 찾으면 간 곳을 알 수 있을 것이다."
목련은 곧바로 아버지와 이별하고 지옥으로 향하였다.

염라대왕(閻羅大王)의 도움으로 귀문관(鬼門關)지기 오도장군(五道將軍)을 만나러 가는 길이었다. 내하(奈河)가 가로질러 흘렀다. 수많은 죄인들이 악머구리 끓듯 하였다. 펄펄 끓는 물이 소용돌이치는 강을 건너고자 하였다. 벌거벗은 채였다. 옥졸들은 죄인들을 무자비하게 채찍질하였다.

"제 어머니는 어떤 옥살이를 하고 있습니까?"

"3년 전부터 아비지옥(阿鼻地獄)*살이를 하고 있지요."

오도장군의 대답이었다.

목련은 더듬어 지옥으로 내려갔다. 한 옥주(獄主)에게 어머니 청제부인의 소식을 물었다.

"이곳은 남자들의 지옥이니, '도산검수지옥(刀山劍樹地獄)'으로 가보시오."

과연 날카로운 칼과 칼날이 빽빽하게 마주 솟아 있었다. 핏물이 강물처럼 흘렀다. 헤아릴 수 없는 많은 죄인들을 지옥으로 몰아넣었다. 다시 몇 십리 깊은 지옥으로 내려갔다. 검붉은 화염이 치솟고 악취는 하늘을 뒤덮었다. '동주철상지옥(銅柱鐵床地獄)'이었다. 그야말로 쇠기둥의 철상지옥이었다.

"이 곳은 간음한 남녀가 옥고를 치르고 있소."

옥졸들이 설명하였다.

목련은 다시 날아, 마침내 '아비지옥'에 이르렀다. 아비지옥은 정육

---

* 아비지옥(Avici) : '무간지옥(無間地獄)' 혹은 '아비초열지옥(阿鼻焦熱地獄)이라고도 한다. 곧 5역죄를 지은 죄인들이 형벌을 받는 지옥이다. 5역죄라고 하는 것은 1. 어머니를 살해한 죄, 2. 아버지를 살해한 죄, 3. 성자를 살해한 죄, 4. 부처님을 상해하는 죄, 5. 교단을 분열시키는 죄 등을 일컫는다. 아비지옥은 정육면체로 한 면의 길이가 12~30만 km 나 된다고 한다.

면체로 제1격, 제2격, 제3격, 제4격, 제5격, 제6격, 제7격으로 이루어진, 높고 높은 철성(鐵城)이었다. 목련은 제1격으로부터 차례로 더듬어 내려갔다. 역시 칼날과 칼날이 숲을 이루었다. 먹구름으로 뒤덮여 바람이 휘몰아쳤다. 포효하며 검붉은 불길이 치솟았다. 쇠뱀(鐵蛇)은 불을 뿜으며 서릿발처럼 비늘을 세웠다. 구리개(銅狗)는 연기를 토해내며 울부짖듯이 짖었다. 화살이 난무하였다. 화살은 죄인들의 가슴과 가슴을 뚫었다. 쇠추(銅錐)가 날아와 죄인들의 등을 쳤다. 쇠막대로는 눈을 뽑았다. 쇠 작두로 허리를 잘랐다. 팔다리를 잘랐다. 시체는 분쇄하였다. 핏물은 강물을 이루어 서쪽으로 흘러갔다. 와중에도 죄인들의 울부짖는 소리로 들끓었다. 우두마면(牛頭馬面)의 옥졸이 수만이 넘었다.

목련의 어머니 청제부인(靑提夫人)은 이 옥의 마지막인 7격(七隔)에서 형을 받고 있었다. 몸의 상하로 19도(十九道)의 못이 박혀 있었다. 꼼짝을 못하고 눕혀져 있었다.

"밖에 법복을 입은 한 스님이 찾아왔소이다."

옥주가 알렸다.

"내게는 출가한 아들이 없소. 잘못 찾아온 것 같소."

청제부인의 대답이었다.

"자기에겐 출가한 아들이 없다고 하오. 달리 찾아보시오."

옥주의 전달이었다.

"오! 소승의 어릴 때의 이름이 나복(羅卜)이오. 부모님이 돌아가신 뒤에 출가를 하였소. 법호를 목련이라고 하오."

옥주는 청제부인에게 설명을 하고 확인하였다.

"효성이 지극하여 만나도록 허락하는 것이오."

옥주는 목련의 어머니와의 만남을 허용하였다.

옥주(獄主)는 청제부인의 몸의 못과 형구를 풀었다. 어머니는 옥졸에게 매달리듯 옥문 밖으로 끌려 나왔다.

"어머니! 아들의 불효가 막심합니다. 아들의 잘못으로 옥살이를 하시다니…"

목련은 어머니를 끌어 앉고 흐느껴 울었다. 돈을 벌겠다고 장사여행을 하지만 않았어도, 이런 일은 없었으리라고 후회의 눈물을 흘렸다.

"아니다. 내 아들과의 약속을 어겼기 때문이다."

너무나 늦은 회개였다.

"만남의 시간이 이미 넘었소."

청제부인은 다시 옥으로 끌려 들어갔다.

목련은 통곡하였다. 또 통곡하였다. 그리고 다시 생각하였다. 어머니의 지옥살이는 돌이켜보니, 자신의 불효 때문이었다. 그러면 이 옥에서 어머니를 구할 수는 없을까? 아무래도 스승인 석가모니(世尊)를 찾아 도움을 요청하는 수밖에 없으리라. 목련은 천궁(天宮)으로 날아 올라갔다. 석가모니를 알현, 어머니의 지옥살이의 모습을 자세히 아뢰었다.

"효심이 불심이니라."

석가모니는 친히 천용팔부(天龍八部)를 거느리고 지옥으로 내려왔다. 그러나 당장 구원 할 수 없었다. 죄가 너무나 중대하기 때문이다. 그러므로 먼저 아귀지도(餓鬼之道)로 내려가 기아의 옥고를 치러야 하였다. 밥을 먹으려면 밥은 숯으로 변하고, 물을 마시려면 물은 불로 타올랐다. 이에 목련은 또다시 석가모니에게 구제를 간구하였다.

"매년 7월 15일 우란분회(盂蘭盆會)를 열어 중생을 구하기를 힘쓰라."

석가모니의 권고였다.

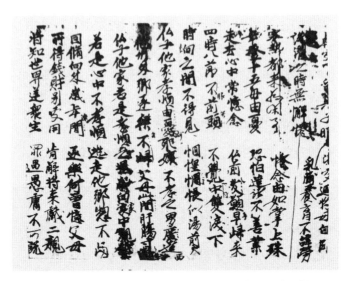

타이베이 중앙도서관 32호 〈우란분경강경문(盂蘭盆經講經文)〉

목련은 권고대로 우란분회를 정성껏 실행하였다.

과연 우란분회의 공덕으로 어머니는 밥을 먹을 수 있었다. 배불리 먹을 수 있었다. 그리고 우란분회의 공덕으로, 아귀도(餓鬼道)에서 축생도(畜生道)로 변환하여, 왕사성(王舍城, 고대인도 마가다국의 수도)에서 검은 개로 환생하였다. 그리하여 목련은 바리때를 걸머메고 발우를 가지고(托鉢持盂) 어머니 청제부인을 찾아 나섰다. 왕사성을 골목골목 누비고 다녔다. 해 빛이 따가웠다. 탁발머리라 더욱 따가웠다.

어느 날이었다. 한 부자 집의 대문 앞에 이르렀다. 갑자기 검은 개가 목련의 가사를 물고 늘어졌다.

"아들아! 내 아들 효자야! 지옥에서 구출을 하였거니, 어찌 개의 고통을 겪게 한다느냐?"

어머니는 멍멍멍 말하였다.

"아들의 불효가 막심하여 아비지옥, 아귀도, 축생도를 겪게 되었습니다.”

목련은 어머니의 용서를 빌었다.

그리고 어머니 검은 개를 이끌고, 사라쌍수 아래로 갔다. 불탑을 돌았다. 일곱 날, 일곱 밤을 대승경전(大乘經傳)을 암송하였다. 청제부인은 죄를 눈물로 참회 하였다.

그 공덕으로 구피(狗皮)를 훌훌 벗었다. 구피를 나무 가지에 걸었다. 청제부인은 사람의 몸을 회복하였다.

“죄를 씻고 깨끗한 몸이 되었느니라.”

석가모니가 말하였다.

목련은 눈물을 흘리며 기뻐하였다.

“어머니! 가고 오는 것은 이 세상에는 끊임없습니다. 삶은 죽음에 있으니, 본래 있을 곳이 없습니다. 서방불국이 가장 정합니다(阿孃, 歸去來, 閻浮提世界不堪停, 生住死, 本來無住處, 西方佛國最爲精).”

목련은 그의 믿음을 설명하였다.

곧 천녀(天女)가 하강하여 청제부인을 영접, 도리천(忉利天)으로 올라갔다. 도리천은 육욕천(六欲天)가운데의 네 번째 하늘로 수미산의 정상에 위치하고 있다.

여기서 단테 〈신곡(神曲)〉의 '지옥편'의 지옥과 아비지옥을 잠깐 비교하여 본다. 위에서 이야기한 아비지옥은 모두 7격(七隔)으로 이루어졌다. 아래로 내려갈수록 중죄인이 지옥살이를 한다. 단테는 로마시인 베르길리우스의 안내로 지옥 여행을 하는데, 지옥은 원추형을 거꾸로 세워놓은 것 같다. 모두 9고리로 되어 있다. 지옥의 문을 내려가 아케론강을 건너면 림보. 성현들의 성, 색욕의 죄, 탐욕의 죄, 인색함의 죄, 태만의 죄, 이교도들로 옥살이를 하고 있다. 7고리부터는 비교적 중죄인으로 폭력의 죄, 사기의 죄, 배신의 죄지은 자들이 옥살이를 하고 있다.

　그런데 〈성경〉의 지옥은 구원받지 못한 사람이 심판 후, 영원히 형벌을 받기위하여 가는 곳을 말한다. '스올'은 곧 형벌의 처소를 뜻하

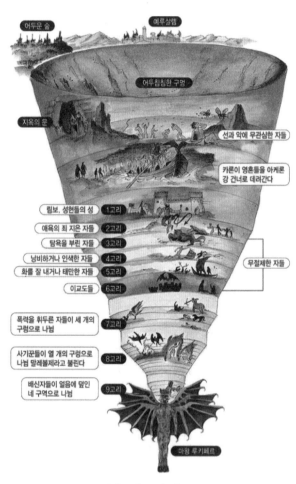

단테 〈신곡〉의 지옥도
(자료 : 〈신곡〉, 박상진 옮김, 서해문집)

지만, 불교의 지옥의 구조, 단테의 지옥의 구조와 같은 묘사는 없다. 죄인은 밑이 없는 유황불로 이글거리는 구덩이에 던져지는 형벌을 받게 된다. 미루어 보아 단테의 〈지옥편〉의 지옥의 구조는 바로 아비지옥에서 비롯한 것으로 여겨지며, 내용도 〈대목건련명간구모변문〉의 음, 양으로 영향을 받았을 것으로 생각하게 하는 것이다.

돈황 막고굴에서 발견된 〈돈황변문〉은 〈대목건련명간구모변문〉이외에 무려 100편이 넘으나, 영국, 프랑스, 러시아, 일본, 대만등에 흩어져 있다. 우리나라에도 얼마간의 돈황 문물을 소장하고 있다.

위 목련(目連)의 이야기는 우리나라에서는 민간으로 스며들어 '백중장'으로 열리었다. 음력15일이 백중날이다. '망혼일(亡魂日)'이라고도 하며, 먼저 햇곡으로 조상에게 천신, 재(齋)를 올리었다. 돌아가신 조상의 혼을 위로하였다. 또한 백중날은 호미씻이 날로, 머슴들에게 술과 음식을 대접하였다. 머슴들은 하루를 즐겁게 보내었다. 씨름을 하기도 하였다.

이렇게 목련의 이야기는 민속, 문학에 크게 영향을 끼쳤다. 유(儒), 불(佛)이 마찰을 빚으면서도 조화를 이루었다. 옛 사람들은 죽어 돌아 갈 곳이 있다고 생각하였다. 인과응보의 사상을 갖고 있었다. 예컨대 하, 은, 주 때에 신의 존중, 선진제자 때의 하늘숭배, 선악의 상벌사상이 잘 나타나 있으며, 공, 맹 등은 전통적 귀신의 신앙을 윤리로 대신하고자 하였다. 그런데 이것은 모두 효(孝)를 바탕으로 하고 있다. 그러니 불교를 믿는 것도, 성불하는 것도 효가 바탕이었다. 목련은 효심과 불심의 현실적이며 상징적인 인물로 재창조된 것이었다. 그러므로 목련은 승으로서 지금까지 민중들로부터 큰 환영을 받아오고 있다.

8

추호秋胡의 귀향

소설은 당대의 신흥 문체의 하나였다. 문인들이 전기소설을 창작한 반면, 민간에서는 이미 화본소설(話本小說)이 유행하였다. 대부분이 민간의 설화, 예인들의 고사, 강설의 대본으로, 역사적인 이야기를 제 재로 삼았다. 〈추호〉는 당(唐)의 통속소설이다. 스타인 편호 0133으로 처음과 끝이 훼손되어 제목을 알 수가 없다. 노신(魯迅)은 〈중국소설 사략〉에서 '추호소설'이라고 하였고, 〈돈황변문집〉제2권에서는 〈추호 변문〉이라고 이름 하였다. 모두 산문으로 되어 있으나 추호가 뽕밭의 여인을 유혹하는 시 한 수가 있을 뿐이다. 돈황 장경동의 〈추호〉화본 을 소개한다.

몇 년째 가뭄이었다. 흉년으로 먹을거리가 떨어졌다. 굶주린 백성 들이 물결처럼 거리를 휩쓸고 다녔다.

"이럴 때 국고를 열어 백성들을 구해야지. 굶어죽는 사람들의 시체 가 낙엽처럼 뒹굴고 있는데도, 그것은 돌보지 않고 조정에서는 뭘 하 고 있는가? 매일같이 풍악을 울리고 잔치나 베풀고…"

추호는 불만을 토로하였다.

"우리 노(魯)나라는 너무나 타락했어. 위(魏)나라만도 못하다니까. 신료들이 죄다 주색에 빠져 백성들은 밤낮으로 편안한 날이 없다고. 백성이야 굶어죽든 말든, 저네들의 배만 채우면 된단 말인가? 나쁜 놈들, 악한 놈들….

추호는 분노의 마음을 금하지 못하였다. 백성의 믿음을 바탕으로 나라를 다스려야 될 것인데도, 그들의 분노에는 아랑곳하지 않고, 신료들은 먹고 마시고 춤만 추고 있으니, 걱정이 아닐 수 없었다. 그렇다고 직접 국정에 참여할 기회가 없으니, 안타깝고 한스러웠다. 추호는 주먹을 불끈 쥐고는 입을 굳게 다물었다. 어떻게 하든지 조정에 나아가 부패한 신료들을 몰아내는 것 외에는 다른 길이 없다고 생각하였다. 그러기 위해서는 학문을 깊이 쌓고 덕을 닦아 나라의 재상에 오르는 길밖에 없을 것이다. 추호는 골방 문을 굳게 닫은 채 식음을 전폐하고, 며칠 동안 밤낮으로 생각에 몰두하였다.

"소진(蘇秦)도 귀곡(鬼谷) 선생한테 학문을 배우지 않았던가?"

문득 소진을 머리에 떠올렸다. 그는 동주의 낙양 사람으로 본국을 떠나 제나라로 가서 수년 동안 많은 어려움을 겪어가며 학덕을 연마하지 않았던가. 소진은 진나라와의 연횡을 견제하고, 합종을 함으로써 강대국 진을 눌렀던 인물로, 추호가 늘 추앙해 오던 이였다. 추호는 소진이 그랬던 것처럼, 나라를 떠나 유학을 하기로 결심하였다. 홀어머니와 아내를 두고 멀리 유학을 떠난다고 하는 것은, 분명 가정에 무책임한 일인지라 마음이 아팠다. 하지만 부패한 나라의 장래를 걱정하지 않을 수 없었다.

"아들의 불효를 용서하세요. 3년 뒤엔 돌아오겠습니다."

추호는 어머니의 손을 잡았다.

"부모가 계실 때에 아들은 멀리 떠나지 않는 법이라고 하였다. 멀리 떠난다고 해도 반드시 어디에 있는지 알려야 된다고 하였거늘, 무턱대고 떠난다니 마음이 놓이질 않는구나."

어머니는 눈물을 글썽이었다.

"홀로 되시어 눈물로 서방님을 양육하지 않으셨어요? 그런 어머니 곁을 떠나신다니, 불효가 막심한 줄 압니다. 큰 뜻을 품고 떠나신다고는 하나, 꼭 떠나시는 길밖에 없는지, 다시 한 번 생각해 보실 수는 없는지요?"

아내는 걱정스러운 듯 말했다. 사실 아무리 집안 살림이 어려워도 남편의 뜻을 거역할 마음이 없었으나, 아무래도 어머니가 마음에 걸렸다.

"무슨 뜻인지 잘 알고 있소."

추호는 아내의 말을 가로막았다.

"어머님, 제가 듣기로 증삼(曾參)은 대효자였습니다. 그러나 일찍이 부모를 떠나 공자를 스승으로 모시었는데, 9경에 통달하여 만대에 이름을 남겼습니다. 세월은 유수와 같아서 3년은 금방 지나갈 것입니다."

추호는 어머니를 위로하고는 큰절을 올렸다. 그리고 괴나리봇짐을 지고 집 문을 나섰다. 아내의 손을 잡고는 가난과 고통을 참고 기다려 줄 것을 부탁하였다.

"부부란 두 몸이 하나로 화합함이요, 죽어서 같이 흙으로 돌아갈 것인데, 이렇게 떠나게 되니 미안하기 그지없소. 어머니를 잘 봉양하실 줄 아오. 오직 당신만 믿고 떠나오."

"저는 서방님의 뜻을 기꺼이 따르겠어요. 학문을 다하여 하루속히 집으로 돌아와, 어머님께 효도하고 나라에 충성하시기를 바랍니다."

아내가 말하였다. 추호는 아내의 말을 갸륵하게 생각 하였다.

"봇짐 속의 '9경', '장자', '문선'등을 모두 읽으려면, 아무래도 3년은 족히 걸릴 것이오."

추호는 열심히 공부하여 어서 돌아올 것을 다짐하며, 사립문을 나섰다. 종종걸음으로 집 모퉁이를 돌아 동구 밖으로 사라졌다.

아내는 그때서야 집 안으로 들어서며 눈물을 닦았다.

추호는 산을 넘고 물을 건넜다. 집 떠난 지 보름째 되던 날, 비로소 숭산(崇山)에 이르렀다. 산은 험준하여 새도 날 길이 없었으며, 인적이란 전혀 없었다. 물이 쏟아져 내리는 계곡을 따라서 한 발짝 한 발짝 걸어 올라가기 시작하였다. 바람이 계곡을 휩쓸었다. 물소리, 짐승들의 울음소리에 모골이 송연하였다. 마치 귀곡성인 양하였다. 산에 들어가는 것이 맑고 즐거워야 할 터인데, 무서움을 느끼다니 적이 걱정이었다.

> 자식이 집을 떠나 관산 밖으로 나가면
> 어머니의 마음은 타향에 머물러 있네.
> 낮이고 밤이고 마음이 자식을 따라가
> 흐르는 눈물이 몇 천 줄이나 된다네.
> 원숭이가 제 새끼 사랑하여 울듯이
> 자식 생각에 애간장이 다 끊어지네.

추호는 홀어미를 뿌리치고 집을 떠난 불효를 떨쳐버릴 수가 없어, 흥얼흥얼 노래를 읊조리며 발걸음을 천천히 옮겼다. 높이 올라갈수록 산골이 깊어지고, 물길은 잦아들어 졸졸 흐르기 시작하였다. 산봉은 하늘을 찌를듯한데, 구름이 감돌았다. 향나무, 백양나무, 박달나무, 자단나무 등으로 울창한 숲을 이루었다. 빈랑, 복숭아, 오 얏 꽃들도 만발하여, 향 내음이 산골짜기를 뒤덮었다. 어느새 산을 들어섰을 때의 두려움은 사라지고, 기쁨이 안개처럼 피어올랐다. 마음이 상쾌하니 걸음이 빨라졌다. 좀 걸어가다 보니 연꽃처럼 피어 있는 바위 숲 사이로 한 석실이 보였다. 추호는 조심스레 문 앞으로 다가갔다.

"계십니까? 안에 누가 계십니까?"

추호는 석실 안을 향하여 외쳤다. 아무런 대답이 없었다. 석창을 통하여 비쳐드는 햇빛으로 겨우 방 안을 살펴볼 수 있었다. 한쪽 구석에 백발이 3천 장인 듯 노선이 벽을 돌아누워 잠들어 있었다. 여러 재상, 병가, 사상가를 배출한 그 유명한 노선이 아닌가! 깨울 것이 아닌 듯싶어, 꽃나무 밑에 앉아 책을 뒤적이며, 노선이 깨어나길 기다렸다.

해질 무렵에서야 노선이 깨어났다. 추호는 고향을 떠나온 까닭을 진솔하게 이야기하고, 노선을 스승으로 모시기를 간청하였다. 간단히 사제의 예를 치른 뒤에, 그 날부터 책을 읽기 시작하였다. 그렇게 하여 책읽기를 3년, 추호는 노선의 해박하고 경쾌한 해석과 지도를 받아 '구경'은 물론 '칠략'에까지 통달하였다.

"그만하면 되겠네. 그만 나가보도록 하게."

어느 날 아침 노선은 추호를 앞혀놓고, 그동안의 학문적인 성과를 만족하게 여기며 말하였다. 추호는 기쁨을 감추지 못하였다. 추호는 그 날로 봇짐을 챙겨, 가벼운 마음으로 산을 내려왔다. 바로 집으로 가려다 생각해 보니, 지금 노(魯)나라로 되돌아가서는 안 될 것 같았다. 노나라는 정쟁으로 인한 모함, 살생 등이 되풀이되고 있으니, 귀국을 하자마자 그 소용돌이에 말려들 것 같았기 때문이었다. 그렇다면 정치적 이상을 실천하기도 전에 생명의 위협을 받을 수 있을 것이다.

"그렇다면 위나라로 가리라, 위의 진왕은, 나의 뜻을 충분히 받아줄 수 있을 것이다. 그러면 나의 이상을 실천해 갈수 있을 것이다. 왜 미처 이 생각을 못했단 말인가?"

추호는 3년 뒤에 집으로 돌아가겠다는 아내와의 약속을 미루고, 위나라로 향하였다. 머리를 풀어헤치고, 미친 듯이 도성을 헤매었다. 그렇게 얼마 동안 헤매던 그는 자신의 정치적 이상을 담아 위(魏)왕에게 충성을 다할 것을 맹서하는 '표(表)'를 지어 올렸다. 위나라의 진왕은 표문을 읽어가며, 몇 번이고 감탄을 금치 못하였다. 드물게 보는 유창한 표문일 뿐만 아니라 훌륭한 정치적 포부에, 더욱이 노나라 사람이 스스로 위나라 왕을 섬기겠다니 기쁘지 않을 수 없었다. 위나라 왕은 즉시 추호를 궁정으로 불러들여 좌장으로 제수하였다.

"폐하! 인과 효를 바탕으로 정치를 해야 할 것이옵니다. 그러면 비록 나라에 어려움이 있을지라도 민심은 이반하지 않을 것이옵니다. 그러나 위나라로서는 우선 변방을 튼튼히 해야만 할 때인 줄 아옵니다."

추호는 좌상으로서 정치적 소신을 피력하고 또 그대로 실천하였다. 덕분에 위나라는 늘 변방을 괴롭혀 오던 오랑캐들을 물리침으로 안정을 찾아갔다. 6년이 지난 뒤였다. 위나라는 내외적으로 성세를 구가하게 되었다.

남편이 유학을 떠난 지 6년이 넘도록 한 통의 서찰도 오지 않았다. 생사조차 알 수 없는 기다림에 초조한 나날을 보내었다. 추호의 부인은 낮이면 들에 나가 품을 팔았다. 밤이면 누에를 쳐 옷을 짰다. 찰각 찰각, 찰각찰각 북소리가 밤새도록 끊이지 않았다. 그러나 고달픈 줄 몰랐다. 정성껏 시어머니를 모셨다.

당신 효도하고 나 효도하면
효도는 문중에 끊이지 않는다.
찰각, 찰각, 찰각,
다만 어머니가 아들을 사랑할 뿐,
아들은 어머니를 잊고 있는가?
찰각, 찰각, 찰각.

어느 날이었다. 달빛이 교교하였다. 불 꺼진 며느리의 방문 틈새로 두런두런하는 남녀의 소리가 새어 나왔다. 시어미는 한숨을 쉬었다. 외방의 남자를 집 안으로까지 유인해 들이다니, 하늘이 무너지고 땅이 꺼지는 것 같았다. 천벌은 물론이려니와 나라의 형벌을 면할 수 없게 되었으니, 어찌하면 좋을지 몰랐다. 시어미는 숨을 죽이고 문틈으로 방안을 엿보았다.

"저는 당신을 떠나서는 살 수가 없다오. 어찌하면 좋아요."

며느리는 이불 속에 한 남자를 끌어안고 있었다. 눈물을 흘리고 있는듯하였다.

"이제 우리 집안은 망했구나, 망했어, 망했다고…."

시어미는 기절하여 그 자리에 쓰러졌다. 시어미가 깨어나 보니 며느리가 옆에 있었다.

"독수공방이 싫었어요. 그리하여 그의 모습과 똑같은 형상을 만들어 옷을 입혀, 매일 밤 옆에 있는 것처럼 하고 잠을 잤어요. 그래야 잠을 잘 수 있었던 걸요…"

시어미는 며느리를 얼싸안았다. 그리고 둘은 엉엉 울었다.

"3년 안에 돌아온다더니, 6년이 넘었는데도 소식조차 없지 않느냐? 죽었을 것이다. 신부가 빈방을 이렇게 오랫동안 지키고 있을 수는 없느니라. 개가를 하는 것이 마땅하니라. 이제 주저할 것이 없지 않겠느냐?"

시어머니는 며느리의 의향을 물었다.

"그이와 전 천생의 배필입니다. 아직 학문을 다 이루지 못하였기 때문에 돌아오지 않는 것이겠지요. 그새를 기다리지 못하고 개가를 하다니, 천벌을 면치 못할 것이에요. 그런 말씀은 더 이상 입 밖에 내지 마시고 거두어 주세요."

며느리는 흐르는 눈물을 억지로 참았다. 그리고 개가하라는 이야기는 없던 일로 하였다.

다시 3년이 지났다. 3월 3일 아침이었다. 추호는 왕 앞으로 나가 무릎을 꿇고 절을 올렸다.

"집을 떠난 지 10년째이옵니다. 모친이 살아 계시는지 모르겠사옵니다. 모친이 보고 싶어 눈물이 앞섭니다. 대왕 폐하! 은혜를 베풀어 주시옵소서. 노나라로 돌아가 모친을 만나 뵐 수 있도록 윤허하여 주시기를 앙망하나이다. 황공하옵니다."

추호가 주청하였다. 위왕은 신료들을 모아 재상의 귀향을 의논하였다. 변방이 안정되었고, 국정도 평화로우니 재상의 뜻을 받아들이도록 하고, 황금과 비단을 수레 가득 실어 보내도록 하였다.

"혈연의 정을 어떻게 막겠소? 경은 나라에 큰 공을 세웠소. 어서 돌아가 자당을 찾아 뵙고, 곧 돌아오도록 하시오."

이에 추호는 말을 타고 귀향길에 올랐다. 며칠 동안을 달리고 달렸다. 마침 뽕나무밭을 지나가게 되었다. 한 여인이 뽕을 따고 있었다. 추호는 한참 동안 그녀를 바라보았다. 얼굴은 흰 옥 같고, 뺨은 붉은 연꽃과 같았다. 허리는 버들가지 같고, 눈썹은 초승달과 같았다. 궁궐에서도 이와 같은 아름다운 여인을 만날 수 없었는데, 뽕밭에서 만나

다니, 가연인가 싶었다. 추호는 시 한 수를 지어 그녀에게 바쳤다.

옥같이 흰 얼굴
붉은 화장을 드리워라.
뽕나무를 잡아당겨
얼굴을 가리어니
눈썹은 가지 새에 피고
옷깃은 잎 새 속에 감추어.
뺨은 봄의 도리와 같고
몸은 흰 눈과 같구려.

여인은 시를 읽고 얼굴을 붉혔다. 그러나 자기를 희롱하는 한량으로 여기고, 뽕잎 따기를 계속하였다.

"임도 보고 뽕도 딴다고 하지 않소? 황금 두 냥을 드리겠소 비단도 한 필 드리지요. 힘든 일은 잠깐 접어두고 좀 쉬시구려. 두려워하지 마시고 잠시 내 품으로 오시오."

추호가 말하였다.

"저의 남편은 과거를 보러 갔어요. 지금은 소식이 없으나, 곧 금의환향할 것이오. 한 마리의 말 위에 두 개의 안장을 얹을 수는 없지요. 한 마리의 소에게 어떻게 두 대의 수레를 끌게 할 수 있겠어요. 집이 가난하여 굶어죽게 된다고 한들, 어찌 황금을 귀중하게 여기겠어요. 설사 황금과 비단이 산처럼 쌓인다고 해도 어떻게 연심을 가질 수 있겠어요?"

여인이 꾸짖듯 말을 내뱉고, 뽕나무 숲 속으로 몸을 숨기었다. 추호는 여인의 말을 듣고 곧 만나게 될 아내를 떠올리며, 부끄럽게 생각하였다. 그리하여 서둘러 수레를 타고 뽕밭을 떠났다. 집을 향하여 먼지를 일으키며 달렸다.

"추호가 돌아왔다!"

아내는 기쁨을 감추지 못하였다. 용모를 가다듬고 화장을 하였다. 눈썹을 푸르게 그리고, 향수를 뿌렸다. 시집 올 때 입고 왔던 옷을 다시 꺼내어 입었다. 시집 올 때의 모습과 똑같았다. 복숭아꽃이 그려진 비단부채로 얼굴을 가리고 장지문을 열었다.

"내가 돌아왔소. 너무 늦게 돌아와 미안하오."

추호가 말하였다. 아내는 부채를 접으며, 남편을 바라보았다. 그런데 그가 바로 뽕밭에서 황금, 비단을 주겠으니 품에 안기라고 희롱하던 이가 아닌가! 슬펐다.

눈물이 앞을 가렸다.

"집에서는 불효하고, 나라엔 불충한 놈!"

추호의 어머니는 아들을 크게 꾸짖었다. 며칠이 지났다. 추호의 아내가 집 앞을 흘러가는 강물 위에 시체로 떠올랐다. 시체는 강물을 따라 유유히 떠내려갔다.

원본이 훼손되어 여인이 강물에 정말 투신하였는지는 알 수가 없다. 이 작품은 대체적으로 〈열녀전〉을 근거로 이야기를 늘린 것으로, 내용은 좀 다른 데가 있다. 원래는 추호가 5년 만에 돌아오나 여기서는 10년 만에 돌아온다. 추호가 본래는 진(陳)나라에서 관직을 구하나 여기서는 위나라이다.

추호가 아내를 희롱하는 이야기는 〈서경잡기〉에도 나오고, 잡극(雜劇) 〈추호잡희〉에서는 부부사이가 다시 원만해지는 것으로 결말을 바꿨다.

※ 〈돈황학사전〉참고.

9
맹강녀孟姜女의 눈물

　돈황막고굴은 그야말로 문학의 보고이다. 〈맹강녀사(孟姜女詞)〉가 발굴 되었다. 페리오(Pelliot)편호 제3718호이다. 당(唐)나라 사람의 곡사(曲詞)이다. 작자는 알 수가 없다. 제1수는 맹강녀의 꿈, 제2수는 겨울옷을 만드는 것, 제3수는 남편 기량(杞梁)의 혼령과 길에서 조우하고, 진시황의 만리장성 축조하는 것을 꾸짖고, 제4수는 맹강녀가 남편의 유해를 찾으며 목 놓아 울자 장성이 무너지는 것, 제5수는 손가락에 피를 떨어뜨려 남편의 유골을 찾은 것, 제6수는 기량의 혼이 맹강녀에게 부모를 부탁하는 내용이다. ※〈돈황학사전〉 참고

　〈맹강녀전설(孟姜女傳說)〉은 〈백사전설(白蛇傳說)〉, 〈우랑직녀전설(牛郎織女傳說)〉, 〈양축전설(梁祝傳說)〉과 함께 중국 4대 전설가운데 하나이다. 〈맹강녀전설〉은 진시황이 만리장성을 축조를 하던 시기의 신혼부부의 애절한 이야기이며, 〈백사전설〉은 사람처럼 살고 싶었던 요괴의 슬픈 러브스토리이다. 〈우랑직녀전설〉은 견우와 직녀의 애달픈 이야기이며, 〈양축전설〉은 양산백과 축영대의 중국의 로미오와 줄리엣이라고 할 수 있는 또 하나의 러브스토리이다.

현재 중국 하북성 산해관 근처에는 맹강녀의 묘(廟)와동상이 세워져 있고, 내용은 이곳을 바탕으로 전개하고 있다. 그러나 내용은 여러 모양으로 전해져 오고 있는데, 돈황의 장경동에서도 맹강녀전설이 필사본으로 발견되었다. 따라서 여기에서는 이 필사본을 참고하고, 우리나라 사람들이 가장 많이 찾는 만리장성의 팔달령(八達嶺)을 배경으로 하고 있는 전설을 소개한다.

　시에서 말하였다.

> 들에 슬픈 구름이 일고,
> 광야에 울음소리 슬프다.
> 천지가 감동하지 않았다면,
> 장성이 어떻게 무너졌으랴?
> 석벽이 높고 깊이 뻗어있고,
> 산하는 끝없이 둘렸는데.
> 장성이 무너졌다니 그럴 수 있나?
> 결국 부인의 눈물로 무너졌더니라.
> 변새밖에 중론 이 어찌 슬프지 않나?
> 마음이 시려 차마 듣지 못하겠네.
> 隴上悲雲起, 曠野哭聲哀.
> 若道人無感, 長城何爲頹.
> 石壁千尋列, 山河一向廻.
> 不應城崩倒, 總爲婦人來.
> 塞外豈中論, 寒心不忍聞.

　옛날 팔달령(八達嶺)에 두 집이 있었다. 두 집은 담장을 사이에 두

만리장성(팔달령)

고 이웃해 있었는데, 동쪽은 맹 씨네였고, 서쪽은 강 씨네였다. 두 집
은 서로 도와 한집처럼 화목하게 살고 있었다. 두 집은 유쾌한 날들을
보냈으나, 뒤를 이을 자손이 없어 아들을 기다렸다.

　어느 봄날이었다. 맹 씨네에서 박씨 한 알을 담장 가에 심었다. 박
넝쿨은 두 집에서 잘 보살펴, 등나무를 타고 올라가 무성하게 뻗어
나갔다. 가을이 되어 두 집은 박을 거두며 반반씩 나누어 갖기로 하였
다. 두 가족은 마침내 즐거운 마음으로 박을 탔다. 그런데 박을 열어
보니, 그 안에는 눈썹이 짙고, 눈이 크고, 살결이 희고 통통한 여자
아이가 앉아 있는 것이 아닌가! 아이는 방실방실 웃고 있었다. 맹(孟)
씨와 강(姜) 씨는 하늘이 보내준 아이라고 생각하고 박을 기르듯 함
께 양육하기로 하였다.

　"이름은 뭐라고 하지?"

　맹 씨가 강 씨에게 물었다.

"우리 두 집의 딸이니 '맹강녀'라고 하지 ."

맹 씨는 강 씨의 말을 따랐다. 두 식구는 맹강녀를 정성껏 길렀다. 그녀는 아름답고 총명하게 자라 어느새 열여섯 살이 되었다.

이때 진시황(秦始皇)은 6국을 공멸하고, 팔달령에 장성을 축조하기 시작하였다. 백성들을 동원하여 성을 쌓는데 밤낮이 없었다. 굶어 죽고, 맞아 죽고, 얼어 죽고, 돌에 깔려 죽는 등 죽어가는 사람들이 수를 헤아릴 수가 없을 지경이었다.

판시량(范喜良)은 고통을 견디기가 어려웠다. 도저히 참을 수가 없어, 어느 날 밤을 틈타 도망을 쳤다. 그저 날이 밝을 때까지 달려 어느 집 후원으로 뛰어 들어갔다. 숨어 있다가 어두워지면, 다시 도망칠 생각이었다. 과일나무의 잎이 무성하여 숨어 있기에 적당하였다. 그는 머리를 숙이고 포도 넝쿨을 헤치며 숨을 자리를 찾았다.

"으악! 도둑이야, 도둑…'

맹강녀가 놀라 외쳤다. 마침 화원의 꽃을 구경하고 있던 맹강녀는 갑작스러운 인기척에 소스라치게 놀랐다.

아버지 맹 씨가 소리를 듣고 달려왔다.

"무엇하는 사람이오?"

"도망자입니다. 백면서생인데, 성 쌓는 부역으로 끌려왔습니다."

판시량은 축성의 참상을 낱낱이 설명하고는, 도망치지 않고는 견딜 수가 없었으니, 제발 숨겨달라고 간청하였다.

"그렇잖아도 요즘 관에서 도망자들을 색출하느라 혈안이오. 꼼짝하지 말고, 우리 집에 숨어 있다가 감시가 뜸하면 가도록 하시오."

맹 씨가 동정적으로 말하였다.

얼마나 되었을까? 세월이 지났다. 맹 씨는 딸이 시집갈 때가 되었으니, 이참에 판시량에게 시집을 보내자고 부인에게 제의하였다.

"사람이 성실하고, 학식도 풍부하고 나무랄 데가 없다오. 신언서판 (身言書判)을 갖추었구려."

"그렇다면 그렇게 하는 것이 좋겠네요. 하지만 강 씨와 상의해야 되지 않겠어요?"

"물론이오."

이에 두 집에서는 판시량을 사위로 맞아들이기로 결정하고, 서둘러 혼례를 치렀다. 저녁이 되어 동방에 화촉을 밝혔다.

"본래 저를 사위로 삼으려고 하지 않았습니까?"

종으로 있는 료우치(廖琪)가 맹 씨에게 다가와 속마음을 내보였다.

"그것은 자네 생각이 아닌가?"

맹 씨는 뜻밖의 말에 놀라지 않을 수 없었다. 그러나 생각해 보니 두 집에 아들이 없으니, 그런 생각을 갖고 있을 법도 하였다.

"온갖 충성을 다했는데, 돌아온 보답이 이겁니까?"

료우치는 마당을 쓸던 빗자루를 내던졌다. 그 길로 몰래 관아로 달려가, 맹 씨네 집에 도망자가 숨어 있다고 고발하였다.

"이름이 판시량이라고 합니다."

"판시량? 즉시 체포해 오라!"

병사들이 달려왔다. 판시량은 오랏줄에 묶여 관아로 끌려갔다. 어떻게 손 쓸 사이도 없이 순식간에 일어난 일이었다. 관아로 끌려온 판시량은 모질게 곤장을 맞고, 다시 축성장으로 끌려갔다. 결국은 시체가 되어 성토 속에 묻히고 말았다.

글에서 말하였다.

병들에게 고초를 겪다가

목숨을 잃고 성토에 묻혀
혼백은 가시밭을 떠돈다네!
밤새 다듬이질하고 꿰매어
겨울옷을 보내왔어라.
어떻게 보답을 할 수 있으랴?
손을 놓으며 이별할 때에는
몇 마디 말도 못 나누었는데
가면 돌아오리라 생각했더니
장성으로 끌려와 곤장을 맞고
성터에서 죽을 거라고 생각도 못해.

"아버지, 제가 가서 판시량을 찾아보겠어요."
"그럴 것 없다. 도망자가 잡히면 모두 때려죽인다. 어딜 가서 찾겠다는 것이냐?"
"시체라도 찾아 돌아오겠어요."
맹강녀의 굳은 뜻을 꺾을 수 없었다. 맹 씨네는 노자를 풍족히 마련하고, 종 료우치와 함께 찾아 나서도록 하였다. 산과 들에는 꽃들이 아름답게 피어 있었다. 그들은 터벅터벅 발걸음을 재촉하였다.
"판시량은 이미 죽었습니다. 죽은 뼈다귀는 찾아다가 무엇에 쓰시렵니까? 새들도 짝을 짓는데, 나와 같이 사는 게 어떻겠습니까? 이 길로 함께 떠납시다."
료우치가 말하였다.
"그래! 잘됐어. 솔직히 나도 시체나 거두러 가고 싶지 않아. 그런데 우리가 짝을 이루려면, 매파가 있어야 할 터인데 어떻게 하지?"
맹강녀는 판시량을 관아에 고발한 것이 료우치라는 것을 짐작하고 있던 터였으나, 마음을 삭이며 이렇게 말하였다.

"이런 곳에서 어떻게 매파를 찾습니까?"

"그럼 이렇게 하자. 저 아래를 보아. 진달래가 아름답게 피어 있지. 진달래를 한 다발 꺾어다가 그것을 중매로 하는 것이 어떨까?"

"좋아요. 그렇게 하지요."

료우치는 날아갈 듯 기뻤다. 그런데 계곡이 너무 깊어서, 꽃을 꺾으러 내려갈 수 없었다.

"넌 남자 아냐? 남자가 그런 걸 무서워하다니…. 이리 와봐. 우리 짐의 밧줄을 풀어서 이 밧줄을 타고 내려가면 될 것 아냐? 밧줄은 내가 꼭 잡고 있을 터이니 염려할 것 없어."

맹강녀가 말하였다. 료우치는 맹강녀의 말대로 밧줄을 타고 한 발짝 한 발짝 내려갔다.

"가장 아름다운 꽃을 꺾어오겠습니다."

"그래, 한 다발 꺾어 가지고 저승길에 뿌리며 가라고."

료우치가 밧줄에 의지해 벼랑에 걸쳐 있을 때, 맹강녀는 밧줄을 놓았다. 그런데 긴 머리가 소나무 가지에 감기어 매달려, 그네처럼 흔들거렸다. 왔다 갔다 하더니, 그 머리가 풀리어 아래로 떨어져, 다른 소나무 가지 위에 걸터앉았다. 한참 뒤에 나무를 내려온 료우치는 산길을 찾아 어디론가 향하여 걸어갔다. 앞만 보고 걸어갔다.

장성을 수축하는 사람들로 북적이었다. 흙을 날아오는 사람, 성 돌을 쌓는 사람, 말을 타고 이리저리 달리는 병사 등 마치 시장처럼 북적거렸다.

"판시량은 어디에 가면 찾을 수 있나요?"

한 석공에게 물었다.

"판시량은 여기 있었지. 그런데 도망을 갔다가 잡혀서 맞아 죽었는걸."

"그럼, 시체는 어디 있나요?"

"시체? 시체 같은 것 돌볼 새가 어디 있어? 깨진 성 돌과 함께 저 흙더미 속에 묻어버렸지. 시체로 메워진 것이 장성인걸."

석공은 푸욱 한숨을 쉬었다.

남편을 만나기는커녕 시체마저 찾을 수 없다니, 맹강녀는 슬픔을 참을 수 없었다. 분노를 견디기 어려웠다. 하소연할 곳도 없었다. 성벽 아래에 주저앉아, 그저 통곡하였다. 그런데 갑자기 구름이 몰려들었다. 천둥 번개가 쳤다. 소나기가 쏟아지고 폭풍이 장성을 휘몰아쳤다.

"우르르, 쾅, 쾅!"

순간 그 동안 쌓아 올린 장성이 모두 무너졌다. 성에 묻혀 있던 인골들이 흙과 함께 쏟아졌다. 하지만 어떤 것이 남편의 유골인지를 분별할 수 없었다.

시에서 다음과 같이 읊었다.

> 아내는 이야기를 듣고 울며 울어
> 당신은 장성 어느 곳에서 죽었어요?
> 해골의 축성토로 매몰되었다는데
> 어느 곳에 가서 말하면 알 수 있나?
>
> 맹강녀는 울음 우네 하늘 우러러
> 지아비의 요절을 한탄하네.
> 울음이 사무쳐 산하를 감동하게 해
> 드디어 우레 치듯 장성이 무너졌다네.

맹강녀는 인골을 샅샅이 헤치고 살폈다. 그러나 어느 것이 남편의 것인지 알 길이 없었다. 맹강녀는 무명지를 깨물어, 피를 해골에 뚝뚝 떨어뜨리며, 하늘을 향해 빌었다.

"만약 이 뼈가 지아비의 것이라면 뼈 속으로 피가 빨려 들어가게 해 주십시오."

그런데 정말 놀랍게도 그 순간 피가 뼈 속으로 스며들었다. 하지만 미처 유골을 수습하기도 전에 병사들이 달려와 맹강녀를 묶어 관아로 압송하였다. 아전은 그녀가 꽃송이처럼 아름다운 것을 보고는, 서둘러 진시황에게 헌상하였다.

진시황은 맹강녀에게 한눈에 푹 빠졌다. 진시황은 그녀의 손을 잡고는 오늘부터 수청을 들라고 하였다.

"감히 황제 폐하의 분부를 거역하겠나이까? 그런데 먼저 몇 가지 할 일이 있사온데, 황공하오나 그것부터 들어 주시옵소서!"

맹강녀는 진시황에게 말하였다.

"말해 보아라. 이 땅 안에 있는 모든 것이 짐의 것이거늘, 들어주지 못할 부탁이 뭐가 있겠느냐?"

진시황은 맹강녀를 품에 안으려 하였으나, 그녀는 슬며시 황제를 밀어내고는 몇 가지 조건을 말하였다.

"덕행이 높은 스님을 불러 판시량의 49재를 올리고, 매장을 해주시옵소서."

"어려울 것 없다. 다음은 또 무엇이냐?"

"폐하께서도 상복을 입어주시옵소서!"

"안 될 말이다. 나는 황제인데, 그것은 안 될 말이다. 그 다음은 무엇이냐?"

진시황은 노기를 띠었다.

"그 말씀을 들어주지 아니하시면 다음은 말씀드리지 않겠나이다. 폐하! 고정하옵시고 저의 청을 들어주소서."

맹강녀는 진시황에게 찻잔을 받들어 올리며 말하였다. 그녀의 자태는 마치 겨울에 핀 매화 같았다. 언제 그랬느냐는 듯 진시황의 노기는 봄바람에 얼음 녹듯 하였다.

"그래, 그럼 그 다음이 무엇이더냐?"

"지아비를 매장한 뒤, 폐하와 함께 마지막으로 남편의 성묘를 하겠나이다. 남편을 영원히 떠나보내겠습니다. 그리고 폐하를 정성으로 모시겠습니다. 저의 무례함으로 혹여 저를 내치실까 걱정이옵니다. 황제 폐하!"

"그럴 리가 있겠느냐?"

진시황은 신료들을 불러 맹강녀의 말대로 즉시 실행하도록 분부하였다. 판시량의 장례를 성대히 치렀다. 49재를 치른 뒤였다. 성격이 급한 진시황은 49재가 끝나자마자 곧바로 맹강녀와 함께 산해관으로 판시량의 묘소를 찾아 행차하였다. 십리는 될 것이다. 진시황의 행렬은 장관을 이루었다.

둘째 날이었다. 장성에 이르렀다. 지금의 산해관의 노령두(老龍頭)에 까지 수레를 달렸다. 발해만의 푸른 파도가 밀려오고 밀려갔다. 갈매기가 날았다. 아름답기 그지없었다. 진시황은 축성한 장성을 바라보며 매우 만족해하였다. 맹강녀는 진시황을 뒤로 하고는 빠른 걸음으로 앞으로 달려갔다.

"시량, 내가 왔어. 시량, 내가 왔다니까…."

맹강녀는 큰 소리로 외쳤다. 그리고 봉화대에서 뛰어내렸다. 성벽 아래로 굴러 떨어졌다.

"시량, 내가 왔어!"

맹강녀는 하늘을 쳐다보는듯하더니 눈을 감았다. 석공들은 판시량과 맹강녀의 슬픈 만남을 동정하여, 그녀의 시체를 찾아 판시량과 합장한 뒤 제사를 올렸다. 그리고는 그들의 슬픔을 다음과 같이 노래하였다.

울고 울어 목이 막혔는데
두 눈의 눈물은 끝날 줄 모르나.
하늘은 정말로 인정도 없어라,
아내마저 장성에서 죽게 하다니.

맹강녀의 무덤

10
막고굴莫高窟에 잠들어 있던 시詩들

돈황막고굴에서 나온 시가 적지 않다. 적지 않은 당나라의 시가 발굴됨으로, 그 시의 유전의 새로운 영역의 학술적 가치를 살펴 볼 수 있게 되었다. 특히 이미 실전한 작품가운데의 왕범지(王梵志,생애 불명함)의 백화시(白話詩), 〈운요집잡곡자(雲謠集雜曲子)〉, 위장(韋莊836-910)의 〈진부음(秦婦吟)〉, 〈기타〉의 당시 포로가 되어 읊은 것으로 보여 지는 포로생활의 시의 발견은 놀라운 일이 아닐 수 없다. 나누어 간단히 설명하고자한다.

왕범지王梵志의 백화시

왕범지의 백화시는 무려 3백여 편이 넘으며, 모두 5언의 백화시(白話詩)이다. 왕범지의 출생에 대해서는 확실히 알 수가 없다. 다만 풍익(馮翊)의 〈계원총담(桂園總談)〉가운데 왕범지에 대한 글이 있다. 왕범지는 위주(衛州) 여양(黎陽)사람이었다. 수나라 문제 때였다. 집 안에 고목이 있었는데, 옹이가 머리만 하게 돋아났다. 3년이 되자 그

옹이가 썩어서 떼어버리었는데, 그 속에 태를 안고 한 어린이가 앉아 있었다. 그리하여 받아서 길렀다. 일곱 살이 되어서 말을 시작하였다.

이것은 하나의 신화와 같은 민간의 전설로서, 아마도 그의 작품이 널리 읽혀졌고, 또한 영향이 컸기 때문에 분분히 전해져 왔다고 보여진다. 즉 부처님의 교화에 따라서 시를 짓고, 인간을 날카롭게 풍자하였다는 것이다.

막고굴에서 발굴된 페리오 4094의 왕범지시의 제1권

그러나 그동안 실제적으로 왕범지의 백화시에 대하여는 사람들이 별다른 관심을 보이지 않고 있었다. 왜냐하면 백화로 쓰여진 그의 시는 중국전통문학의 범주 안에 들어 있지 않았기 때문이었다. 하지만 근래에 들어와서는 그의 시의 문학적 의의는 물론 소위 중국의 전통시와의 관계를 인식한 나머지 그 중요성을 논하게 되었다.

왕범지의 사상과 성격은 생활의 급격한 변화와 영향아래 더욱 복잡성을 갖게 되었다. 만약에 그의 사상을 속세를 등진 인간사상으로 이해하고자 하면, 그의 참다운 면모는 잃게 될 것이다. 물론 그는 출가한 속승으로 생각되지만, 어디까지나 현실의 각박한 생활 가운데에서, 그의 숨결을 느낄 수 있기 때문이다. 그는 "가난하지만 항상 일을 반성하고, 그들은 나를 비웃지만, 나는 가난이 지극히 즐겁다"라고 하였는데, 이것은 그의 인간 있는 그대로의 모습을 간파하고 난 뒤의 절규라고 하지 않을 수 없다. 반면에 그는 불교의 교화에 의하여 생활의 찌들임, 세상의 여러 가지 행태의 경험으로부터, 그를 향하여 내습하여오는 농락과 비극을 즐겁게 받아들일 수 있었고, 삶이 있으면 죽음이 있다는 자연적인 규율을 깊이 인식하였다. 이와 같이 인생을 이해하고 있는 기본적인 바탕위에서 당시 사회의 부조리한 현상들을 꼬집어 풍자하고 있다. "집에는 왕범지가 있어, 죽어 지옥에 가지 않는다."거나 "흰밥에 소금을 뿌려먹어도 주육을 차림보다 낫다."라고 하는 것을 보면, 당시 사회는 시를 통하여 마지막의 어떤 구원을 얻고 있다고 할 수 있을 것이다. 어쨌든 왕범지의 백화시는 당나라 초기에 있어서 우뚝 피어난 기이한 꽃이었다. 몇 작품을 선택하여 읽어보기로 한다.

내 부유하여 돈이 있을 때는吾富有錢時

내 부유하여 돈이 있을 때에는,
마누라 아들은 나 보기를 좋아해.
내 의상이 좀 떨어질 것 같으면,
나에게 겹 비단옷을 지어서주어.
내 장사하려고 길을 떠나려하면,
곧바로 장사 길을 떠나라고 해.
돈을 벌어 집으로 돌아오면,
나를 보고 만면에 웃음을 웃어.
나를 감싸고 비둘기처럼 선회하는데,

흡사하여라 앵무새와도 같이 속삭여.
잠시라도 가난을 만나게 되면,
나를 대하여 험난한 얼굴을 지어.
사람이 몹시 가난하게 될 때에라도,
부유하여서 인과응보로 돌아오리니.
재물 쫓아 사람을 돌아보지 않거니,
또한 때의 길을 보아서 오리라.

가난을 비웃지만他家吾笑貧

그는 나의 가난을 비웃지만,
나는 가난함이 아주 즐거워.
소도 없고 또한 말도 없으니,
도적도 약탈도 염려할 것 없어.
당신 부유하니 호역(戶役)이 높고,
아울러 세금과 부역이 무거워.
나는 부르는 곳이 없으니,
배불리 먹고 다리 길이 펴고 누워.
당신은 부유하여 비단옷을 입네만,
항상 옷으로 묶여 있어.
곤궁하니 번뇌가 없고,
초의(草衣)는 몸이 자유로워라.

삶이 죽음보다你道生勝死

너는 삶이 죽음보다 좋다고 말했지,
나는 죽음이 삶보다 좋다고 말해.

삶은 곧 죽음의 고통으로 떨지만,

죽으면 인간의 싸움이 없어라.

열여섯에 부역으로 일하고,

스무 살에 부병으로 끌리어나가.

모래사막을 걸어 서쪽으로 향하고,

갑옷과 병기를 지고 가기 힘 들어라.

대낮에 밥 먹을 땅을 찾아가고,

매일 밤을 거의 새운다네.

쇠 바리때의 마른 밥을 말아서,

병사끼리 서로 나누기를 다투어라.

머리는 길고 배고파 죽을 것 같은데,

뱃가죽은 깨어진 아궁이와 같구나.

이렇게 고통을 당 할 것이라면,

자애하신 어머니 차라리 날 낳지 않았더라면.

운요집잡곡자雲謠集雜曲子

〈운요집〉으로 줄여 불리기도 하는데, 1899년에 발견 되었고, 모두 39수가 수록되 어 있다. 이것은 한 사람에 의하여 지어진 것이 아닌, 여러 사람에 의하여 지어진 것으로, 작자를 알 수가 없다. 운요(雲謠)란 유행의 속요(俗謠), 즉 민요라는 뜻이다. 1907년 스타인(Stein)이 서역을 답사하는 가운데에 막고굴에 들렸다가 많은 문물들을 영국으로 갖고 돌아갔으며, 한 해 뒤인 1908년에는 프랑스의 한(漢)학자 페리오(Pelliot)가 찾아와 또 대량의 문물을 갖고 돌아갔다. 이 때문에 운요 30수는 영국대영박물관에서 보장하고 있고, 나머지 9수는 파리

국립도서관에서 보장하고 있다. 39수는 이것들을 합하여 이루어진 것이다.

〈운요〉의 소재와 내용을 보면 성당(盛唐)을을 전후한 시기의 작품인 것을 알 수 있다. 예를 들면 성당의 시인 왕창령(王昌齡)의 〈규원(閨怨)〉과 〈출새(出塞)〉와 같은 작품과 비교하여 보면 얼른 이해가 된다.

본 〈운요〉의 내용은 변방의 수비를 위하여 출정한 지아비를 그리워하는 여인의 심경을 토로하고 있다. 또 원녀(怨女,과부)의 우수와 한이 그 주축을 이루고 있다. 그 제재와 내용이 제한된 감이 없지 않지만, 표현에 있어서는 민간의 소박하고 진실한 감정이 적나라하게 표출되고 있다. 때문에 상당이 생동감이 넘치며 감동적이라고 할 수 있다. 또 당시의 불합리한 병역과 부역제도, 혼인문제 등의 제재를 통하여 당시의 시대적인 상황을 잘 파악 할 수 있다.

사실은 당시 시인들의 작품이 이들 민간인들의 시의 영향을 받았음이 확실하며, 때문에 더욱 사실적인 훌륭한 작품들이 창작 되었다고 하는 것은 많은 암시를 주고 있다.

규원 閨怨

녹창에 홀로 앉아,
당신께 편지를 쓴다.
군복일랑은 다지어서,
멀리 변방으로 부쳤다오.
생각하니 당신 그 고통의 전쟁,
기구한 어려움 두려움이 없어.
막막한 모래펄에서,

세 척의 칼을 의지하여,
적들과 용전(勇戰)을 해.

어찌 알았으랴 붉은 얼굴,
눈물이 구슬처럼 떨어지는 걸.
애꿎게 금비녀로 점을 쳐봐도,
점괘마다 허사이네.
꿈은 하늘가 잠시도 쉴 겨를이 없고,
베갯머리 긴 한숨을 짓는다.
당신 돌아오실 것 기다린다지만,
지난날의 얼굴이 초췌해지면,
서로를 어떻게 한단 말인가?

규원閨怨

종군한지 벌써 그 몇 해,
부평초처럼 떠돌아 다녀.
가버리면 소식도 없이,
몇 차례 해는 바뀌었네.
달빛아래 다듬이소리,
변방을 나는 기러기 울음에 시름에 겨워.
난새 방장 드리운 채 외로이 자노라면,
애꿎거니 꿈은,
밤마다 드날리네.

선녀인가天仙子

제비 지저귀는 삼월 중순인제,

물안개어린 금빛버들가지 드리어.
오릉(五陵)의 동산에 선녀 같은 아가씨 있어,
가선(歌扇)을 들고 있네.
향기는 난만(爛漫)한데,
구화산(九華山)에 구름이 감도네.

서옥(犀玉)은 머리에 가득하고 웃음은 활짝,
버리심인가 남몰래 흐르는 눈물.
눈물방울은 마치 진주와 같아,
주워서 모은다면,
알지 못하리라 그 얼마인가를,
홍실에 꿰이면 백만 개는 되겠나?

진부음 秦婦吟

〈진부음〉은 위장(韋莊)이 지은 7언의 장편 서사시이다. 당시로서는
보기 드문 대작이다. 모두 238구로 1,666자로 이루어졌다. 작자 위장
(836-910)은 중국문학사상 뛰어난 사가(詞家)이며 우수한 시인이다.
젊어서 장안으로 와 과거에 응시하였는데, 때마침 '황소(黃巢)의 난'
으로 장안이 함락 되었다. 이때 위장은 3년 동안을 장안에 갇혀 살면
서 참상을 몸소 겪고 경험하였다.

이때의 참상을 한 가공의 여인의 입을 빌어 읊은 것이 바로〈진부
음〉이다. 진부(秦婦)는 진나라여인이라는 의미이다. 〈북몽쇄언(北夢
瑣言)〉에 의하면, '창고는 모두 타버리고 비단은 모두 불에 타버려
재가 되었고, 거리에는 제후들의 뼈가 짓밟인다'고 서술하고 있다. 신

라의 최치원은 일찍이 〈격황소서(檄黃巢書)〉란 명문을 지었다. 22세 때이다. 최치원은 868년 당나라에 유학, 18세 나이로 과거에 급제하고, 율수(溧水,지금의 揚州)의 현위로 임명 되었다. 3년의 임기를 마친 뒤에는 다시 임명을 받지 못하고, 할 일 없이 나날을 보내었다. 그런데 황소의 난이 일어났고, 그 토벌전에 참가하게 되었으며, 이때에 반란군 황소에게 〈격황소서(檄黃巢書)〉란 글을 지어 보내었다. 황소는 이글을 받아 읽고, 그 자리에서 털썩 주저앉았다고 전해지고 있다. 이 글의 내용을 보면 당시 당나라의 처참한 심각성을 엿볼 수 있으며, 〈진부음〉의 내용을 이해함에 있어서 큰 도움이 될 것으로 여겨진다.

어쨌든 위장은 이렇게 처참한 당시의 상황들을 그는 활달한 필치로 잘 묘사하고 있다. 〈당시기사(唐詩記事)〉에 보면, 그는 대범하여 작은 일에 얽매임이 없었다고 하였다. 위장은 어려서 하규(下邽)에서 살았는데, 백거이(白居易, 772-846)도 이 하규에서 오래도록 살았다. 그러니 위장은 자연히 백거이의 영향을 받았을 것이다. 〈진부음〉은 백거이의 〈장한가(長恨歌)〉, 〈비파행(琵琶行)〉의 시체와 격조가 많이 닮았다. 백거이의 영향을 짐작 할 수 있는 부분이다.

〈진부음〉은 모두 8장으로 이루어진 장편의 서사시이다. 1장은 황소의 난이 일어난 장소, 시점을, 2장은 황소군에 의하여 장안이 함락당하는 모습을, 3장은 장안의 혼란과 피난을, 4장은 거리에 버려진 아이들, 포로로 잡혀가는 여인들, 무참히 벌어지는 살육을, 5장은 황소군의 난폭한 행태, 약탈 등을, 6장은 관군과 황소군의 치열한 전쟁을, 7장은 관군의 처참한 패퇴를, 8장은 진부인(秦婦人)이 장안을 탈출하며 들은 이야기, 황폐한 모습을 서술하고 있다.
일부를 간단히 소개 할 뿐이다.

중화 계묘년 봄 삼월에,

낙양성 밖 꽃들은 눈같이 날려.

동서남북 길가는 이 끊어지고,

푸른 버들 향은 티끌에 사라지고.

길가에 홀연히 꽃 같은 사람 나타나,

홀로 푸른 버들 그늘아래 쉬고 있네.

아름다운머리는 비끼어 드리우고,

붉은 연지 푸른 눈썹 수심이 가득하네.

아가씨는 어디서 오는 길이오?

말하려고 하지만 목이먼저 메이네.

고개 돌려 옷소매 여미고 인사를 하며,

난리의 피난 생활 어찌 다 말 할 수 있으리오?

삼년동안 적중에 빠져 진(秦)땅에 있었으니,

진땅의 있었던 일 기억하고 있답니다.

그대 저를 위하여 말의 안장을 푸신다면,

저도 역시 그대 위해 발길을 멈추겠습니다.

-중략-

상양(尙讓)은 부엌에서 나무껍질 벗겨먹고,

황소는 기틀위에서 인육을 잘라 먹었습니다.

동남지방이 단절 되어 양식의 길이 막히고,

구렁은 시체로 가득하고 사람은 점점 적어졌습니다.

육군의 문밖에는 뻣뻣해진 시체만 쌓여 있고,

금군의 병영에는 굶어죽은 시체로 가득하였습니다.

-중략-

패능에서 동쪽을 바라보니 밥 짓는 연기도 끊기었고,
나무는 여산을 둘렀으나 호화한 궁전은 사라졌습니다.
큰 길마다 모두 가시나무로 숲을 이루고,
행인들은 지붕도 없는 담장 밑 달빛 속에 노숙합니다.
이튿날 아침 새벽에는 삼봉 길에 이르렀는데,
백만 인가는 한 채도 남지 않았습니다.
황폐한 전원에는 다만 쑥 덤불뿐이요,
망가진 대나무 숲은 모두 주인도 없었습니다 …

-하략-

왕소군변王昭君變과 시詩

막고굴의 여러 변문 가운데에는 〈왕소군변문(王昭君變文)〉이 있다. 변문의 편호는 펠리오 P, 2553인데 원본은 온전하지 못하다. 상권과 하권의 일부만이 남아 있다. 왕소군의 이야기는 오랜 세월동안 유행하였고, 이 변문은 그 발전과정의 한 단계를 보여 주고 있다. 특히 소군변은 당나라 때에 크게 유행하였다. 당시의 시인들은 이를 주제로 시를 지었기도 하였는데 지금도 전해지고 있다. 예를 들면 길사로(吉師老)는 〈촉녀의 왕소군변을 보고(看蜀女轉昭君變)〉란 시를 남긴 것과 같다. 아마도 소군변을 연출한 것은 현지의 가기(歌伎)였을 것이다. 변문 가운데에는 7언의 창시(唱詩)외에 왕소군과 선우(單于)가 대담하는 5언의 시가 들어 있기도 하다.

〈왕소군변〉이외에도 〈왕소군시(王昭君詩)〉가 있다. 당나라 5언의 고시(古詩)로, 펠리오 P, 2555, 2673, 4944이다. 시는 모두 70구의 380

자의 긴 서사시이다. 왕소군이 변방으로 나가던 이야기를 서술하고 있는데, 줄거리가 완벽하고 생동감이 넘친다. 특기 할 것은 기존의 시들은 애원(哀怨), 봉건윤리를 주제로 한 것이 많았으나, 여기에서는 그 틀에서 훌훌 벗어났다. 왕소군은 한나라 조정에서 벗어나기를 원하였으며, 삶의 자유를 추구하는 바람을 표현하고 있다는 것이다. 왕소군을 소재로 한 여러 작품의 내용과는 매우 다르고 놀라운 표현으로, 당시 일반백성들의 왕소군을 바라보는 한 단면을 볼 수 있는 것이다. (〈돈황백과사전〉참조)

왕소군(기원전 50년?)은 본래 호북성의 출신으로 서시(西施), 양귀비(楊貴妃), 초선(貂蟬)과 함께 중국 4대 미녀 가운데 하나였다. 그녀는 원래 한나라 원제의 궁녀였다. 그러나 화공인 모연수에게 뇌물을 받치지 않아 뛰어난 용모를 가지고 있음에도 불구하고, 밉게 그려냄으로 말미암아 한 번도 왕의 부름을 받을 수가 없었다.

그런데 원제 때에 흉노의 호한야(呼韓邪)가 한나라와의 혼인의 화친을 청하여 옴으로 왕소군을 시집보내기로 결정하였다. 왕은 그날에 왕소군을 불러 보고, 그녀의 뛰어난 용모에 놀라지 않을 수 없었다. 기가 막혔다. 이와 같이 아름다운 궁녀를 흉노에게 시집을 보내게 되다니 더더욱 기가 막혔다. 그러나 약속하고 결정한 나라와 나라와의 일이라 돌이킬 수가 없었다. 분노를 견딜 수가 없었다. 후에 모연수를 참수하고 모든 재산을 몰수 하였다.

흉노로 시집을 간 왕소군은 아들을 낳았다. 이도지아사(伊屠智牙師)를 낳았으며, 후일 왕위에 올랐다. 그런데 남편이 죽으면 아들과의 결혼을 한다는 흉노의 풍습에 따라 배다른 아들인 복주루약제(復株累若鞮)와 결혼하여 두 딸을 낳았다.

왕소군은 죽은 뒤에 내몽골 자치구의 수도인 호화호특(呼和浩特)

에 묻혀있다. 그녀의 무덤을 청총(靑塚)이라고 부른다. 추운 날씨에도 풀이 얼어 죽지 않고 파랗게 살아 있어서 얻은 이름이다.

왕소군의 이와 같은 파란만장한 삶을 배경으로 문학 작품과 시들이 쏟아져 나왔는데, 내용이 각각 다르게 전개가 되기도 한다. 애원(哀怨), 뼈저린 향수, 자유로운 삶, 정치적인 희생 등 잡다하게 그려지고 있다.

왕소군

그러면 여기에서 왕소군을 소재로 한 지금까지도 인구에 회자되고 있는 시 한 수를 읽어보도록 한다. 동방규(東方虯)의 〈소군원(昭君怨)〉은 다음과 같이 노래하였다. '춘래불사춘(春來不似春)'의 명구가 여기에서 비롯한 것인데, 사막의 화초가 있을 리가 없으니, 봄이 온들 어디에서도 꽃을 볼 수가 없다. 그러니 '춘래불사춘'이다.

오랑캐 땅에 화초가 없으니,
봄이 와도 봄 같지가 않구나.

저절로 옷의 허리띠가 느슨해지나니,
가는 허리 만들기 위한 것이 아니라네.
胡地無花草, 春來不似春.
自然衣帶緩, 非是爲腰身.

또 이태백은 그의 시 〈소군원(昭君怨)〉 가운데에서,

소군은 옥안장을 추슬러 올려라,
말에 오르니 홍안에 눈물 흘러.
오늘은 한궁(漢宮)의 사람인데,
내일 아침은 오랑캐 땅의 첩이라네.
昭君拂玉鞍, 上馬涕紅顔.
今日漢宮人, 明朝胡地妾.

라고 흉노에게로 시집가는 왕소군을 안타깝게 노래하였다.

기타

〈돈황의 시〉는 돈황지역의 시인들이 창작한 작품들을 포괄하여 일
컫고 있으나, 이밖에 여러 잡다한 시들을 모아서 꾸며졌다. 작자의
이름은 알 수 없으나, 돈황의 시는 당시에 포로가 된 한인(漢人), 병사
등이 지은 것으로 여겨진다.
이 시들은 대부분이 포로가 되어 압송되어 가는 도중에서 보고 느
낀 것들을 시로 읊은 것이었다. 포로가 되어서 타향에 살면서 겪는
감정을 잘 묘사하고 있다. 참으로 역사적인 가치가 있는 시임에 틀림

이 없다. 고독한 포로가 되어 돌아 갈 때를 기다리며 변방에서의 비가
(悲歌)를 높이 노래하고 있다.

촉녀의 노래 看蜀女轉昭君變

요희는 석류치마를 입지 않았어라,
스스로 말하길 금강 가에 집이 있다고.
붉은 입술로 천년의 일을 말하고,
청아한 글로 구추문(九秋文)을 읊조려.
아름다운 눈썹은 촉가의 달과 같이,
화권(畵卷)을 펴니 변방 밖 구름 일어.
영화를 말하니 스스로 한스러워,
소군의 바뀐 마음은 탁문군을 향하여라.

강남을 바라보며 望江南

올라오지 말아요,
올라오면 내 마음 너무 기울어져요.
나는 곡강(曲江)가의 버들이라오,
이 사람이 꺾고 저 사람이 올라와도,
사랑은 한 때뿐이라오.

늦가을 晩秋

얼룩진 눈물은 모두 피가 되고,
조각구름은 근심을 몰고 온다.
아침마다 마음은 동쪽 시냇물을 따라가고,
밤마다 꿈은 서쪽의 달을 따라 흐른다.

이렇듯이 그동안 실전되어 자취를 감추었던, 당나라의 시들이 돈황 막고굴에서 발견됨으로써 새롭게 읽게 되었다. 그리하여 당시의 또 다른 면모를 찾게 되었고, 뿐만 아닌 중국문학사에 있어서 돈황시의 새로운 가치와 위상을 찾을 수 있게 되었다.

11

변새邊塞의 노래들

 멀리 육조, 수대에 있어서도 변새의 생활은 시인들의 흥미를 끌어왔으며, 그리하여 시들이 창작 되었다. 초당에 이르러 변새시의 발전을 가져왔으나, 하나의 시풍으로 형성 되지는 못하였다. 그러다가 성당에 이르러 빈번한 전쟁, 사회의 변화로 새로이 심각한 관심사가 되었다. 실의에 빠져 있던 많은 시인들은 애국의 열정을 갖고 분분이 전장으로 나갔다. 때문에 변방의 풍부한 경험을 얻었으며, 그 경험을 바탕으로 비분강개한 낭만주의적인 많은 변새시를 창작하게 되었다. 따라서 새로운 변새시파를 형성하였다.

 한국과 중국의 국교가 수립되기 이전인 1990년 8월이었다. 한국돈황학회 회원 30여명은 처음으로 돈황을 여행하게 되었다. 그런데 이때에 옥문관(玉門關)의 답사계획이 취소되었다. 왜냐하면 중국여행사에서 버스로는 갈 수가 없다고 하였다. 모래펄의 바퀴가 빠지기 때문이라는 이유 아닌 이유였다. 지프가 아니면 갈 수 없다는 것이었다. 실랑이를 벌이다가 우리는 할 수 없이 양관(陽關)으로 발길을 돌렸다. 그리고 2년 뒤인 1992년 8월 막고굴 '돈황연구원'에서의 회의 일정을 마치고, 다시 옥문관을 찾아 나서게 되었다. 옥문관은 돈황 시내로부터 90km의 거리다. 서역으로 가는 최후의 관문이었다. 옥문관은 서역에서 옥이 들어오는 문이라는 뜻이나, 군사적으로는 매우 중요한 관문이었다. 진흙으로 높게 쌓아올린 관문이었다. 그러나 지금은 모래펄 황무지위에 허물어져가는 모양으로 덩그러니 남아 있다. 그러나 2014년 '실크로드'는 유네스코 세계문화 유적으로 지정이 되었고, 옥문관은 물론 양관도 세계적인 유산이 되었다.

옥문관玉門關에서

먼저 왕지환(王之渙, 688-742)의 〈양주사(凉州詞)〉를 읽어본다. 작자에 대한 자세한 기록이 없다. 전하여 오는 바에 의하면 성격이 호쾌하였고, 왕창령(王昌齡), 고적(高適)등과 어울려 술을 마시고 시를 지었다고 한다. 왕지환의 이 〈양주사〉는 흉노를 물리치기 위하여 서역으로 출정한 병사들의 향수를 읊은 것이다. 봄바람도 옥문관을 넘지 못하는데, 나는 어떻게 옥문관을 넘어 아내, 부모가 계신 고향으로 돌아 갈 수 있을 것인가 하는 것이다. '절양유(折楊柳)'는 풍속적인

1907년에 촬영한 옥문관(玉門關). 〈돈황도사〉에서

이별의 노래인데, 오랑캐가 그 노래를 피리로 부니 더욱이 슬프지 않겠는가?

30년 동안의 서역정벌의 반초(班超)는 나이가 들어 고향에 돌아가고 싶다고 황제에게 상소를 하였다. "다만 살아서 옥문관을 넘고 싶습니다."라고 하였다. 반초는 허락을 받고 귀향, 다시출정하지 않고 고향에서 생을 마감하였다.

> 황하는 멀리 흰구름 사이로 흐르고,
> 한 조각 외로운 성은 만인(萬仞, 곧 萬丈)의 산에.
> 오랑캐 피리는 하필 '절양유'의 애달픈 곡을 부나?
> 봄바람도 옥문관을 넘어오지 못하는데.
> 黃河遠上白雲間, 一片孤城萬仞山.
> 羌笛何須怨楊柳, 春風不度玉門關.

우리 일행은 떠들썩하였다. 돈황의 밤거리를 휩쓸고 다녔다. 기련산(祈連山)옥으로 깎아 만든 그 유명한 '야광배(夜光杯)'를 사들고 나오며, 자연 술 생각을 하지 않을 수 없었다. 야시장을 찾아갔다. 포장마차에 둘러 앉아 우리의 것과 비슷한 수제비, 돼지머리고기, 낙타발바닥고기, 양 꼬치 등의 안주를 주문하였다. 그리고 갓 사가지고 온 야광배에 포도주를 찰랑찰랑 따랐다. 빛을 따라 붓듯이 푸른 포도술이 금을 그으며 차올랐다. 이래서 야광배란 이름이 붙었는가 싶었다. 술이 몇 순배 돌아가고 모두가 피로가 풀리듯 흥에겨워 화제가 만발하였다. 한쪽에서는 왕한(王翰, 687-726)의 〈양주사(凉州詞)〉를 흥얼거리기도 하였다. 산서(山西) 태원(太原)사람으로 진사에 합격 벼슬을 하였으나, 벼슬길은 여의하지 않았다. 남아 있는 시가 많지 않으나 이 〈양주사〉는 지금까지 사람들에게 애송 되고 있다.

> 야광배에 아름다운 포도주,
> 비파를 뜯으며 술이나 어서 마시자.
> 취해 모래 벌에 눕는다고 비웃지마라,
> 예부터 전장에서 몇 사람이나 돌아왔소?
> 葡萄美酒夜光杯, 欲飮琵琶馬上催.
> 醉臥沙場君莫笑, 古來征戰幾人回?

한잔 또 한잔 하다 보니, 어느덧 돈황의 밤은 깊어 갔다. 그런데 위 시의 둘째구인 "비파를 뜯으며 술이나 어서 마시자"는 해석을 놓고 옳거니 그르거니 밤샘을 할 모양이었다. 즉 "술을 마시려고 하는데, 비파는 말을 내리지 말고 달리라고 재촉 하네"라고 하면 아무리 긴장이 감도는 전장이라고 하지만 시의 전개를 보아 격에 맞지 않는다. 비파가 있어 술이 있으니 어울릴 법한데 말이다. 그러나 일부 해석은 비파가 악기로서가 아니라 신호의 군기라고 하는 것이다. '마상최(馬上催)'의 '馬上'을 '말위에'에서 라고 해석 하기 보다는 '어서, 곧바로'의 뜻으로 해석하는 것이 좋을 듯하다. 그렇다면 비파를 타며 술 마시기를 재촉하는 권주의 시구로 해석 할 수 있지 않을까? 지금까지도 이 해석을 두고 학계에서도 의견이 분분한 실정이다.

이밖에도 여러 시인들의 여러 변새시가 지금도 애송되고 있다.

양관陽關에서

우리는 하루의 시간을 더 내어 다시 막고굴을 찾았다. 먼저 '돈황연구원'의 원장과 이신(李新)선생을 찾아 몇 개의 불굴을 더 볼 수 있게 해달라고 졸라 무리하게 허락을 얻었던 것이다. 이렇게 하여 몇 개의 막고굴을 오전 내 돌아보고 점심을 먹기 위하여 호텔로 돌아오는 도중이었다. '돈황민속관'을 둘러보았다.

1907년에 촬영한 양관(陽關)의 봉수대. 〈돈황도사〉에서

무엇보다 인상에 남는 것은 신혼부부의 신방의 꾸밈이었다. 울긋불긋한 이불의 천과 그 바느질 양식이 우리의 것과 같고, 베개는 길어서 둘이 함께 베도록 하였다. 베갯잇이 흰색이 아니고 푸른색이었으나, 베갯모에 꽃과 십장생을 수놓은 것은 우리와 다름이 없었다.

그런데 천정에 빨간 꽃을 매달아 놓았는데, 신부에게 그 꽃을 별을 따기라도 하듯 따 내리도록 하였다. 물론 신랑이 안아서 돕는다. 방바닥에는 자, 가위, 저울 등이 놓여 있고, 네 개의 사발에는 씨앗들을 담아 놓았다. 가사와 농사의 준비이지만, 각기 상징적의미를 부여하고 있었다. 예를 들어 자, 가위는 절약을, 저울은 무엇을 판단함에 형평성을 잃어서는 안 된다고 하는 것과 같다.

우리는 식사 후에 물을 마시는 것이 보통이나, 이들은 물대신 과일을 내놓는다. 돈황을 옛날에는 과주(瓜州)라고 불렀다. 달고 향이 짙은 하미과(哈蜜瓜)의 특산지었기 때문이다. 가이드의 재촉으로 급히 버스에 올랐다. 양관으로 가기 위해서였다. 양관은 돈황의 서남쪽으로 70km 떨어져 있었다. 끝없는 고비사막을 가르며 버스는 달렸다. 사막에는 가시낙타풀이 쇠똥처럼 무더기 무더기로 널려 있었다. 당나라 시인들의 시 가운데에 '백초(白草)'가 이 가시낙타풀인 것을 확인할 수 있었다. 얼마를 갔을까? 멀리 양관이 바라보였다. 오아시스가 나타났다. 미류 나무가 푸른 숲을 이루고 있는 사이사이로 초가집들이 있고, 주위는 모두 포도밭이었다. 모두 청포도였다. 탱글탱글하고 자잘한 청포도 알들이 주절이 주절이 팔월의 작열하는 뜨거운 태양을 머금고 익어가고 있었다. 집집에서는 포도주를 담을 큰 독들을 준비하고 있었다. 얼마나 담으려고 하는 것인지 독들은 넓은 마당에 가득하였다. 옥문관은 실크로드의 북쪽의 관문이었고, 양관은 남쪽의 관문이었다. 옥문관은 옥을 많이 반입하였기 때문에 얻게 된 이름이고, 양관(陽은 남쪽을 의미)은 남쪽에 위치해 있기 때문에 얻은 이름이다. 이 두 관문은 한나라 무제 때에 설치되었는데, 그 이후로 중서 교통, 군사의 중요한 관문이 되었다.

그러나 당나라 때에 이르러서는 바람과 모래의 침식으로 흔적도

양관에서(1990.8)

없이 사라지고 다만 변방 관문의 대명사로 이름만 남아 있게 되었다. 지금은 '양관고지(陽關故趾)'라고 확인이 되고 있을 뿐이다. 그 오른쪽으로 봉수대가 비교적 잘 보존되어 있다.

이곳에서는 지금도 옛 유물들이 발견되고 있다. 강한 바람이 지나가면 모래 속에 묻혀있던 유물들이 들어난다고 한다. 화살촉, 돈, 철편, 마구조각 등이지만 주워가지 못하게 하였다. 발굴되고 있는 유물들은 그곳 관리소에서 팔았다. 관리소에는 시인 왕유(王維)의 시폭(詩幅)이 걸려 있었다. 〈안서로 가는 원이를 송별하며(送元二使安西)〉란 시였다.

> 위성 아침의 비는 가벼운 먼지를 적시고,
> 객사의 버드나무는 새록새록 하구료.
> 권하거니 그대 다시 한잔 비우구료,
> 서쪽의 양관에 간들 친구도 없지 않는가?
> 渭城朝雨浥輕塵, 客舍靑靑柳色新.
> 勸君更進一杯酒, 西出陽關無故人.

이 시를 읊조리며 하늘이 끝닿은 사막을 멀리 바라보노라니, 흉노의 말발굽소리가 들려오는 듯하였다. 북소리가 다급하게 울리고 봉수대의 봉화가 올려 졌으리라. 한. 흉노의 병마가 어우러져 치열하게 싸움을 벌이고 있는 장면이 영화처럼 떠오른다.

다시 명사산鳴沙山으로

이백은 〈성남전(戰城南)〉이란 시를 남겼다. 성남전투의 참혹상을 노래하였다. 이백이 서역으로 출정하거나, 여행을 한일도 없으나 전쟁의 참화를 사실적으로 묘사하였다. 악부체(樂府體)의 시이다. 그냥 맥 빠진 듯 흥얼거리며 명사산으로 향하는 버스에 올랐다. 일출은 보았으니 일몰까지 보자고 하여 다시 명사산으로 향하고 있는 것이다.

> 지난해 전투는, 상건하에서,
> 올해의 전투는, 총하의 길에서 벌어져.
> 조지해의 물에 병기를 씻고,
> 천산의 눈 가운데 풀밭에 말을 풀어.
> 만리장정의 전투,
> 삼군은 모두 쇄하고 늙어.
> 흉노는 살육을 밭 갈듯 하고,
> 고래로 오직 백골의 누런 모래밭만 보아.
> 진나라는 성을 쌓아 오랑캐를 피하고,
> 한나라는 아직도 봉화를 올리고 있다.
> 봉화가 꺼지지 않으니,
> 전쟁은 그칠 때가 없구나.
> 야전의 격투로 죽고,
> 패한 말은 하늘을 향해 슬피 울부짖어라.
> 소리개는 사람의 창자를 쪼아 먹고,
> 물고 날아올라 마른 나뭇가지에 걸어 놓는다.
> 병사는 죽어 구덩이에,
> 장군은 무얼 어찌하려나?
> 이내 알겠나니 무기는 흉기라는 것,
> 성인도 부득이 사용하다니.
> 去年戰, 桑乾源.
> 今年戰, 蔥河道.

洗兵條支海上波, 放馬天山雪中草.

萬里長征戰, 三軍盡衰老.

匈奴以殺戮爲耕作, 古來唯見白骨黃砂田.

秦家築城避胡處, 漢家還有烽火燃.

烽火燃不息, 征戰無已時.

野戰格鬪死, 敗馬號鳴向天飛.

烏鳶啄人腸, 銜飛上掛枯樹枝.

士卒涂草莽, 將軍空爾爲.

乃知兵者是凶器, 聖人不得已而用之.

명사산은 해발 1,240m로, 모래가 운다고 하여 얻은 이름이다. 전하여 오고 있는 전설에 의하면, 전쟁터였던 이곳에서는 살상자가 많았을 뿐만 아니라, 전쟁 중에 순간적으로 회오리바람이 몰아쳐 천군만마가 유사에 매몰 된 일이 있다고 하였다. 사실 소용돌이치는 회오리바람은, 하루저녁사이에 산을 옮겨놓는 위력이 있다고 하는데, 싸움에서 죽고, 모래에 파묻혀 죽은 그들 원혼의 울음이라는 것이다. 사실인지는 확인 할 수 없다. 너무도 슬프다. 실제로 산위에 올라서면 모래가 바람에 날려 울음소리이듯 울음을 운다. 옛 역사책에도 "사람이 올라오면 산이 운다"고 하였다.

우리 일행은 각자 낙타를 타고 대상처럼 대열을 지어 칼날 같은 모래 산의 자락을 따라서 줄지어 앞으로 가다가보니, 어느새 월아천(月芽泉)에 다달았다. 초생 달을 꼭 닮은 조그만 오아시스 샘이다. 샘은 동서의 길이가 218m, 남북의 넓이가 54m로 평균 수심이 5m가 넘는다. 거울보다 맑은 비취 색깔의 샘을 둘러 갈대가 무성하다. 철배어(鐵背魚) 등의 물고기들도 살고 있다. 이 조그만 샘은 모래산으로 둘러 싸여 있으면서도 1천년이래로 한 번도 매몰된 적이 없다고 하였

명사산에서(1990.8)

다. 그것은 바람이 산골짜기로 불어와 모래를 불어 올리기 때문이라고 하였다.

청나라 때에는 이 주위로 1백여 간의 누각이 있었다고 하지만, 지금은 흔적도 없고, 명사산의 황금빛 봉우리의 그림자만 드리워져 있었다.

이곳 시간으로 오후 9시가 되어서야 해는 하늘과 맞닿은 사막의 끝으로 넘어가기 시작하였다. 우리는 월아천의 뒷산으로 기어 올라갔다. 모래의 발이 빠져 오르기가 쉽지 않았다. 산봉우리에 오르니 모래산의 능선은 파도와 같이 끝없이 펼쳐졌다. 햇빛을 받아 모래산은 황금빛으로 출렁이었다. 이 광대한 황금물결은 해의 높이에 따라서 색깔도 녹, 홍, 흑색 등으로 바뀌어 갔다. 10시가 되니 산그림자가 길게 드리워지고 어두워지기 시작하였다. 우리는 올랐던 산을 내려와 다시 낙타를 타고 짤랑대는 낙타방울소리의 여운을 바람에 날려 들으며 산골짜기를 빠져 나왔다. 일행 중에는 해맞이, 해넘이까지 하였으니 달맞이 까지 하자는 제안이 들어오기도 하였다. 내일 생각해 볼 일이다.

우리 일행은 곧바로 숙소인 돈황빈관(敦煌賓館)으로 돌아왔다. 피

로하지도 않은 모양이다. 밤 시간이 짧은데도, 사람들은 짝을 지어
돈황의 밤거리 구경을 나섰다.

화염산火焰山으로

날이 밝았다. 먼저 화염산으로 향하였다.

투루판분지는 평균고도가 해수면보다 낮다. 마이너스 200m 정도
다. 그러다보니 이 지역의 평균온도가 40도를 넘는다. 여름이면 50도
를 넘을 때가 많아서 사람들이 활동하기가 정말 어렵다.

화염산은 북쪽으로 타클라마칸 사막과 경계를 하고, 동쪽으로는
투루판(吐魯番)시와 가까이 자리하고 있다. 화산활동으로 형성된
산으로 마치 불길이 화활 타오르는 모양이다. 화염산은 평균높이가
5백 m로 여름에는 50도 이상으로 기온이 올라가며, 이렇게 열기로
아지랑이가 되어 피어오르면 꼭 불길이 활활 타오르는 모양이다. 그
리하여 '화염산'이다.

화염산에서(1990.8)

화염산은 〈서유기〉에서 손오공, 저팔계, 사오정, 현장법사의 이야기의 배경이며, 그리하여 더욱 유명하여진 산이다. 현장은 불경을 구하러 천축으로 가는 길이었다. 그런데 손오공은 옥황상제에게 싸움을 건 죄로 500년째 산 밑에 깔려 있었다. 그런 손오공의 죄를 면죄해주었다. 그 이후 손오공과 함께 천축으로 가는 도중에 저팔계와 사오정을 만나고, 천축으로의 여행길에서 여러 요괴를 만나게 되었는데, 손오공의 활약으로 위기를 모면한다는 것이다.

우리는 이 〈서유기〉의 화염산을 배경으로 기념사진을 찍었다. 여기에서 〈서유기〉의 내용을 빼어버리면, 그야말로 별로 볼 것이 없는 것이 사실이다. 이리저리 흩어져 부지런히 사진들을 찍고는, 곧바로 투루판시로 향하였다. 황토산의 계곡으로 맑은 물이 힘차게 흘러내리고, 주위로는 온통 포도나무이다. 포도가 주렁주렁 달린 포도나무 터널을 지나, 한 건포도를 파는 상점에 들렀다. 모두들 몇 봉지씩 샀다. 그리고 점심을 기대하며 시내의 음식점으로 향하였다. 투루판의 화려한 여인들의 군무(群舞)가 화폭처럼 펼쳐졌다. 뜻밖에도 아리랑을 연주하기도 하였다. 우리의 많은 박수를 받았다. 무용을 보고 아리랑을 들으며 밥 먹기를 끝냈다.

12

현장법사玄奘法師의 야단법석野壇法席

　2000년에 다시 돈황을 찾았다.

　나로서는 세 번째로 돈황을 찾아 온 것이었다. 국제돈황학회에 참석하기 위해서였다. 1천여 명의 세계학자들이 몰려오는 대형의 학술 대회이다. 나는 〈돈황강창문학과 심청가와 관계〉를 발표 할 준비를 하였다.

　우리 일행은 국제 학술대회를 시작하기 며칠 전에 도착하였다. 왜냐하면 1992년에 이곳을 탐방하며, 가보려고 하였으나 가보지 못한 몇 몇 곳을, 이번 기회에 보고자 함이었다.

　아스타나고분군은 투루판으로부터 35km 멀리 떨어져 있다. 고창국(高唱國)과 당나라 때의 공동묘지이다. 무덤이 약456개가 발굴 되었는데, 우리나라와 같은 봉분이 아니어서 그냥 평지처럼 보인다. 공동묘지라고 얼른 알아 볼 수가 없다. 이곳에서 엄청난 분량의 문서가 쏟아져 나왔다. 문서들 가운데에서는 소그드어, 위구르어 등으로 쓰여진 불교, 마니교, 경교 등의 종교 문서도 들어 있는데, 이 길을 통하여 들어온 종교의 유입을 살펴 볼 수 있는 귀중한 사료적 가치를 지니고 있다고 할 수 있다.

고창고성(高昌古城)

고창국(502-640)은 한족이, 이 지역을 지배해왔고, 그 이후 당나라 때에도 계속하여 무덤이 만들어졌다. 이곳 관리인은 우리에게 두 기의 고분만을 볼 수 있도록 하였다. 이때에 만들어진 묘실은 경사진 길을 따라서 내려가면, 시신이 안치된 묘실에 이른다. 묘실의 주인공은 한족의 관리라고 하였다. 벽화가 선명하였다. 회화, 직물, 문서, 토우, 나무그릇, 화폐 등 다양한 물건이 대량으로 발굴되었다. 투루판은 일찍부터 한족이 집단을 이루어 살아왔기 때문에, 출토품은 다분히 중국적 요소를 띠고 있으며, 뿐더러 중앙아시아적인 요소가 혼합되어 있는 것이 특징이다. ※ 중앙박물관 참고

우리는 아스타나고분을 나와 곧바로 교하고성(交河古城)으로 향하였다. 투루판의 서쪽의 차사전국(車師前國, BC.108-AD.450)의 수도이다. 서역실크로드의 무역로에서 중요한 위치를 차지하고 있었으며, 뒤 당나라의 교현(交縣)으로 편입되었고, 안서도호부(安西都護部)가 설치됨으로, 서역을 다스리는 주요 본거지가 되었다. 하지만 지금은 풍파에 무너진, 본래의 흔적을 찾아보기가 어려운 황토의 무

더기로 남아있으며, 지금도 그냥 허물어져 가고 있다. 실망을 금하지 못하고 발길을 고창고성으로 돌렸다.

현장(玄奘, 602-664)은 10세 때에, 낙양 정토사에서 불경을 공부하였고, 13세 때에 승적에 이름을 올렸다. 그때 현장(玄奘)이란 법명을 얻었다. 그런데 그로서는 중국에서의 불경의 연구, 번역을 함에 있어서 의문점들을 해결하기가 힘들었다. 중국에서는 이러한 문제점들을 해결하기에는 한계가 있다고 생각하기에 이르렀다. 따라서 천축(인도)으로 가기로 결심을 하였다. 나이 28세 때였다. 이에 출국을 요청하였다. 그러나 당태종은 즉위한지 4년 밖에 되지 않았다. 아직 나라가 안정되지 아니하여, 누구도 중국 땅을 벗어나는 것을 허락하지 않았다. 그럼에도 불구하고 허락 없이 국경을 넘어 천축으로의 길을 떠났다. 양주(凉州) 변경을 지키고 있던 군사들에게 붙잡혀 장안으로 되돌아가도록 조치하였으나, 현장은 옥문관(玉門關)부근의 과주(瓜州)로 도망하였다. 그런데 당시 옥문관 관리들의 도움을 받아 모래바람이 불어대는 황량한 고비사막을 넘어서, 현장은 드디어 고창성에 이르렀다. 그는 고창국왕 국문태(麴文泰)의 융숭한 환영을 받았다. 그는 이곳에서 한 달 동안을 머물면서 설법을 하였는데, 현장이 다시 길을 떠남으로, 풍족한 노자는 물론 28명의 호위 할 군사, 말 30필을 제공하였다.(지식백과사전)

우리는 오후에 고창고성으로 들어섰다. 외성과 내성으로 나누어져 있다. 우리는 그 중앙로를 따라 비바람이 휘몰아치는 것 같은 모래의 황토바람을 휘저으며, 걷고 걸어 올라갔다. 힘에 겨울정도로 모래바람으로 어지러웠다. 사찰, 관청, 민가 등의 도시모습들이 세월에 비하여 온전하게 남아 있다. 현재 남아 있는 규모로 보아, 대단히 큰 도시였던 것으로 여겨졌다. 비가 나리지 않기 때문에 황토의 집들이지만 그 오랜 세월을 그런대로 잘 견디어 오고 있다.

한참을 더듬어 올라가다 보니, 현장법사가 설법을 하였던 야단법석(野壇法席)이, 거의 원형을 잃지 않고 조용히 자리 잡고 있었다. 황토로 만든 큰 둥근 원단(圓壇)위에 좀 작은 원단을 올려놓은 것과 같은 2층의 야단법석이었다. 설법을 할 때에는 많은 사람들이 몰려와 주위를 에워싸고, 야단치고 법석을 피었을 것이다. 안내원의 말에 의하면 야단법석이 이층으로 높기 때문에 오르기가 쉽지 않았다고 한다. 그러자 나라의 왕이 엎드리면 등을 밟고 올라갔다고 하지만, 믿을 수 없는 이야기이다. 구마라습이 법석에 오를 때, 왕의 등을 밟고 올랐다고 하는 전설이 있기도 하다.

현장법사의 야단법석(野壇法席)(2000.8)

현장은 불법(不法)이지만 불법(佛法)을 구하기 위하여, 목숨을 건 여행은 멈출 수가 없었다. 이렇게 이어져 간 그의 여행은 무려 17년이 걸렸다. 그동안 그는 110여 개국을 여행하였으며, 불교 경전 657부, 부처의 사리 등을 갖고 645년에 귀국하였다. 그리고 다음해인 646년에 천축을 여행하며 체험한 풍토, 언어, 미술, 물산 등의 내용을 담아, 여행기를 완성하였다. 〈대당서역기(大唐西域記)〉이다.

불법을 저지르며 출국하였기 때문에 처벌을 각오하였지만, 오히려 당태종의 열렬한 환영을 받았다. 당태종은 현장을 높이 칭찬하며 접견하였다. 당태종은 그가 가져온 불교 경전을 보관하기 위하여, 장안에 자은사(慈恩寺)를 지었을 뿐만 아니라, 대안탑(大雁塔)을 세우기까지 하였다.

그 후 현장은 장안에 거주하며 여생을 역경사업에 전염하였다.

우리는 다음 날부터 시작 되는 회의에 참가하기 위하여 일찍이 호텔로 돌아와 쉬었다.

13

돈황의 음악과 춤

　중국에 불교가 전래된 이래 불교를 포교하기 위하여, 민속적으로 불경을 이야기하는 속강(俗講)이 생겨났다. 뒤따라서 불교 이야기의 강창변문(講唱變文), 즉 말을 하고 창을 하는, 통속적으로 바뀐 문체가 등장하였다. 뿐만 아니라 역사이야기의 강을 하고 창을 하는 강창변문이 뒤를 따라서 출현하였다.

　중국의 강창음악의 내용은 이야기를 강을 하고, 이야기를 창을 하는 것이다. 그 형식은 말 그대로 창과 말의 혼합으로 이루어진 것이다. 우리나라의 판소리와 비슷한 형태이다. 그런데 시대가 바뀌고, 사람들의 살림살이가 좀 더 낳아짐으로, 문화적인 욕구가 늘어나고, 따라서 민간에서의 강창음악은 더욱 활기를 띠게 되었다.

　그런데 이 당시의 강창음악의 대본은 찾아볼 수가 없다. 다만 현재까지 전해오는 것으로 가장 최초의 강창음악 대본은, 돈황에서 출토된 변문(變文)이다. 그 내용은 대부분이 불교의 이야기이지만, 민속의 이야기, 역사의 이야기도 여러 편이 포함되어 있다.

　돈황석굴(敦煌石窟) 가운데에는 음악무도의 벽화가 많다. 여러 종류의 악기와 명칭이 등장하고 있을 뿐만이 아니라, 그 악대의 구성형식이 다양하고, 악무자태의 변화가 다양하다. 가운데에는 '신무(神舞)'와 '속무(俗舞)'의 방식으로 표현되고 있지만, 모두가 현실적인 생활에 기초하고 있다.

돈황벽화, 특히 경변화(經變畵)가운데에, 무도의 형상이 비교적 풍부하게 묘사되었다. '경변화'라고 하는 것은 '불경을 쉽게 읽을 수 있도록, 문체를 일상의 문체로 바꾸어 썼고, 그 내용을 벽화로 그린 것을 '경변화'라고 하는 것이다.

벽화에서의 기악천(伎樂天), 기악인(伎樂人), 악기(樂伎)는 노래하고 춤추는 중국 고대의 호칭이었으나, 돈황벽화에 표현되고 있는 기악인들을 보면, 주로 경변화의 내용에 근거하는 천계(天界)의 안락한 장면을 표현하고 있다. 음악, 춤을 통하여 석가모니에 대한 예찬을 하며, 극락세계를 표현한다. 이밖에 민간의 가무, 백희(百戲), 세속생활을 표현하고 있다.

'악기(樂伎)'가운데에는 '비천악기(飛天樂伎)', '문수보현경변악기

돈황막고굴 제220굴의 악무도(樂舞圖)(초당)

(文殊普賢經變樂伎)', '고사화악기(故事畵樂伎)'를 비롯하여 몇 십 종류의 악기들이 있다. 북량(北涼)부터 북주(北周)까지의 비천은 남성인데, 들고 있는 악기의 종류가 많지 않고, 그림이 모호하여 연주의 내용을 잘 알 수가 없다. 수(隋)대로 부터는 비천은 남성에서 점차 여성으로 변화하고, 들고 있는 악기의 종류도 다양해진다. 기본적으로는 당시 연악(燕樂)에 준하며, 비교적 사실적으로 묘사하고 있어 면모를 잘 파악 할 수 있다.

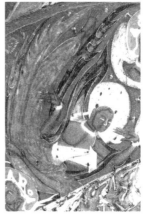

막고굴 제285굴과 제249굴의 비천

당(唐)의 무도의 모습을 보면, 그 것은 곧 돈황의 무도의 자태에서 비롯한 것임을 알 수 있다. 복식(服飾)까지도 돈황 기악천의 복식을 모방하고 있다. 상반신은 벗어버리고, 영락(瓔珞)과 표대(飄帶)를 하고 있는 것도 마찬가지다. 막고굴의 벽화 가운데의 춤의 자태는 참으로 다양하지만, 무엇보다도 'S'자형의 특징이, 당나라의 춤에 큰 영향을 주고 있다. 'S'자형의 춤의 모습은 지금의 감숙(甘肅)지역의 민간 무도의 모습에서도 찾아 볼 수 있다. 기악천의 소용하는 악기들도 거

위(魏) 285굴 비천(飛天). 〈돈황장식도안〉에서

문고, 피리, 아쟁, 요고, 비파, 공후 등으로 현실생활 가운데의 악기와 같고, 연주방법도 같다.

당나라 때의 가장 뛰어난 악무로는 '사방보살만무(四方菩薩蠻舞)'라고 알려져 있다. 당의 의종은 불교를 독실하게 믿었고, 따라서 사원을 건설하고, 영불(迎佛)의식을 성대히 거행하였다. 또 유명한 두 여성 군무대(群舞隊)를 편성하였는데, '탄백년대(嘆百年隊)'와 '사방보살만무대'였다. 즉 이들의 복식을 보면, '기악천' 또는 '보살상'과 흡사하였다. 돈황문서 가운데의 '보살만', '탄백세'의 시가 많은 것을 보면, '탄백년대'와 '사방보살만대'는 돈황사원에서 들여와 공연한 악무인 것을 짐작 할 수 있다.

돈황문서 가운데에는 사원의 악무가 존재했던 것을 기록한 문서가 남아있고, 더욱이 〈돈황악보(敦煌樂譜)〉가 존재하고 있는 것을 미루어보면, 당시 사원의 악무의 활동이 활발하였던 것을 알 수 있다.

사원의 여악(女樂)을 설치하였던 것은, 신을 즐겁게 하거나 사람을 즐겁게 하기 위한 것으로서, 당나라 이전부터도 있던 일이었다. 당시

의 사원은 물론 불교 포교의 장소이지만, 귀족 계층의 향락의 장소가
되기도 하였다.

공양인상

악기(樂妓)

비천(飛天)

우인(羽人)

막고굴 제248굴의 천궁기악

사원에서의 악무는 예불을 위한 것이겠으나, 세속의 악무로 받아들여지기도 하였다. 본래 이 춤의 자태는 인도의 고전무용을 계승하여 발전하였다. 초당 때의 막고굴 제331굴의 '기악천'은 허리를 비꼬고, 옆구리를 드러내놓고, 다리를 거둬들이는 춤의 자태, 또 성당 때의 막고굴 제148굴의 '기악천'은 몸을 구부리고, 옆구리를 들어내 놓고, 팔꿈치를 들어 올리는 춤의 자태 등을 예로 들 수 있다. 이 밖에도 중당, 만당 때의 그려진 벽화에서 여러 예를 찾아 볼 수 있다. 이와 같이 불교의 춤이 인도로부터 전파 되어 왔으나, 그 과정에서 중국의 전통춤과 결합하여, 점차로 중국화 하였던 것이다. 막고굴 제144굴의 8명의 '기악'이 반주하는 가운데에 '기악천녀'의 긴 수건으로 '8'자와 같이 말아 추는 춤의 자태, 또 막고굴 제220굴, 제205굴의 춤의 자태 등도 같은 예이다.

　　하여튼 막고굴 악무 벽화를 종합하여 보면, 각각 다른 율동의 특징을 지니고 있다고 하더라도, 보는 이로 하여금 곧 'S'자형의 곡선미의 예술적인 감각을 갖게 하여준다. ※ 〈돈황문학과 예술〉 참고

14

돈황의 기독교

막고굴의 〈성경聖經〉

당(唐)은 사회적인 안정, 경제적인 번영을 이루어갔다. 따라서 동서 교역이 활발하게 이루어졌다. 여러 종교(불교, 마니교, 회교, 경교, 천교 등)가 물밀 듯이 밀려들어 왔다. 선교사들의 선교 활동도 활발하였다.

막고굴에서 발굴한 필사본들 가운데에는, 그들의 경전 또는 선교활동에 관한 기록들이 많지는 않지만, 다소 발굴됨으로 그 유입과 활동의 흔적을 살펴 볼 수 있다.

경교(景敎)는 5세기 중엽 콘스탄티노풀의 주교였던, 시리아인 네스토리우스는 예수의 모친 마리아는 인간예수의 모친으로 결코 신의 모친이 아니라고 하였다. 네스토리우스(Nestorius, 386-451)의 "나는 젖먹이 어린아이를 하느님이라고 부를 수 없다."라는 발언이 터져 나오자, 당시의 반대파에서는 예수의 신성을 부인하고 있다고 맹렬한 공격을 하였다. 그러나 이 말은 잘못 전하여진 것이고, 그가 한 말은 "신성이 어떻게 포대기에 쌓여 있을 수 있다는 말인가?"라는 것이었다. 이와 같은 주장으로 431년 에페소(Ephesus) 공의회(431,6,7)에서 정죄, 쫓겨났다. 때마침 페르시아와 동로마가 적대적인 관계에 있었음으로, 네스토리우스는 페르시아로 이주, 보호를 받으며 동방전교를 시작하였다.

중국에 처음으로 기독교(景敎)가 들어온 것은, 당 정관(貞觀) 9년이었다. 서기635년이다. 하지만 실제적으로는 그 이전부터 활동하여 온 것으로 여겨진다. 왜냐하면 주교 아브라함(阿羅本)이, 여러 사제들과 함께 장안에 입성 할 때에, 당 태종은 재상 방현령(房玄齡)으로 하여금 성대히 환영식을 치르도록 하였다. 방현령은 의장대와 함께 서쪽 교외로 나가 아브라함을 맞이한 것을 보아서도, 이미 얼마만큼 선교의 토대를 닦았을 것이었기 때문이다. 그렇지 않으면 그렇게 융숭한 국빈급대우는 받을 수는 없었을 것이다. 이렇게 기독교는 중국에 첫 걸음을 내 딛게 되었다.

> "대진의 아브라함(阿羅本)은 청운의 뜻을 품고, 성경을 싣고 바람을 따라 정관 9년에 장안에 이르다. 태종은 재상 방현령에게 군사를 거느리고 서쪽 교외로 나아가 예를 다해 궁궐 안으로 맞아들이다." (〈大秦景敎流行中國碑頌〉에서)

이 때 성경 27권을 가지고 들어왔으며, 이후 원나라에 이르기 까지 성경번역, 교회당건립, 예배, 사회봉사 등을 통하여 활발한 선교 활동을 하였다. 교세는 전국적으로 확대 되었다. 교리는 온 나라에 유행(法流十道)하였다. 교회당은 도시마다 세워졌으며(寺滿百城), 가정마다 믿었다. 이 밖에 고구려, 신라에 이르기 까지도 그들의 신앙 활동은 이루어졌다. 그렇다면 가히 그 교세를 짐작 할 수 있는 것이다.

그러나 그동안의 선교활동의 기록, 유적들이 하나도 남아 있지 않아서, 전혀 그 면모를 이해 할 수가 없었다. 왜냐하면 뒤에 황제들의 폐불숭유(廢佛崇儒) 정책으로, 따라서 기독교는 가혹한 탄압을 받게 되었고, 뿔뿔이 흩어졌기 때문이다.

그러다가 명나라 말에 장안(長安)교외에서 땅에 묻혀있던, 한 비석을 발굴하였다. 〈대진경교유행중국비송(大秦景教流行中國碑頌)〉의 비석이었고, 여기 비석에 새겨진 비문을 통하여, 당시 기독교의 선교활동을 대략적으로 이해 할 수 있게 되었다.

당 태종은 재상 방현령(房玄齡), 위징(魏徵)의 통역으로, 아브라함(阿羅本)의 강론을 듣고, 교리가 옳고, 정치에 도움이 된다고 하였다. 이에 당 태종은 아브라함을 비롯한 사제들이 궁궐의 서전(書殿)에서 성경을 번역 할 수 있도록 편의를 제공하였다. 처음으로 한자성경을 읽을 수 있게 된 것이다. 그러나 현존하는 것이 없어서 어떤 성경을 어떻게 번역을 해 내었는지 알 수가 없다. 다만 돈황 막고굴에서 나온 필사본 가운데, 잔존하는 몇 가지 경문을 통하여 일단의 내용을 알아 볼 수 있다.

첫째, 〈서청미시소경(序聽迷詩所經)〉이다. 바로 예수의 일대기이다. '서(序)'는 고대음으로는 'Yisho'와 근사하며, 'Jesus'의 음역인 것이다. '미시소(迷詩所)'는 'Messiah'의 음역이다. 아마도 '迷詩所'에서의 '所'는 '耶'의 오기일 것으로 여겨진다. 우리말로 옮겨놓으면 '예수메시아경(Book of Jesus Messiah)'이다. 이 경 가운데의 '십원(十願)'은 '십계(十戒)'와 거의 같다. 다만 유교의 효와, 불교의 살생금지를 더하고 있는 것이 특징이다. 이것은 이교도와의 마찰을 피하고, 중국의 성어 가운데 '입경문속(入境問俗)'이란 말이 있듯이, 그 사회에 적응해 가는 과정의 현상이리라.

둘째, 〈일신론(一神論)〉이다. '유제이(喩第二)', '일천론제일(一天論第一)', '세존보시론제삼(世尊報施論第三)' 등 세부분이다. '유제이', '일천론제일'은 하느님의 천지창조론이고, '세존보시론제삼'은 마태복음 6장, 7장의 내용이다.

셋째, 〈삼위몽도찬(三威蒙度贊)〉이다. 이것은 누가복음 2장14절에 근거한, 미사 때에 부르는 대영광송(大榮光頌)이다. '삼위몽도'의 뜻이 확실하지 않으나 성부, 성자, 성신의 이름으로 구원을 받는다는 뜻으로 여겨진다.

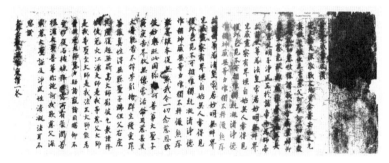

막고굴에서 발견된 대진경교(大秦景敎)의 '삼위몽도찬'
이것은 〈누가복음〉 2장 14절에 근거한 미사 때 부르는 '대영광송'이다.

넷째, 〈지현안락경(志玄安樂經)〉이다. 이것은 도가(道家)의 서술방식을 빌어서 쓰여진 것으로, 시몬베드로의 물음에 대한 메시아의 대답이다. 즉 안락에 이르는 도를 설명하고 있다. 이밖에도 몇 권의 번역 경문의 잔권들이 있다. 중국, 일본 등에서도 연구되고 있으나, 우리는 고구려, 신라에서의 당시의 신앙 활동과도 연계하여 계속하여 연구하고 읽어봐야 할 일로 남아 있다.

영하寧夏의 은천銀川으로

나는 우리 일행보다 먼저 홀로 영하(寧夏)의 수도인 은천(銀川)로 향하였다. 회의를 폐막하기 하루 전 이었다. 왜냐하면 영하로 가는 비행기의 좌석을 얻기가 여의 하지 않았기 때문이었다.

영하는 지금은 회족(回族)의 자치구로, 역사를 거슬러 올라가면, 서하(西夏)의 본거지였다. 서하(西夏)는 1032-1227년까지 중국 북서부의 감숙성(甘肅省)과 섬서성(陝西省)에 위치하였던, 티베트계의 탕구트족의 왕조이다. 탕구트족의 직계 후손인 이원호(李元昊)가 나라를 건립하였다. 이원호의 이름은 본래 조원호였으나, 송(宋)의 개국 시조가 조(趙) 씨였음으로, 조(趙) 씨 성을 쓸 수 없었기 때문에, 성을 바꾼 것이다.

나라를 세운지 얼마 되지 않은, 송(宋)나라 경우(景祐) 2년(1035)에 이원호(李元昊)가 돈황을 침략하였다. 그리하여 막고굴의 승려들은 모든 문물들을 거두어, 한 석실(지금의 장경동)에 넣고 봉한 뒤에, 흙벽으로 도장을 하고 그 위에 벽화를 그려 석벽처럼 위장하였다. 그러나 승려들은 다시 돌아오지 않아, 석실속의 문물들은 1천 년 가까이 고이 잠들어 있었으나, 막고굴의 왕도사(본명, 圓籙)에 의하여 우연히 발견되었고, 세계적으로 화제를 모았다.

이런 돈황과 서하의 역사적인 관계를 갖고 있는, 옛 서하의 땅을 한번 둘러 보기위하여 영하로 향하였다. 은천(銀川)를 비롯한 몇 곳을 둘러 본 뒤, 별로 볼만한 유적이 없어 실망을 하고, 바로 북경으로 향하였다. 비행기는 중. 러 국경을 가르며 날랐다. 사막이 그렇게 길게 이어지고 있는지는 미처 몰랐다. 밤이 늦어서야 북경의 국제반점(國際飯店)에 여장을 풀 수 있었다.

앞에서 이야기 한 것처럼, 200년 동안의 국가의 보호를 받으며, 기독교(景敎)의 교세는 중국 전역으로 확산 되었다. 그러나 뒤에 중국의 무종(武宗)은 대대적인 폐불(廢佛)정책으로 인하여 당시 4,600여 개의 불사가 파괴되고, 26만 명이 넘는 승려가 환속하였다. 이 법난은 도(道), 불(佛)의 갈등으로 빚어진 것이었으나, 외래의 마니교, 조르아스터교, 경교(기독교)의 사제들까지 2,000여 명이 환속 할 만큼 탄압을 면하지 못하였다. 그리고 황소(黃巢)의 난을 겪으면서 많은 신자들이 살해를 당하였다. 때문에 기독교 사제, 신자들은 변방으로 흩어지거나, 개종함으로써 교세는 쇠퇴 할 수밖에 없었다. 하지만 이들은 중국을 떠나 서역, 몽골, 거란 등 그 이외의 곳에서 전교 활동을 하였고, 상당히 활기를 띠었다. 그러므로 고려, 신라에로의 유입과 이들의 선교 활동으로, 많은 신도의 확보는 물론 사회생활에 큰 영향을 끼쳐왔다고 여겨진다.

일생을 불교, 기독교와의 관계연구에 바친, 금강산 장안사에 '경교비'를 모조하여 세웠던, 영국의 E.A. Gorden은 석굴암의 신상가운데 둘은 페르시아 무인상과 같고, 내벽에 부각된 12면의 관음상, 10나한상도 페르시아인의 형상에서 영향을 받은 작품인 것으로 말하고 있다.

또한 신라 '처용설화'의 '처용(處容)'은 헌강왕의 아들이라고 한다. 하지만 당시 동서 교역의 양상과 설화내용의 구조를 보면, 남의 아내를 앗아간 역신은, 바로 서역의 상인이 아니었을까? 처용설화에서 "둘은 내 것인데, 둘은 누구의 것인가?"라고 하였다. "본래는 내 아내 것이었는데 빼앗아 간 것을 어찌 하리오?"하고 남편은 푸념을 토하였다. 쉽게 체념하고 만다. 그러나 역신은 처용의 너그러운 마음에 감동하여 슬그머니 물러난다. 그리고 처용이 있는 곳에는 나타나지 않았다. 그런데 아내와 함께 동침한 것은 역신이라고 하지만, 따지고 보면 당시의 바닷길을 통하여 들어오는, 얼굴은 수염으로 덮이고 눈은 파랗고 콧대는 높아서, 꼭 귀신처럼 보였을, 해상교역상인의 한 사람이었을 것이다. 그런 역신들이 남의 안방을 드나들 수 있었다면, 당시 교역 상인들의 장사 활동이, 매우 보편적으로 이루어졌을 것이고, 아내를 빼앗기는 일도 발생했을 것이다. 또 고려의 '쌍화점(雙花店)'의 내용에서도, "만두집에 만두 사러 갔더니만, 회회(回回)아비 내 손목을 잡더이다. 이 소문이 가게 밖에 나며 들며 하면…"라고 하였다. 이 내용을 미루어 보아도, 교역상인 들과의 불윤의 로맨스는 쉬이 이루어졌음을 짐작하기에는 무리가 없을 것이다. 그리고 이와 같은 사회 분위기에서의 이들의 신앙 활동도, 매우 깊숙이 자리 잡고 있었을 것이다.

경주 괘릉(卦陵)의 한 회족모습의 무인석상, 불국사에서 발견 된 예수를 안고 있는 마리아상, 십자 유물 등은 얼마만큼은, 경주 기독교의 양상을 설명하여 주고 있는, 지금까지 남아 있는 귀중한 유물이다.

괘릉의 무인상

경주에서 발견된 기독교사진들

우리나라의 신라, 고구려와 당나라와의 활발한 교역, 전쟁을 통하여 문화의 혼융이 이루어졌다. 여러 종교의 신앙생활 양식이 비슷하여, 불교인지 기독교인지 얼핏 보아 분별 할 수 없었다. 그러나 그들이 믿는 석가모니나 하느님은 잘 지켜내었다.

15
북경을 거쳐 경주로

수미산須彌山과 첨성대瞻星臺

실크로드의 종점은 경주이다. 이번 여행을 하면서 다시 한 번 경주를 찾아, 그 옛 모습을 되찾아 보아야 하겠다는 생각을 갖게 되었으나, 얼른 실행을 못하였다. 차일피일 미루다가 1년이 지나, 몇 명의 학자들과 경주를 찾았다. 어떤 연구목적을 갖고 찾은 것이 아니었고, 평소 궁금한 것들이 있어서 직접 보고 싶었을 뿐이다. 그러니 다음의 이야기들은, 그저 관심 있는 한 사람의 궁금증을 풀어 놓는 것이다. 〈대진경교유행중국비송(大秦景敎流行中國碑頌)〉의 첫 행은 "상연진적(常然眞寂)"으로 시작하고 있다. 명 말의 학자 서광계(徐光啓)는 '상연(常然)'은 '영원하며 변함이 없는 것(恒永而無變也)', '진적(眞寂)'은 '천주의 본덕이다(天主之本德也)'라고 설명하였다. 다시 풀어서 말하면 '하나님은 영원불변 하시다'라고 하는 것이다. 즉 '진(眞)'은 '하늘(天)'의 뜻으로 쓰인 것이다. '진(眞)'은 '전(顚)'과 음이 같을 뿐만 아니라, 뜻도 또한 같다. 〈설문해자(說文解字)〉에는 "진은 즉 꼭대기의 꼭대기(眞卽顚頂之顚)라고 하였다. 〈이아(爾雅, 釋天)〉

에 의하면, '하늘은 우주의 주재자이며, 창조의 신(天宇宙之主宰者, 造化之神)'이라고 하였다. 〈열자(列子)〉에서는 '그 하늘집으로 돌아가다(歸其眞宅)'라고 하였다. 이미지화한 수미산(須彌山)의 천계(天界)형상의 상형문자가 '眞'자로, '하늘'의 뜻이며, 가시화한 하늘이다.

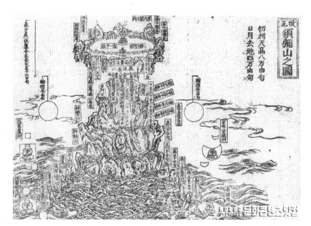

수미산도(須彌山圖)(출처 : 문화콘텐츠닷컴)

첨성대

서라벌徐羅伐, 시라尸羅, 신라新羅, 서울의 뜻

위와 같은 하늘의 '진(眞)'을 국호로 사용하고 있는 남방 국가들이 있다. 우선 캄보디아는 '진랍(眞臘), 진라(眞羅), 점라(占羅)'라고 하였고, 태국은 '섬라(暹羅)', 그리스는 '희랍(希臘)'이라고 하였다. 이 나라 이름들을, 현대 중국어음으로 표기하여 보면, '眞臘은 zhenla'이며, '眞'은 '慎'과의 음계가 같다. '暹羅는 xianluo'이고, '希臘은 xila'라로 읽는다. 그러면 여기에서 우리의 '신라(新羅)'는 xinluo라고 읽는데, 어디에서 연원하고 있는 것일까?

연원을 살펴보기로 한다. 신라를 신로(新盧), 사라(斯羅), 서라벌(徐羅伐), 서라(徐羅), 시라(尸羅) 등으로 불렀는데, 모두 'Sura'에서 연원하고 있는 것으로 여겨진다. 즉 '신라'의 뜻은 종전의 해석과는 달리 위에서 말한 것과 같은 '하늘(眞)'이라는 뜻이다. 서라벌을 넓은 들이라는 등 여러 설이 있으나 잘 이해 할 수 없다. 〈삼국사기〉에 의하면 '신라(新羅)'의 '新'은 '덕업일신(德業日新)'에서, '羅'는 망라사방(網羅四方)'에서 취했다고 한다. 하지만 '신라'는 외래어에서 왔다는 것을 몰랐기 때문에 유교적으로 해석한 것이 아닐까 한다.

우리의 '서울'이란 이름도 위와 같은 맥락에서 뜻을 찾고, 연원도 규명 할 수 있을 것으로 생각한다. 지금도 불리고 있는 소래, 소래울, 서래, 서울(徐菀) 등을 보아도 알 수 있는 것이다. 위에서 서술한 여러 나라의 뜻과 신라, 즉 사라, 서라벌, 서라, 시라, 소래울 등은 같은 하늘(眞)이란 뜻이다. 음을 보더라도, Zhen, Xian, Xi음은 동일 음계의 변화인 것을 알 수 있다.

그런데 신라의 옛 이름인 사라, 시라, 서라벌 등도 위 몇 나라의 이름처럼 인도 힌두교의 사라(薩河, Sura)라는 뜻에서 왔을 것으로 생각하고 있는 것이다. '사라, Sura'는 '하늘, God, Denity'라는 뜻을 내포하고 있다. 이는 빛나는 존재, 불멸의 존재이다. 바로 이런 뜻으로부터 나라의 이름들이 지어지고 불러졌다고 생각한다. 즉 사라, 시라, 서라별은 하늘의 땅이라는 의미라고 여겨진다. 서울, 소래울 등의 이름도 같은 뜻으로 여겨진다. 석가모니는 '사라'쌍수의 사이에 오른쪽으로 누워 열반에 들었다. 사라쌍수의 '사라'는 '단단하다'는 뜻이라고 한다. 그러나 거슬러 살펴보면 앞에서 말 한 대로의 '사라'와 같은 어원을 지니고 있는 것을 알 수 있다. 이 티베트의 서라(色拉, sela) 등 여러 도시의 이름들도 같은 맥락의 이름을 가지고 있는 것을 보더라도, 그 의미의 맥락을 이해하기에 충분하다고 여겨진다. 불교

가을의 下寺

티베트의 Tashilhunpo

여름의 Sera寺

天道

趙鳳琴은 티벳, 청해, 감숙 등에서 오랫동안 불교사원, 신앙생활, 사물풍광 등을 소재로 유화를 그려왔다. 단순한 스케치가 아닌 심령의 형상화에 성공함으로 작가로서의 확고한 위치를 갖게 되었다.

의 탑, 성황당의 돌탑을 쌓아가는 신앙 행위는 바로 이 하늘(眞)의 모습을 만들어가고 있는 것이다. 천국의 지상의 구현을 기원하고 있는 신앙 행태인 것이다. 우리의 노적가리, 첨성대의 모습을 가만히 보면 참진(眞)자의 동일한 꼴임을 알 수 있다. 티베트, 청해, 감숙 등에도 노적가리, 첨성대와 꼭 같은 모습의 많은 건축물이 남아 있는 것을 볼 수 있다. 우연히 티베트, 청해, 감숙 등지에서 불교사원, 신앙 생활, 사회풍속을 소재로, 오랫동안 그림을 그려온, 한 화가의 화집을 받아보게 되었는데, 몇 작품은 첨성대와 유사한 건물을 사실적으로 묘사하고 있다. 그러고 보면 우리나라만의 건축양식이 아니었음을 알 수 있다. 첨성대는 참으로 많은 연구들이 이루어져 왔는데, 아무래도 참진(眞)자와 같은 천계를 그려낸 수미산을 모방하여 지은 것으로 여겨진다. 즉 하늘의 기도로 이루어지는 양식들이며, 그와 같은 양식들은 남방으로 계속하여 내려오고, 신라로 들어왔을 것으로 생각한다.

남방의 벼, 벼농사 방법이 점차적으로 우리나라로 들어와 정착하였고, 더욱 북쪽으로 간도지역까지 거슬러 올라 간 것처럼, 남방의 종교, 생활문화가 신라로 들어왔다고 생각된다.

위 글의 내용은 필자가 돈황학을 공부하면서 생각하게 된 것들을, 이 기회에 글로 옮겨 놓은 것이다. 연구의 결과는 아니지만, 어떤 물음에 대한 실마리를 찾을 수도 있을 것이다.

일본의 오다니(大谷)는 자신이 믿고 있는 진언종(眞言宗)이 어디에서 근원하고 있는지 찾아보기 위하여 중국의 투루판, 돈황, 사마르칸트일대를 모두 답사, 대대적으로 문화재를 수집하고 연구하였으나, 그 근원을 밝히지 못 했다고 한다. 위와 같은 참진(眞)자의 하늘이란 뜻을 이해하였다면, 열쇠는 풀리지 않았을까? 그가 수집한 문화재가 우리나라 중앙박물관에서 소장하고 있으며, 지금도 전시되고 있다.

경주를 끝으로 우리의 세 번째의 실크로드여행도 마무리하였다. 2년이 걸린 셈이다. 늘 하던 버릇대로 불국사, 계림, 반월성, 석굴암 등을 둘러보고, 이어서 감은사지, 문무대왕릉 등도 둘러보았다. 그리고 서울로 올라왔다.

제3부

1

다시 장안長安으로

장안은 지금의 서안(西安)이다.

1992년 7월은 몹시 더웠다. 특히 돈황지역은 사막의 열기로 낮에는 활동하기가 힘들 정도였다. 그럼에도 불구하고 돈황의 답사여행을 무사하게 끝내고, 장안으로 다시 돌아왔다. 두 번째로 온 것이지만, 우리 일행은 반파(半坡)박물관, 화청지, 진시황병마용, 건릉, 영태공주묘, 종루, 흥경궁공원 등을 돌아보았다. 모두들 지칠 대로 지쳐, 휘청거리는 다리를 끌고 음식점을 찾았다. 이름을 떨치고 있는 '연지파(輦止坡, 수레를 멈추게 한 언덕)'의 '회회노동가(回回老童家)'라는 집이었다. 양고기를 파는 집이었다. 청나라 때의 8개국 연합군이 북경을 점령했을 때에, 자희태후(慈禧太后)는 이곳으로 피난을 왔다. 어느 날 수레를 타고 길거리를 지나게 되었다. 음식점 앞에 많은 사람들이 박신거리었다. 차례를 기다리었다. 자희태후는 수레를 멈추었다. 시장하기도하여 자리를 잡고, 신하들과 함께 점심을 같이 하기로 하였다. 태후는 맛을 크게 칭찬하였다. 뿐만 아니라 신하들도 모두 맛있다고 거들었다. 아울러 광서황제의 병부상서의 스승인 형정유(刑庭維)

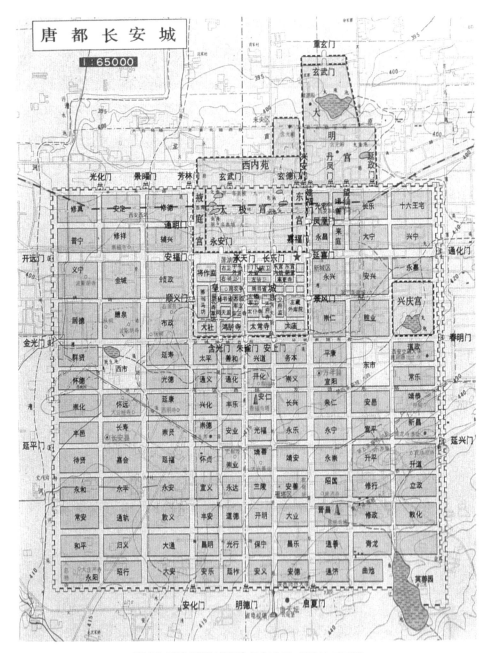

당나라 때의 장안(서안)의 모습(출처 : 서안시 지도집)

는 친필로, '輦止坡'라는 편액을 써 걸도록 하였다. 그 이후로부터 더욱 유명하여지고, 대대로 이어져오고 있다. 소금에 절여 만든 양고기요리와 수육으로 고기가 부드럽고, 색깔이 선명하고, 향기로운 특징을 지니고 있어서, 이렇게 많은 사람들이 찾고 있다. 그러나 한국인들에게는 양고기가 그렇게 익숙해있지 않아서일까, 맛있게 먹었으나, 진미를 느끼지 못하는 것 같았다.

호텔로 돌아오니, 이미 밤은 깊어갔다. 하 많은 하루의 일정을 마음속으로 정리하며 잠을 청하였다. 평소에 많은 꿈을 꾸기도 하지만, 지난밤에는 더욱 많은 뒤숭숭한 꿈을 꾸었다. 그런데 대부분의 꿈은 기억에 남지 않았으나, 양귀비(楊貴妃, 719-756)의 머리에 꽂은 모란꽃위에 두 마리의 나비가 너울너울 날아와 앉던 꿈이, 그림처럼 떠올랐다. 내가 왜 이런 꿈을? 양귀비는 당나라 역사에서 어떤 의미를 갖고 있는 것일까? 그녀로 말미암아 저질러진 역사 속에서, 어떤 의미를 찾아볼 수 있을 것인가?

장한가長恨歌의 양귀비

백거이(白居易)는 '장한가(長恨歌)'의 서두에서 다음과 같이 서술하였다.

> 양씨네의 딸이 성장하였는데,
> 깊은 규방에서 자랐거니 사람들은 알지 못해.
> 천생으로 곱게 태어나니 절로 고와라,
> 갑자기 선발되어 임금 곁에 있게 되어."
> 楊家有女初長成, 養在深閨人未識.
> 天生麗質難自棄, 一朝選在君王側.

위의 시는 양귀비가 태어나 현종의 귀비가 되기까지의 과정을 서술하고 있다. 많은 사람들은 양귀비가 어떻게 태어났고, 어떻게 자라났는지 궁금해 하고 있다. 양옥환(楊玉環)은 본래 사천성에서 태어났으나, 포주의 영락(永樂)에서 장성하였다. 그런데 아기 양옥환을 업고 다니다가, 포대기 띠가 풀어져 아이를 못에 빠뜨렸다. 뒷날 이 못을 낙비지(落妃池)라고 불렀다. 현종은 행궁, 촉으로 가서 낙비지를 둘러보기도 하였다.

아버지 양현념(楊玄琰)은 하급관리였으나 일찍이 죽어, 역시 하급관리인 숙부 양현교(楊玄墩)의 슬하에서 자랐다. 양현교는 친딸과 마찬가지로 양옥환에게 여인으로서 가져야 할 소양, 사서삼경, 음악 등을 엄격하게 교육하였다. 뿐만 아니라 백거이의 말처럼 '여질(麗質)'이 뛰어나서 천하의 미색으로 자라났다. 그러므로 현종과 현종이 지극히 사랑하였던, 무혜비(武惠妃)사이에서 태어난, 아들 이모(李瑁)의 간절한 구혼으로 혼인, 그의 비(妃)가 되었다. 16세였다.

그런데 무혜비(武惠妃)가 일찍이 죽자, 현종은 실의의 나날을 보내었다. 무혜비는 현종의 둘째 부인이었으며, 매우 총애하였으나, 38세의 나이로 죽자, '정순황후'라는 칭호를 내리기도 하였다. 무혜비가 죽자 현종은 정사를 돌보지 아니하였다. 그러자 환관 고력사(高力士)는 본래 지혜가 있는 인물이어서, 실의에 빠진 황제를 위로 할 꾀를 내었다. 다름 아닌 무혜비와 사람됨이 비슷한, 아들 이모(李瑁)의 아내인 양옥환을 마지 할 것을 권하였다. 한눈에 반하였다. 사모의 정이 깊어갔다. 그러므로 고력사는 현종과 의논, 양옥환을 일시적으로 태진궁(太眞宮)의 여관(女冠)으로 보내어, 남편 이모와 떼어 놓았다. 이 때 양옥환은 22세였고, 현종은 57세였다.

개원28년(740) 10월이었다. 현종은 장안으로부터 40여리가 넘는 여산(驪山)의 온천궁(溫泉宮)에 머물고 있었다. 현종은 사자를 보내어 양옥환을 온천궁으로 오라고 명하였다. 양옥환은 즉시 부황의 명령을 거절 할 수 없다고 하였다. 남편 이모(李瑁)는 주저하다가, 할대로 하라고 체념하였다. 왜냐하면 부황의 명을 거역하는 것은, 죽음과 다름이 없기 때문이었다. 이에 양옥환은 다음날 이른 아침 곧바로 여산의 온천궁으로 달려갔다. 시종, 마부들을 포함하여 30여 명이었다. 백거이는 양옥환의 미모를 두고, 다음과 같이 노래하였다.

흘기는 듯 웃으면 아름답기 그지없어라,
여섯 궁의 아름다운 궁녀들 무색하게 하네.
回眸一笑百媚生, 六宮粉黛無顔色.

그런데 양옥환을 두고 흔히 뚱뚱하다고 말한다. 현종도 양옥환에게 직접으로 뚱뚱하다고 농을 하기도 하였다. 매비(梅妃)는 양귀비를 '뚱돼지'라고 비난하였다. 하지만 뚱뚱하다기 보다는 풍만한 자태를 말하는 것이리라. 한족 여인들보다는 곡선이 뚜렷하다는 것이다. 왜냐하면 양옥환의 어머니는 서역(西域)의 여인이었기 때문에, 어머니를 닮아 이국적 특징을 지니고 있었을 것이다. 이와 같은 이국적 아름다움에 매료되어, 아들의 아내를 귀비로 맞아드린 것으로 여겨진다.

화청지의 양귀비 동상

봄날은 찬데 화청지에서 목욕을,

온천의 물은 매끄러워라 때를 씻어내.
힘없어 흐느적이니 시종들이 부추기어,
비로소 황은(皇恩)을 입은 때이어라.
春寒賜浴華淸池, 溫泉水滑洗凝脂.
侍兒扶起嬌無力, 始是新承恩澤時.

　양귀비의 머릿결은 구름 같고, 살결은 옥과 같았다. 봄날의 버들가지처럼 하늘하늘 걸었다. 몇 명의 시녀들이 양옥환을 한 대청으로 인도하였다. 사람들은 많지 않았으나, 여기저기에 많은 촉 불이 달려져, 환하게 밝히고 있었다. 양 옆으로 악공과 무기들이 늘어서 야연(夜宴)을 기다렸다. 어디에서인가 음악이 흘러나왔다. 한 시녀가 '예상우의곡(霓裳羽衣曲)'이라고 말하였다. 한 도사가 현종을 월궁(月宮)으로 안내하였다. 달이 밝았다. 월계수 가지를 하늘에 던지자 무지개다리가 떠올랐다. 무지개다리를 건너니 월궁이 휘황하였다. 어디에선가 선악(仙樂)이 은은하게 들려왔다. 본래 악무를 좋아하는 현종은, 이 곡을 꼼꼼히 암기하였다. 도사의 안내로 월궁을 돌아보고, 무지개다리를 되돌아 나왔다. 뒤를 돌아보니 무지개다리는 어느새 어디론가 사라졌다. 현종은 암기하고 있는 노래를 '예상우의곡'으로 편성하였다. 월궁의 이야기는 당연히 믿을 수 없다. 아마도 서량(西涼)의 총독이 서역으로부터 전래한 음악을 헌정한 것인데, 아름다운 도가색채의 무곡으로 윤색한 것이리라.
　이어서 야연이 베풀어졌다. 몇몇 서역의상의 여인들이 춤을 추기 시작 하였다. 연연한 음악의 선율이 계속하여 이어졌다. 시녀들이 들어오고 나가고 하였다. 아름다운 도자기의 주호(酒壺)가 놓이는가 싶었는데, 어느새 안주가 차려지고 술잔이 놓였다. 시녀가 올리는 술잔을 양옥환은 받아 들었다. 갑자기 음악의 선율이 높아졌다. 술잔을 높이 들었다. 한 모금에 마셨다. 음악의 선율이 낮아졌다. 술잔을 내려놓았다. 이렇게 음악의 선율이 낮아지고 높아짐에 따라서 술잔은 들려지고 내려졌다. 한편 무녀의 돌아가는 춤은 계속되었다. 그렇게 밤은 깊어갔다. 그러니 취하지 않을 수 없었을 것이다. 양옥환은 몸에 찬바람이 인다고 느꼈다. 시녀들의 인도로 침실로 돌아왔다. 촉 불은 꺼지고, 달빛만이 휘장 밖으로 은근하였다. 현종과의 첫날밤은 이렇게 이루어졌다.

> 봄밤은 짧아서 해 높이 떠서 일어나라,
> 이로부터 임금은 아침조회를 하지 않아.
> 春宵苦短日高起, 從此君王不早朝.

아침이 밝았다. 그러나 왕은 기침하지 않았다. 이로부터 왕은 아침 조회를 하지 않았다. 뿐만 아니라 매일 같이 환락의 잔치를 베풀었다. 왕은 정사를 돌아보지 않았다. 그러니 자연이 국정은 환관, 재상들의 몫이었다. 농단은 점차로 심하였다.

> 형제자매가 모두 봉후(封侯)가 되니,
> 아름다운 광채 문호를 빛내라.
> 드디어는 세상의 부모의 마음으로 하여,
> 아들 낳는 것 보다 딸 낳는 것이 귀중하다고 해.
> 姉妹弟兄皆列土, 可憐光彩生門戶.
> 遂令天下父母心, 不重生男重生女.

환관 고력사(高力士)는 본래 꾀가 많은 인물이다. 즉 양옥환이 앞으로 갖게 될 정치적 위치를 간파하고 있었다. 그리하여 고력사는 미리 양옥환의 가계를 잘 파악한 뒤, 형제자매의 적절한 자리매김을 의논하였다. 양옥환은 고력사의 뜻을 그대로 따르다시피 하였다. 양옥환이 귀비로 책봉되자마자, 죽은 아버지 양현염(楊玄琰)을 대위제국공(大衛齊國公)에 추서를 하는가 하면, 숙부인 양현규(楊玄珪)를 광록대부로 추천하였다. 그리고 그녀의 4촌, 6촌의 오빠들은 모두 높은 관직을 주었다. 6촌 오빠인 양교(楊劍)는, 재상 이임보(李林甫)가 죽은 뒤에는, 우상(右相)에까지 올랐다. 그때 현종은 양국충(楊國忠)이라는 이름을 하사하였다. 이 때 그가 가지고 있었던 직함만 40개가 넘었다. 그렇게 실권을 장악한 뒤 국정을 좌지우지하였다. 또한 세 자매들은 한국부인(韓國婦人), 괵국부인(虢國婦人), 진국부인(秦國婦人)으로 봉하였다. 그러니까 제후국의 왕비가 된 것이다. 이러니 백거이는 문호(門戶)를 빛나게 한다고 하였다.

양귀비와 청평조清平調

현종은 양귀비를 위하여 침향정(沈香亭)을 지었다. 궁궐보다 호화로웠다. 당시에는 모란을 귀하고 아름다운 꽃으로 여겨, 무지개 색으로 맞추어, 흥경궁과 침향정 앞뜰에 심었다. 마침 무지개처럼 화려하게 꽃을 피웠다. 꽃놀이를 열었다. 이원제자(梨園弟子)들은 음악을 연주하였다. 이귀년(李龜年)이 노래를 불렀다.

현종은 눈처럼 흰 백마를 타고 이르렀다. 양귀비는 보련(步輦)으로 뒤를 따랐다. 현종은 "아름다운 꽃을 감상하고, 귀비를 맞았는데, 어찌 옛 노래만을 부르려 하는가?" 새 노래를 지어오라고 하였다. 어쩔 수 없이 이귀년은 급히 이백(李白)을 찾았다. 그는 어느 초라한

주가(酒家)에서 취해 있었다. 황상의 명이니 서둘러 입궁하였다. 그는 거의 몸을 가누지 못하였다. 현종은 고역사(高力士)에게, 이백의 신을 벗겨주라고 하였다. 그제야 이백은 휘청거리며 일어났다. 붓을 잡았다. 흠뻑 먹물을 찍어 일필휘지 써 내려갔다. 〈청평조(淸平調, 맑고 태평한 노래)〉였다. 세 수이다. 양귀비는 계속하여 벼루를 받쳐 들고 있었다.

> 1. 의상은 구름일러니 얼굴은 꽃이어라,
>   봄바람은 난간에 불고 이슬은 영롱하여라 꽃에 맺혀.
>   만약 군옥산 위에서 만나지 못할 것 같으면,
>   요대의 밝고 밝은 달빛아래서 만나리라.
>   雲想衣裳花想容, 春風拂檻露花濃.
>   若非群玉山頭見, 會向瑤臺月下逢.

> 2. 한송이 붉은 꽃은 요염해라 이슬은 향기로 맺히고,
>   무산의 운우의 정일랑 공연히 애를 끊는구나,
>   묻노니 한궁에는 누구라서 이와 같을까?
>   가련하다 조비연이 새롭게 화장을 하면 모르겠노라.
>   一枝紅艷露凝香, 雲雨巫山枉斷腸.
>   借問漢宮誰得似, 可憐飛燕倚新粧.

> 3. 이름난 꽃과 경국미인 서로 좋아 하여라,
>   임금은 줄곧 웃음을 띠고 보고 또 보아라.
>   봄바람은 끝없어라 시름을 불어오니,
>   침향정 북쪽 난간에 기대어 서 있노라!
>   名花傾國兩相歡, 常得君王帶笑看.
>   解識春風無限恨, 沈香亭北倚欄干.

'이원제자'들은 16가지의 관현악기를 편성, 새 노래를 연주하였다. 또 이귀년이 노래를 불렀다. 현종은 물론 양귀비도 그지없이 좋아라 하였다. 이백의 벼슬을 높이려고 하였다. 그런데 고역사(高力士)는 그 신발을 벗긴 일을 뼈아픈 수치로 여기고 있었다. 이에 고역사는 〈청평조〉에서 귀비를 조비연에 비교함은, 귀비를 똥보라고 농락한 것이라고 일갈하였다. 그러니 그런 것 같았다. 그로부터 양귀비는 이백을 따돌림으로, 현종은 세 차례나 이백의 벼슬을 높혀 주려고 하였으나, 끝내 저지를 당하였다. 이백은 마침내 흥경궁(興慶宮)에서 쫓겨나 유랑의 시인이 되었다.

안록산과 양귀비

원소절(元宵節)을 보내었다. 안록산(安祿山)은 기병과 보병으로 편성된 군대를 이끌고 장안을 행진하였다. 병사들의 모습은 각각 달랐다. 피부의 색깔, 눈동자의 색깔도 모두 같지 않았다. 그들은 울긋불긋한 깃발을 앞세우고 터벅터벅 행진하였다. 그러니 이들의 행진을 구경하기 위하여 사람들이 모여 들었다.

안록산

그날 오후였다. 안록산은 현종을 알현하고자 입궁하였다. 걸어오는 모습이 마치 무슨 괴물과 같았다. 거대한 고깃덩이가 움직이는 것 같았다. 몸무게가 250근은 넘는다고 하더니, 배는 남산처럼 불러 있을 뿐만 아니라 늘어져 덜렁거렸고, 목덜미는 늘어져 가슴을 덮었다. 양귀비는 놀래었다. 변방의 오랑캐를 막는 장수라고는 도저히 믿을 수 없었다.

안록산은 현종의 앞으로 천천히 걸어왔다. 그런데 황제에게 예를 올리지 않고, 몸을 돌려 옆에 양귀비에게 예를 올렸다. 굽혀질 것 같지 않은 허리를, 애를 써 반쯤 굽히어 정중하게 절을 하였다. 이에 현종이 어찌하여 짐에게 절을 올리지 않고, 귀비에게 절을 올리느냐고 물었다. 안록산은 자기는 어려서부터 어머니에게만 절을 올렸을 뿐, 아버지에게는 절을 올린일이 없었다. 그러니 누가 아버지인지 잘 몰랐으며, 마마는 나의 마마와 같았기 때문에 먼저 절을 올렸다고 대답하였다. 현종은 웃음을 참지 못하였다. 양귀비를 비롯하여 문무 관원들은 모두 웃음을 터뜨렸다. 웃으며 안록산의 나이를 물었으나 몇 살인지 모른다고 하였다. 어머니가 일찍 죽었기 때문에 모른다고 하였다. 그리고 태어나 여섯 달도 안 되어 일곱 살 된 아이들처럼 컸기 때문에 어머니 까지도 자기의 나이를 잘 모른다고 하였다. 이에 모두 또 웃음을 터뜨렸다. 사실로 안록산의 아버지는 소그드(粟特)인이고, 어머니는 돌궐(突厥)인이었으나, 일찍이 죽어서 고아가 되었다. 하지만 중국어를 비롯한 인근의 6개부족의 언어를 능숙하게 구사 할 수 있었고, 상술에 능하여 부를 축적하였다. 이를 바탕으로 당나라의 절도사에까지 오르게 되었다.

이어서 잔치가 베풀어졌다. 각종악기의 합주에 맞추어, 호녀(胡女)들은 원을 돌아가며 춤을 추었다. 그리고 몇 명은 호선무(胡旋舞)를 추웠다. 호선무는 동그란 카펫을 벗어나지 않고 돌고, 돌고, 돌며 추는 열정의 춤인데, 양귀비는 어려서부터 이춤을 보아 왔고, 자신도 배워서 비교적 잘 추는 춤이었다.

춤판은 무르익어갔다. 안록산이 갑자기 자리에서 일어나더니, 춤판으로 끼어들어 '호선무'를 추기시작 하였다. 의외였다. 걷기도

호선무(胡旋舞). 막고굴 제220굴(초당). 호선무는 동그란 카펫을 벗어나지 않고 빙글빙글 돌아가며 추는 열정적인 춤이다. (출처 : 돈황장식도안)

힘든 뚱뚱보가, 바람개비처럼 돌고 돌았다. 모두 놀라지 않을 수 없었다.

안록산이 장안에 머무는 동안, 잔치는 매일 벌어졌다. 현종은 안록산에게, "배에는 무엇이 들었기에 그렇게 뚱뚱한가?"라고 물었다. 안록산은, "오직 폐하를 위한 충성심만이 들어 있을 뿐입니다"라고 아뢰었다. 평로절도사와 범양절도사로서 충성을 맹약함이었다.

그런데 여기에서 엉뚱한 요구를 하였다. 안록산은 어려서 부모를 잃은 고아인데, 아버지는 없어도 좋으나, 어머니를 두고 싶다고 하였다. 양귀비를 양어머니로 삼고 싶다고 하였다. 현종은 안록산의 진심이라고 여기고, 양귀비의 뜻대로 하라고 하였다. 적어도 15세는 더 먹었을 안록산을 아들로 삼기는 맞지 않는 일이라고 생각하고 머뭇거렸으나, 곧이어 흔쾌히 수락하였다. 그러므로 안록산은 오늘로부터 깟듯 하게 어머니로 모실 것을 다짐하는 예를 올렸다. 안록산은 당 병력의 삼분의 일 이상을 지휘하는 절도사이다. 이 힘을 배경으로 북방 오랑캐의 침입을 잘 막아내었다. 나라의 안녕을 도모하였다. 뭐뚜렷한 전공이 없었음에도, 현종의 큰 신임을 얻고 있었다. 그런데다가 양귀비를 어머니로 삼았으니, 누구의 제지도 받지 않고, 황실을 마음대로 드나들게 되었다. 양귀비와 음식을 같이 먹을 뿐만 아니라, 밤이 지새도록 나오지 않았다. 웃고 떠들고 하는 소리가 처소의 밖으로 새어나왔다. 한번은 안록산이 술에 취하여 양귀비의 가슴을 허비다가 옷깃을 찢었다.

"내 너를 버릇없이 한 것이 잘못이다"

양귀비는 눈물을 흘렸다. 그러나 궁중에 알려지면 큰 일이 아닐 수 없었다. 디구니 현종에게 들키거나 알려지면 어떻게 하랴? 눈물을 서둘러 닦아내었다. 찢어진 가슴의 옷깃에는 다른 색깔의 천을 네모로 잘라서 덧대어 꿰매었다. 그런데 이것이 사랑의 상징적 징표라고 여기어져, 따라서 여염집의 아내들에서도 유행하였다. 또 어느 날에는 양귀비는 안록산은 자신의 아들이며, 갓 낳은 아들로 생각하여서인가? 시녀들과 함께 목욕을 시키기 시작하였다. 이리 둥글리고 저리 둥글려가며 씻겼다. 비단 깃으로 감싸고, 벗기고 하며 씻기었다. 시녀들은 깔깔대고 웃었다.

이와 같은 궁내에서의 이상하고 음란한 짓들이 밖으로 알려지고, 두 사람의 불륜의 관계를 의심하게 되었다. 그러나 현종은 소문을 듣고 있었음에도, 별로 개의하지 않았다. 오히려 너그럽게 이해하였다.

여산의 별궁 높아 구름위로 솟아 있고,
신선의 음악 바람에 날려 곳곳에서 들리네.

느린 노래 느린 춤은 관현악기 소리로 맺고,
군왕은 하루 종일 만족스럽지 못해라 보고 또 보아.
驪宮高處入宵雲, 仙樂風飄處處聞.
緩歌慢舞凝絲竹, 盡日君王看不足.

이렇게 〈장한가〉에서 쓰고 있듯
이 현종은 거의 정사는 돌보지 않
고, 매일 같이 잔치를 베풀었다. 음
악이 은은하였다. 춤추는 악기(樂
伎)의 치맛자락이 꽃잎처럼 나부끼
었다. 먹고 마시었다. 여러 악기의
화음이 고조를 이루었다. 다시 술잔

여지(荔支)

이 높이 들렸다. 화음의 높낮이에 맞추어 술잔은 몇 차례 들려지고 내
려졌다. 양귀비의 빨갛고 작은 입속으로, 여지(荔支)의 뽀얀 알맹이가
쏘옥 들어갔다. 하나, 둘, 셋… 이어서 쏘옥… 쏘옥… 하고 들어갔다.

이 양귀비의 '여지'를 위하여, 그 시간에도 마차는 달려오고 있을
것이다. 먼지를 일으키며 달려오고 있을 것이다. '여지'는 남방의
과일이니, 신선한 맛을 잃으면 안 되기 때문에, 전력으로 질주 하고
있는 것이다. 제 기일에 못 대면, 목숨까지도 잃을 수 있을 것이기
때문이다.

이와 같은 환락의 날들은 밤, 낮을 몰랐다. 이 사이 국정은 재상
이임보, 양국충 등에게 맡기어졌다. 현종은 거의 정사를 묻지 않았다.
그러니 사욕과 농단의 정치로 패망의 길을 걷고 있었다. 그늘이 짙어
갔다. 그늘진 곳에서는 그늘진 일이 벌어지게 마련이다. 소문만 무성
하던 양귀비와 안록산과의 패륜의 로맨스는 암암리에 사실로 밝혀지

게 되었다.

발단은 나이어린 한 궁녀에 의해서였다. 그녀는 매일 하던 대로 맡은 바의 첨향정을 청소하고 정리를 하고 있었다. 정리를 마무리하며 첨향정을 돌아들었다. 어디에서인가 무슨 소리가 들렸다. 원숭이 소리인가? 쥐 싸우는 소리인가? 귀를 기우리며 소리를 따라갔다. 그쪽의 작은 방에서 소리는 새어나왔다. 사람소리인 것 같아서 문을 그냥 열었다. '으악…'하고 자지러 졌다. 정말로 못 볼 것을 보았다. 절대로 보아서는 안 되는 것이었다.

그날 저녁이었다. 어린궁녀는 안록산에게 끌려갔다. 안록산은 아무 말없이 궁녀를 낚아채었다. 그리고 그녀의 가는 허리를 부지깽이 꺾듯이 꺾어버렸다. 그리고 시신을 큰 자루에 넣어 흥경궁의 외진 숲속에 파묻었다. 감쪽같이 일은 마무리 되었다. 환관 고역사는 눈치를 채고 있었으나, 끝내 모르는 채 입을 다물었다. 그러나 양귀비와 안록산과의 관계는 그날로부터 더욱 무르익어갔다. 이들의 사랑이 무르익어갈수록, 당나라 앞날의 깊은 슬픔의 그림자는 더욱 무르익어갔다. 누군가는 안록산의 반역을 점치고 있었다. 재상 장구령(張九齡)은 "그 얼굴이 반드시 반역할 얼굴이니, 죽이지 아니하시면 후에 근심이 될 것입니다."라고 아뢰었다. 그러나 현종은 "잘 알아보고 충신을 해치지 말라"고 하였다. 그러나 현종은 귀담아 듣지 않았다. 아마도 안록산을 두려워하는 마음이 황제의 마음의 바닥에 드리워 있기 때문이 아니었을까 여겨진다. 그가 환락의 밤낮을 보내고 있는 것도, 이와 무관하지 않을 수도 있다. 어쨌든 양귀비와 사랑의 신음은, 지금의 '귀비'를 자기의 '황후'로 책봉하겠다는 굳건한 다짐이다. 그의 뚱뚱한 뱃속에 들어차 있는 반역의 맹서이다. 이렇게 마각을 숨기고 야욕을 다짐하고 있는 사이에도, 황실은 깨닫지 못하였다. 이임보가 죽고

난 뒤에도, 양국충의 사욕의 혼용으로, 나라는 한 걸음 한 걸음 어둠
의 길을 걷고 있었다.

> 어양반군의 북소리 진동하고 몰려오니,
> 놀래어 '예상우의곡'은 끊기어라.
> 구중궁궐에는 연진이 솟아오르고,
> 피난의 천승 만마는 서남으로 떠나.
> 漁陽鼓動動地來, 驚破霓裳羽衣曲.
> 九重城闕煙塵生, 千乘萬騎西南行.

  안록산은 평로, 범양, 하동의 절도사로서 10년 이상을 품고 다짐하
여온 야욕이 폭발하였다. 755년 12월이었다. 사실은 현종황제의 죽음
을 기다리고 있던 그였으나, 양국충과의 갈등으로 때를 기다리지 못
하고, 범양에서 15만 대군을 일으켜, 드디어 남쪽으로 향하였다. 위의
시에서 말한 것과 같이, 연진은 천리에 이어졌고, 북 울리는 소리는
천지를 흔들었다.
  "지금반란을 일으킨 것은, 오직 안록산뿐입니다. 독불장군입니다.
열흘 안으로 놈의 머리를 베어 올릴 것입니다."
  양국충은 현종 황제에게 아뢰었다. 그러나 하북(황하이북)의 관군
들은 바람에 풀이 쓰러지듯이 쓰러졌다. 동관(潼關)을 넘어 들어온
안록산의 군대는 낙양(洛陽)을 쉬이 함락하였다. 그리고 낙양에 머물
며 장안으로의 진군을 멈추었다. 왜 그랬을까? 안록산은 정예병사 30
여명을 승(僧)으로 위장하여 장안으로 밀파하였다. 한 무리는 황실의
동정을 정탐하고, 한 무리는 군사들의 동향을 살피고, 한 무리는 양귀
비를 모셔오기 위한 작전이었다.

"낙양은 함락되었습니다. 우리는 안록산 장군이 보낸 병사들입니다. 추호도 예를 범하지 말라고 하셨습니다. 황후의 예를 다하여 모셔오라고 합니다."

그들은 이어서 설명하였다. 간곡한 안록산 장군의 분부라고 하였다. 이번에 군사를 일으킨 것은, 부패한 당나라를 멸하고, 연(燕)을 세우기 위한 것이다. 나라를 세워 황제로 등극을 할 것이며, 귀비를 자기의 황후로 책봉하기 위한 것이라고 하였다. 그러니 우리와 함께 서둘러 황실을 빠져나가자고 하였다. 승려로 위장하여 황실을 빠져나가기는 그렇게 어려울 것이 없다고 하였다. 겁내지 말고 믿고 따르기만 하면 된다고 하였다.

양귀비는 눈물을 흘렸다. 하염없이 눈물을 흘렸다. 잡호(雜胡)라더니 인간이 아니었는가 보다. 어찌하여 이렇게 어처구니없는 반역을 저지르는 것인가? 관군은 모든 작전에서 패전함으로 장안은 곧 함락당할 위기에 놓여있었다. 다만 안록산은 양귀비의 답을 기다려, 더 이상 진군하지 않고 낙양에 머물러 있을 뿐이다.

"지금 황제의 즉위를 준비하고 있습니다. 황후와 나란히 즉위를 해야 하지 않겠습니까? 여유가 없습니다. 서둘러 주십시오. 안록산 장군은 마마의 답을 기다려, 낙양에 머물러 진공하지 않고 있을 뿐입니다."

양귀비는 눈물을 거두었다. 마음이 흔들리었다. 늙은 황제의 귀비이기 보다는, 새로 등극하게 될 젊은 황제의 황후로 자리매김하는 것이 어떨까 싶었다. 남편 이모(李瑁, 壽王)을 떠나 현종에게로 달려올 때와 비슷한 마음이었다. '어떨까?'하는 문제가 아니라 역사의 갈림길에서의 나라 운명의 문제였다. 그리고 자신의 처신의 문제였다. 그냥 평범한 여인으로 살아 갈수 있었으면 좋았으리라. 아름답게 태어나지 않았더라면, 행복하게 살아갈 수도 있었으리라고 푸념하였다.

양귀비는 속으로 안록산을 꾸짖으며, 승으로 위장한 병사들에게 사흘 뒤에 오면 답을 할 것이니 다시 오라고 돌려보냈다. 그들이 다시 돌아왔다.

"반역의 괴수를 따르라는 것이냐? 황제의 군사들은 막강한 힘을 갖고 있는 정의의 군사이다. 장군들이 곧 놈의 머리를 베어 올릴 것을 맹세하고 있고, 곧 그렇게 될 것이다. 그 전에 서둘러 군사를 거두어 임지로 돌아가라고 하여라. 다시는 이러한 무도한 짓을 하지 말라고 전하여라. 다시 나타나지 말라."

그들은 도망하듯이 궁정을 빠져나와 낙양으로 말을 달렸다. 황실의 동정과 양귀비의 대답을 안록산에게 자세히 보고하였다. 그는 분노의 표정을 지었다. 결심하듯이 입을 굳게 다물었다. 군사들을 점호하였다. 지체 없이 장안으로의 진공을 명령하였다. 관군들은 도처에서 패배하였다. 뿐더러 병사들은 사기가 떨어지고, 뿔뿔이 도망하였다. 그러니 반군의 진공은 거리낌이 없었다. 반군은 장안을 덮쳐 왔다. 황실

양귀비묘

은 허겁지겁 빠져나왔다. 육친도 챙기지 못하고, 노자도 챙기지 못한 채, 몽진(蒙塵)의 행렬은 이어졌다. 마외역(馬嵬驛)에 이르러, 알다시피 장군들의 반란으로, 양국충은 처형을 당하고, 양귀비는 자결을 하였다. 현종은 마외역에 양귀비의 초묘를 구축 매장 하고, 촉(蜀)으로 향하였다.

촉의 관문인 검각(劍閣)에 이르렀다. '검각'은 산맥으로 이어져 내려온, 절벽과 절벽사이에 지어진 것으로 이곳을 지나지 않고는 촉으로 들어 갈 수 있는 길은 없다. 〈장한가〉에서 다음과 같이 서술하였다.

황진은 자욱하고 바람은 소슬한데,
구름사이 잔도를 따라 검각에 올라.
아미산아래의 다니는 사람은 드물고,
깃발은 빛을 잃고 햇빛도 희미해라.
黃埃散漫風蕭索, 雲棧縈紆登劍閣.
蛾眉山下少人行, 旌旗無光日色薄.

검각(劍閣)

현종은 마외역에서 황위를 태자에게 넘겨주려고 하였다. 그러나 태자는 눈물을 흘리며, 명령을 받지 않았다. 뿐더러 신하들이 편지를 올려 자리에 오를 것을 청하였으나 허락하지 않았다. 그러나 저하께서 황위에 오르지 않는다면, 저하를 따르는 병사들이 하루아침에 흩어질 수 있으니, 사직을 위하여 황위에 오를 것을 계속하여 간청하였다. 무려 다섯 차례의 편지를 올리니, 어쩔 수 없이 황위에 오르기로 비로소 허락 하였다. 그리고 실제로 황위에 올랐다. 여러 신하들은 춤을 추었고, 황상은 흐느껴 울었다. 그로부터 현종을 '상황천제(上皇天帝)'라고 하였다.

> 천지가 회전하여 황제 돌아오는 길,
> 이곳에 이르러서는 머뭇머뭇 떠나가지를 못해.
> 마외파(馬嵬坡) 아래의 진흙더미 속에는,
> 옥 같은 얼굴은 볼 수 없으니 공허해라 죽은 곳.
> 天旋地轉回龍馭, 到此躊躇不能去.
> 馬嵬坡下泥土中, 不見玉顔空死處.

시간은 지나가고 있었다. 안록산은 첩의 아들인 안경은을 태자로 삼으려고 하자, 장남인 안경서가 반발, 아버지 안록산을 살해하였다. 이렇게 되자 안록산과 함께 거병을 하였던 여러 장수들은 안경서의 휘하를 벗어나게 되고, 반면 사사명의 세력이 커지기 시작하였다. 하더라도 안경서와 사사명의 반군은, 회흘군의 도움을 얻고 있는 관군의 반격으로 이곳저곳에서 패하게 되고, 많은 병력을 잃었을 뿐만 아니라, 점차적으로 밀리고 밀리었으며, 따라서 관군에 의하여 장안, 낙양은 수복이 되었다. 마침내는 안경서는 사사명에게 살해당하였고,

사사명은 안록산의 뒤를 이을 것이라고 하여 황제를 일컫고 반란을 하였으나, 결국은 맏아들인 사조의에 의하여 살해당하였다. 왜냐하면 동생인 사조청을 후계자로 삼으려 하였기 때문이다. 그리하여 '안사의 난'은 끝이 나게 되었고, 현종은 촉으로부터 장안으로 귀환하는 길이었다. 여기에서 그 '검각'을 지나며 지은, 현종의 '촉에서 검문으로 돌아와(幸蜀回至劍門)'라는 시 한 수를 소개하고자한다.

> 검문의 산봉우리 칼날 같은데 구름이 감돌고,
> 어가(御駕)는 출분한지 그 얼마 이제 되돌아와.
> 천길 푸르른 산은 병풍처럼 사면으로 둘리었고,
> 붉은 바위는 솟아 있거든 옛 오정이 길을 열어.
> 울창한 수목사이로 깃발이 바람에 날려 펄럭이고,
> 신선이 탄 듯 흐르는 구름 말머리를 씻기고 흘러.
> 군왕이 나라를 다스림에 바로 덕으로 다스려야 했거늘,
> 아! 난을 평정 짐을 영접하는 경들의 공 길이 새겨 빛내리라.
> 劍閣橫雲峻, 鑾輿出狩回.
> 翠屛千仞合, 丹嶂五丁開.
> 灌木縈旗轉, 仙雲拂馬來.
> 承時方在德, 嗟爾勒銘才.

현종 일행은 '검각'을 지나고, 다시 '마외파'를 지나게 되었다. 그런데 현종으로서는 그냥 지나치기에는 발길이 떨어지지 않았다. 양귀비가 강제로 끌려갔다. 한 쪽 신발이 벗겨졌다. 신발이 버려진 채, 끌려가며 계속하여 돌아보던, 그 애절한 모습이 갈 길을 막았다. 현종은 고력사 등에게 귀비의 초묘를 옮겨 다시 수축하라고 하였다. 진흙의 묘를 파니 귀비의 아름다운 자태, 옥안은 썩어 없어지고, 늘 가슴 앞

에 지니고 다니던 그녀의 비단 향랑(香囊)만이 그대로 남아 있었다. 현종은 향낭을 받아들고 눈물을 흘렸다. 그리고 그 향낭을 옷소매에 깊숙이 넣고 한숨을 지었다. 양귀비의 묘는 그렇게 하여 만들어져, 지금에 볼 수 있게 되었다.

장안으로 돌아온 현종은 시름에 겨운 나날을 보내었다. 귀비의 생각으로 잠을 이루지 못하였다. 〈장한가〉는 꿈속의 선궁에서 귀비와의 만남을 이렇게 묘사하였다. "구름 같은 머리 갈라져 흘러내려 잠에서 깬듯하고, 화관은 매만지지도 않은 채 당을 내려와. 바람에 선의(仙衣)가 날리니, 마치 '예상우의무'를 추는 듯하다"라고 하였다. 그리고 이 〈장한가〉의 마지막 귀에서는 다음과 같이 결론하였다.

하늘과 땅이 장구해도 다 할 때가 있을 것이나,
이 한은 끊임없이 이어져 다 할 날이 없으리라.
天長地久有時盡, 此恨綿綿無絶期.

※ 井上靖 〈양귀비전〉과 〈양태진외전(楊太眞外傳)〉 등 참고.

하도낙서河圖洛書

낙양은 중국의 저명한 옛 일곱 도성 가운데 하나이다. 광활한 중원
의 서쪽, 황하 중류의 남쪽 강안에 위치하고 있으며, 기어가는 뱀처럼
구불구불 뻗어있는 북망산을 등에 지고 있다. 서쪽으로는 함곡(函谷)
에 접하여 있는데, 교통의 중심지로서 중국역사상 가장 오랫동안 정
치 문화의 중심지였다.

몇 십 만 년 전에 인류의 역사는 이곳에서 비롯되었고, 하(夏)로부
터 시작하여 모두 15왕조가, 낙양을 도읍으로 정하였으며, 1천 6백여
년 동안에 105의 제왕들이 나라를 통치, 권세를 누렸다. 따라서 낙양
은 그 자체가 박물관이어서, 볼거리와 관심거리가 많다.

낙양하면 떠오르는 말이 있다. "하도낙서(河圖洛書)"라는 것 이다.
그러면 이것이 무슨 뜻인가? 물론 잘 알려져 있지만 다시 한 번 뜻을
되뇌어 보는 것도 의미 있는 일일 것이다. 〈주역〉에 보면 "황하에서
그림이 나오고 낙수에서 글이 나왔는데 성인이 그것을 본 받았다"라
고 하였다. 그러니 이곳은 중국문화의 원천이며, 중심지대로서 고대

중국문화발전의 핵심이었다고 할 수 있다. 복희 때의 일이다. 황하에서 용마가 하도(河圖)를, 낙수의 거북이가 낙서(洛書)를 등에 지고 각기 출현하였다. 복희씨는 이것을 근거로 8괘를 이루어 냈다. 때문에 중국문자의 기원을 8괘로부터 설명하기도 한다. 어쨌든 「주역」과 「상서」의 근원이 된 것은 틀림없는 일이며, 문자생활을 시작하였던 것이다. 「주역」은 하도에서, 「상서」는 「낙수」에서 비롯하였다. 책을 '도서'라고 일컫고 있는 것도 여기에서 비롯한 것이다.

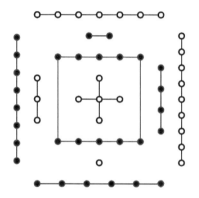

하도(河圖). 황하의 용마등의 문양을 복희가 그려낸 것이다. 흰 동그라미는 '양(陽)'이고, 까만 동그라미는 '음(陰)'이다. 전체는 양이다.

〈관자(管子, 小匡)〉에 의하면, "옛 사람의 명을 받는 것은, 거북, 용으로 생각하였다. 황하에서 '도(圖)'가 나오고, 낙수에서 '서(書)'가 나오고, 땅에서 '승황(乘黃)'이 나왔다"라고 하였다. 이 말은 주나라의 왕이 천명을 받아, 상(商)의 뒤를 이어 갈 때에 거북, 용이 출현하였다고 하는 것이다. 즉 황하에서 '도'가 나오고, 낙수에서 '서'가 나오고, 땅에서는 '승황'이 나왔다고 하였다. '승황'은 참으로 신기한 동물이다. 그 모양은 여우같고 등에는 뿔이 났으며, 2천 년을 산다고 하였다. 그러나 상서로운 동물로 여겨졌다. 황하에서는 사슴 같고, 말 같고, 기린과 같은 동물이 출현하였다. 등에는 여러 자연의 문양이 있었다. 복희(伏羲)가 그림기호로 묘사하였는데, 위와 같은 그림이다. 복희는 이 용마(龍馬)등의 그림에서 계시를 받고, 천문, 지리, 만물의 변화를 관찰하여 소위 '팔괘(八卦)'를 만들었다. 그 뒤에 낙수에서는 거북이가 출현하였는데, 등에는 많은 흑백의 점의 문양이 있었다. 이것을 본받아 낸 것이 '낙서(洛書)'이다.

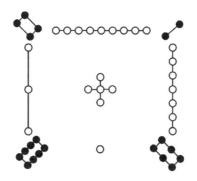

낙서(洛書). 낙수(洛水)의 거북이 등의 문양을 복희가 그려낸 것이다. 흰동그라미는 '양'이고 까만 동그라미는 '음'이다. 전체는 '음'이다. 이 도식은 사람들은 천상, 지리의 이해와 결합, 우주의 기본적인 도식으로 이해하였다. 결국 〈주역〉으로 이루어졌다.

위 '하도'와 '낙서'의 그림을 보면, 흰 동그라미와 검은색 동그라미로 나누어져 그려져 있다. 흰 것은 양(陽)이고, 검은 것은 음(陰)이다. '하도'는 용마위에 문양은 사람들에게 도안을 계시하였고, 사람들은 연역하여 천문, 지리에 대한 이해의 기본적인 도식으로 만들어 낸 것이다. 그리고 '낙서'는 거북이의 등의 기특한 문양을 추상화하여 수리계통의 내원을 만들었던 것이다. 즉, '하도'와 '낙서'를 통하여 음양의 창생원리가 이루어지게 된 것이다. 바로 〈주역〉은 여기에서 비롯한 것이다.

※ 曹勝高 외 〈주역입문〉 참고.

낙양洛陽의 지가

이렇게 문자생활을 통하여 시 문을 하게 되었으니, 무엇보다도 흥미롭고 의의 있는 일이다. '낙양의 지가'라는 말은 삼척동자도 다 아는 말이다. 중국 서진 때에는 유학이 세력을 상실하고, 대신하여 노, 장 사상이 유행하여 직접적으로 문학발전에 큰 영향을 주었다. 따라서 작가들은 어떤 정신적인 압박은 받지 않고, 자신들의 뜻과 감정을 자유롭게 표현하였다. 이 시기 서진 문단에는 부(賦)의 작자로 유명한 두 사람이 있다. 한 사람은 매우 잘 생겼고, 한 사람은 정말 못생겼다. 잘생긴 것은 반악(潘岳)이었고, 추하고 봇 생긴 것은 좌사(左思)였다. 반악이 수레를 타고 거리에 나타나면, 골목의 남녀노소를 막론하고 그를 만나보려고 운집하였다. 좀 용기 있는 젊은 여자들은 손에 손을 잡고 수레를 에워 싼 뒤 함성과 갈채를 보냈다. 뿐만 아니라 과일을 수레 안으로 마구 던졌다. 요즘의 오빠부대를 보는 것 같지 않을까? 하여간 그때로부터 지금까지 1600여 년 동안 반랑'潘郞'은 미남자의 대명사로서 널리 전해져 오고 있다.

그러면 좌사는 어땠을까? 추하고 못생겼을 뿐더러 말더듬이였기 때문에, 특별한 일이 없으면 문밖에 나들이를 원하지 않았다. 어쩌다가 나들이를 하게 되면, 길가의 모든 사람들은 그에게 삿대질을 하고 침을 뱉었다.

"재수 없어 그 몰골을 해 가지고 어디를 나다녀? 재수 없으니 빨리 꺼져버려. 이 거리에는 다시 나타나지 말라고…"라고 협박 하였다. 심지어는 그의 수레에 돌팔매질하기 일 수였다. 반악과의 뚜렷한 대조를 이루었다.

그러나 사람은 생긴 모양과는 다른 법이다. 바닷물을 말로 헤아릴 수 없는 법이다. 좌사는 추한 모습과는 반대로 재주가 뛰어났다. 학식이 풍부하고, 고결한 인품을 지니고 있었다.

아마도 서기 281-285년 사이였을 것이다. 낙양에는 참으로 뜻밖의 일이 벌어졌다. 종이 가게에 종이를 사려 는 사람들로 장사진을 이루었다. 귀천, 남녀노소를 막론하고 종이를 사려고 하였기 때문에, 자연히 종이 값이 하늘 높은 줄 모르고 뛰었다. 왜 그랬을까? 다름 아닌 좌사의 「삼도부(三都賦)」를 베껴 읽고자 하였기 때문이다.

「삼도부」는 위·촉·오 3국의 수도를 주제로 쓴 부 문학으로 촉의 성도, 오의 남경, 위의 안양의 산수풍경, 이름 난 사람들, 진귀한 동·식물, 지형과 물산 등에 대하여 썼다. 그러나 사실은 3국의 정치를 빗대어 현실정치를 은근히 비판하고 있는 것이었다. 좌사는 10여년에 걸쳐 심혈을 기울여 이 작품을 썼다.

방, 정원, 뜨락, 변소 등에 종이와 붓을 놓아두고 시상이 떠오르면 그 대로 써 갔다. 그렇게 하여 쓴 것이 모두 1만여 자였으니, 더디고 힘들게 썼던 것이 분명하다.

그런데 좌사의 「삼도부」가 그만큼 유명하여진 데는 또 다른 이유가 있다. 당시의 저명한 학자였던 황보밀(皇甫謐)이 「삼도부」를 읽은 뒤에 감명을 받게 된 나머지, 정성을 들여 서문을 썼다. 그리고 당시의 뛰어난 문인들이 다투어 주석을 하고, 벼슬아치들에게도 읽혀지게 되었다. 그들은 칭찬을 아끼지 않았다. 그리하여 이 한편의 작품은 큰

화재를 불러 일으켰고, 너도나도 베껴 읽고자 하였기 때문에 낙양의 종이는 품귀현상을 초래 하였고, 자연 낙양의 지가는 올라갔던 것이다.

요즘도 책을 내게 되면 유명한 분들의 서문을 받고자 하는데, 바로 이와 같은 일이 있은 뒤로부터 생겨난 습관인 것이다.

그렇지만 냉정하게 좌사의 문학을 읽어보면, 부보다는 시를 높이 평가해야 할 것이다. 「영사(詠史)」를 소개한다.

밝은 날 빛나는 태양,
햇빛은 이 땅을 비춘다.
누각이 늘어선 서울,
구름 위 나는 듯하고,
소슬 같이 높은 대문 안
궁녀들은 많기도 하네.
황제를 쫓아 벼슬한 것도 아닌데,
어찌하여 갑자기 출유케 되었나?
베옷을 입고 서문을 나서,
큰 걸음으로 허유(許由)를 따른다.
천길 높은 벼랑 위 옷깃을 떨치고,
만 리 흐르는 물에 발을 씻는다.

항아姮娥의 질투

요나라 때의 일이다. 열 개의 태양이 동시에 떠올랐다. 때문에 땅은 불덩이처럼 달아올랐다. 나무 풀을 비롯한 농작물이 모두 타 죽었다.

백성들은 먹을 것을 찾아 떠돌아 다녔다. 그런데 예(羿)는 어느 날과 마찬가지로 땅거미가 진 뒤에야, 사냥에서 돌아왔다. 사냥한 사슴을 횃대에 걸쳐 놓으며, 걱정스런 표정으로 아내 항아(또는 嫦娥)를 바라보았다. 그러나 항아는 다소곳이 저녁상을 차려 내었다.

"큰일이요 열 개의 태양이 한꺼번에 떠오르다니 … 이런 변괴가 또 어디 있겠소? 더군다나 맹수들까지 난동을 부리고 있잖소? 메뚜기 떼는 구름처럼 날아다니고 … 바람은 왜 이렇게 불어댄단 말이오…"

예(羿)는 구운 사슴고기를 자르며 항아를 바라보았다. 아무래도 이 땅위에 모든 생물들은 재로 변하여 바람에 날려 버릴 것 같았다.

"아무래도 활로 태양을 쏘아 떨어 뜨려야 할 것 같소. 별 다른 방법이 없지 않겠소?"

"맹수들이야 마땅히 사냥해 치워야겠지요. 그러나 태양을 쏘아 떨어뜨리는 것은 안 될 일이예요. 하늘이 노할 것 아니겠어요?"

항아는 조심스럽게 만류하였다. 하지만 예는 이 세상을 구제하기 위해서는, 태양을 떨어뜨릴 수밖에 없다고 생각하였다. 다음날 예는 들로 나가, 난동하는 맹수들을 하나하나 사살한 뒤, 하늘을 향하여 화살을 겨냥하였다. 화살은 구름을 가르며 태양을 향하였다. 앞의 태양을 뚫고 지나가 뒤의 태양에 힘 있게 박혔다. 순간 두개의 태양은 불덩이가 되어 땅위로 굴러 떨어지고 말았다. 이렇게 하나하나 아홉 개의 태양을 쏘아 떨어뜨리었다. 그리하여 나라의 평온을 되찾을 수가 있었다. 이와 같은 예의 영웅적인 활약은 백성들로부터 존경을 받게 되었고, 공덕을 칭송하는 노래가 드높았다. 하지만 예는 하늘의 상제로부터 분노를 사게 되었다. 상제의 아들인 태양을 아홉 개나 떨어뜨리었기 때문이었다. 그리하여 죄 값으로 항아와 함께 하늘의 신적(神籍)을 박탈당하였고, 다시는 하늘에 올라갈 수가 없었다.

"제가 뭐라고 했어요? 태양을 쏘아 떨어 뜨려서는 안 된다고 하지 않았나요?"

이로부터 예와 항아와의 사이는 틈이 생기기 시작하였다. 예의 경솔한 행동으로, 영원히 하늘나라의 행복을 누릴 수 없었기 때문이었다. 예는 항아의 원망과 질책을 참고 견딜 수가 없었다. 어느 날 정처 없이 유랑 길을 떠났다. 초여름의 산들바람이 상쾌하였다. 예는 버들 가지가 휘늘어져 하늘거리는 낙수(洛水)를 따라서 걸었다. 한 무리의 선녀들이 깔깔대며 물놀이를 하였다. 낙수의 여신인 복비(宓妃)도 함께 어울렸다. 그러나 왜 그런지 복비 는 수심에 겨웠다. 그러나 물결을 타고 살짝 바위에 나 앉는 모습이 그지없이 아름다웠다. 조식(曹植)은 '낙신부(洛神賦)'에서 다음과 같이 노래하였다.

> 모습일랑 나는 기러기,
> 노니는 용과 같고,
> 광채는 가을의 국화,
> 싱그럽기는 봄솔과 같네.
> 엷은 구름에 가린 달인 듯 하고,
> 가벼운 바람에 날리는 흰 눈인 듯하네.
> 멀리서 바라보면,
> 태양이 아침노을에 떠오르는 듯 하고,
> 가까이 보면,
> 연꽃이 푸르른 물위로 솟아 오른 듯하네.

예의 가슴은 동요하기 시작하였다. 어느새 꽃구름이 둘러 선녀들은 흥겨이 춤을 추고 노래를 불렀다. 이로부터 예와 복비와의 사랑은 깊어갔다. 낮이면 어룡이 어울려 놀듯 물놀이를 하고, 별이 총총한 밤이면 낙수가를 거닐며 사랑을 속삭였다. 하지만 복비의 남편 하백(河伯, 황하의 신)은 더 이상 그들의 깊어만 가는 사랑을 두고 볼 수가 없었다. 달 밝은 밤 하백과 예는 강가로 나가 서로 화살을 겨냥하였다. 하백의 화살이 쉿하고 빗나가는 순간 예의 화살은 하백의 가슴에 깊이 박혔다. 그는 강물로 굴러 떨어졌다. 굴원(屈原)은 '천문(天問)'에서 다음과 같이 노래하였다.

> 왜 황하의 하백을 쏘아
> 낙수의 여신을 아내로 삼았나?

이렇게 되자 예의 아내 항아는 더 이상 분노를 견딜 수가 없었다. 배신감을 떨쳐버릴 수가 없었다. 솟구치는 질투의 불길을 걷잡을 수 없었다. 그날 저녁 항아는 남편의 불사약을 훔쳐 먹고 하늘로 훨훨 날아올라 갔다. 그로부터 예는 매일같이 하늘 높이 걸린 달을 바라보며 항아를 찾았으나 소용없는 일이었다.

그러던 어느 날이었다. 예는 제자 봉몽(逢蒙)과 함께 남산으로 사냥하러 나갔다. 봉몽은 전법(箭法)의 1인자가 되기 위해서는 스승인 예를 제거할 수 있는 좋은 기회라고 생각하고 토끼를 겨냥하듯 스승의 가슴에 화살을 날렸다. 예는 눈을 부릅뜬 채 바위가 구르듯 산비탈을 굴러 내려갔다.(2000.3)

3

소항蘇杭으로

간첩 서시西施

춘추시대였다.

월나라와 오나라가 전쟁을 벌였다. 월나라가 패전하여 월(越)나라 왕 구천(句踐, ?-기원전464)은, 오(吳)나라 왕 부차(夫差, ?-기원전 473)에 의해 포로가 되었다. 대신들은 구천을 죽여 후환을 없애자고 하였으나, 부차는 항복한 사람을 죽이는 것은 어진 행위가 아니라고 생각, 마구간의 말먹이는 일을 맡도록 하였다. 그리고 구천은 오직 살아 환국하겠다는 일념에서, 지저분하고 힘든 일들을 마다하지 않고 열심히 하였다. 원한의 빛을 전혀 나타내지 않았다.

어느 날이었다. 구천은 부차가 병석에 누워있다는 소식을 듣고, 병 문안을 하러갔을 때였다. 마침 부차는 배변을 하고 있었다. 구천은 부차의 배변을 널름 입속에 넣고 맛을 보았다.

"대왕, 대왕께서는 곧 나으실 것입니다. 방금 대왕의 변의 맛을 보 니, 냄새와 신맛이 봄과 여름의 기입니다. 소생의 기미입니다. 의사들 의 말에 따르면, 이럴 경우 곧 낳는다고 합니다."

부차는 구천의 말을 듣고 매우 기뻐한 나머지, 곧바로 구천을 석방하여 월나라로 돌려보냈다. 그는 복수를 결심하였다. 결전을 준비하였다. 오나라에서의 수치를 잊지 않기 위하여, 쓸개를 문 위에 달아놓고, 쓸개즙의 쓴맛을 빨아먹으며 결전의 의지를 다졌다. '와신상담(臥薪嘗膽)'의 상담이었다.

한편 월나라는 패전의 치욕을 설욕하기 위하여, 절세미인 서시(西施, 생몰년미상)를 오나라의 궁궐로 들여보내어, 궁정을 탐정하도록 하였다.

서시가 오나라로 들어온 지 10년째였다. 월나라는 국력이 강성해져 곧 군사를 일으켜, 오나라를 공략할 것이란 계획이 전달되었다. 서시는 오나라의 도읍인 고소성(姑蘇城)의 방어지도를 월나라로 보낼 계획이었다. 그러나 경계가 삼엄하여 그 지도를 쉬이 월나라로 보낼 수가 없었다. 밤낮으로 고심하였다. 머리카락이 헝클어졌다. 옷은 구겨졌다. 음식을 먹지 못하여 몸이 수척하였다. 찌푸린 눈썹의 골은 더욱 깊었다.

"요즘 어디 불편한 데가 있으시오? 많이 수척하였소."

왕은 불안한 마음으로 무슨 근심걱정거리가 있느냐고 물었다.

"대왕! 황공하옵니다. 요즘 가슴의 통증으로 잠을 이룰 수가 없사옵니다."

서시는 가슴을 움켜잡으며 아뢰었다. 마음이 다급해진 왕은, 황급히 시의를 불러 처방을 하였으나, 병은 더욱 악화되는 듯하였다. 오왕은 더욱 답답하여 어찌할 줄을 몰랐다.

"대왕, 소첩이 월나라에 있을 때에, 늘 저의 이와 같은 병증을 치료해 주던 분이 있사옵니다. 저의 숙부인 시로 입니다. 지금 월나라 저라산에 살고 있습니다. 숙부의 약을 다려먹으면 신기하게도 금방 나았습니다."

서시의 말을 따라 오나라왕은 즉시 특사를 파견하였다. 며칠 뒤 시로는 황급히 입궐, 서시를 진맥하였다. 서시의 병은 심각하지 않다고 하였다. 간이 약간 지쳐 있을 뿐이니, 한두 첩의 약을 달여 먹으면 나을 것이라고 머리를 조아렸다.

하지만 오왕 부차는 근엄하게 시로를 꾸짖었다. 오나라의 의원들은 아무도 고치지 못한 병이었거늘, 별것이 아니라면 틀림없이 오진을 한 것 아니냐고 물었다. 아니면 오나라의 의원들을 의도적으로 경시하고자 하는 것 아닌가하고 따지듯 하문하였다.

"대왕! 서시는 저의 조카이옵니다. 제가 오진을 하면, 서시는 죽을지도 모릅니다. 감히 경솔하게 처방 하겠사옵니까?"

시로는 서시의 눈짓을 상관하지 않는 듯 간하듯이 아뢰었다. 이에 오왕 부차는 무엄하다고 생각하고, 보검을 빼어 들더니 시로의 목을 치려고 하였다.

이때였다. 서시가 비명을 지르더니 옆으로 쓰러졌다. 시로는 급히 서시를 응급조치함으로 곧 깨어났다. 서시는 오왕 부차에게 눈썹을 찡그리며 시로를 죽이면, 자신을 살릴 의원이 없음으로 죽 이지 말 것을 울먹이듯 간청하였다. 그때, 재상인 오자서(伍子胥)가 왕의 알현을 급하게 요청함으로 근정전으로 납시며, 병이 나을 때까지 시로를 곁에 머무르게 할 터이니, 안심하고 안정을 가지라고 하였다.

왕이 떠난 뒤 서시는 숙부인 시로에게 자초지정을 소상하게 설명하고, 고소성 방어지도를 꺼내 한 송이 꽃으로 접었다. 그리고 길을 막는 이들에게 어떻게 대답할 것인지 가르쳐 주고, 성 밖으로 배웅하였다. 시로가 꽃을 들고 성문을 나서려고 하는데, 갑자기 재상인 오자서가 길을 막으며, 서시의 병이 아직 낫지 않았는데, 어째서 길을 떠나느냐고 물었다. 돌아가신 아버지를 그리워하다가 우울해져 생긴 병으로 증상에 따라 처방을 잘했으니, 곧 호전될 것임으로 더 이상 머무를 이유가 없다고 하였다.

이에 오자서는 그런데 손에 들고 있는 아름다운 꽃은 무엇이며, 누가 만들어 준 것이냐고 한 발짝 다가서며 물었다.

"서시가 만든 꽃입니다. 소인에게 자신을 대신하여 아버지의 묘에 헌화를 해 달라고 만들어 준 것입니다"

그러자 오자서는 시로의 그럴듯한 대답을 아랑곳하지 않고, 성문을 출입하는 자는 누구를 막론하고 조사를 받아야 하니 꽃을 풀어보자고 하였다. 이 광경을 멀리서 지켜보고 있던 서시는, 오자서가 꽃을 빼앗으려 하자, 급하게 성문 앞으로 달려갔다.

"오상국! 내 물건도 그 대의 조사를 받아야 하는가?"

하고 추파의 눈썹을 찡그렸다. 오자서는 꽃을 풀어보고 싶은 마음이 간절하였으나, 어쩔 수 없이 그를 통과시킬 수밖에 없었다.

그로부터 보름이 지난 뒤였다. 월나라 대부 범려(范蠡)는 시로로부터 서시가 보내준 고소성의 방어지도를 손에 넣을 수 있었다. 그리고 지도에 표기된, 저들의 방어계획을 면밀히 검토를 하였다. 그리고 쓸개를 빨아 먹으며, 설욕의 결전을 준 비해온 월나라는 두 갈래로 진격 고소성을 공격하기 시작하였다. 오나라의 성을 지키고 있던 군사들은 힘없이 무너졌고, 도읍은 함락 당하였다. 기원전 473년 이었다. 오왕 부차는 스스로 목숨을 끊었다.(2004.5)

한산사寒山寺의 종소리

우리일행 10여명은 늦은 밤에 소주 역에 내렸다. 8월 9일이다. 옛부터 소주는 물산이 풍부하여 대외무역이 왕성하였던 곳이다. 삼국시대의 오나라의 손권은 청룡전함을 건조하기도 하였고, 대규모로 항해사업을 개척하기도 하였다. 당, 송이래 역대조정에서는 청룡진에 시박사(市船司)를 설치하고, 한국을 비롯한 일본, 아랍 등의 여러 나라들과 통상을 하여왔으며, 해운이 점차로 발달하여 양송 때에는 고려정(高麗亭), 고소관(姑蘇館) 등을 설치하여, 한국 등의 사신을 맞이하는 영빈관으로 사용하였다. 뿐만 아니라 불교가 소주에 전파되면서부터는, 사회생활에 적지 않은 영향을 끼쳤고, 따라서 여러 나라의 승려들이 내왕하게 되었는데, 특히 원광(圓光)은 소주사원에 머무르기도 하였다. 이렇게 보면 소주야말로 오래전부터 한국 여행객들의 발길이 끊이지 않았고, 그 숨결이 살아 있는 뜻깊은 곳이기도 하다.

아침식사를 서둘러 마치고 일행은 숙소를 나섰다. 시꺼멓고 우중충한 길을 몇 굽이돌아서, 좀 설레 이는 마음으로 한산사(寒山寺) 뜰 앞에 이르렀다. 먼저 머리에 떠오르는 것이, 한산(寒山)과 습득(拾得)이었다. 한산의 생존에 관한 기록들이 남아있지 않아서 잘 알 수 없는 속승이나, 당시의 사람들은 그를 일컬어 가난한 미치광이 선비라고 비웃었다. 그의 이름조차 아는 사람이 없었고, 다만 한암(寒巖)에 은거하였다고 해서 '한산'이라고 하였다.

당시에 한산은 이 절에 자주 들렀는데, 마침 습득이 부엌일을 맡아하였다. 그런데 습득은 한산을 위하여 누룽지를 대바구니에 넣어두면, 언젠가 와서는 먹거나 들고 갔다. 그는 간혹 긴 회랑을 천천히 걷기도 하고, 사람들을 욕하는가하면, 하늘을 쳐다보며 홀로 웃기도 하였다. 그러면서도 그는 3백여 수의 선시(禪詩)를 남겨 놓고 있어, 참된 그의 정신적인 면모를 알아볼 수 있으니, 얼마나 다행이랴 싶어, 절 앞 물길에 걸린 홍교(虹橋)를 오르는데, 둥 하고 신비로운 여운을 끌며 담 너머로 종소리가 울려 퍼졌다.

가을이 오면 숲의 잎이 떨어지고,
봄이 오면 나무의 꽃이 피는데,
삼계에 걸쳐 누워 잠만 자나니,
청풍명월이 내 집일세.
秋到任地林落葉, 春來從爾樹開花.
三界橫眼閒無事, 明月淸風是我家.

한산사(寒山寺)의 종루와 유월(俞越)이 쓴 '풍교야박(楓橋夜泊)'의 시비

어쩌면 그 종소리는 이 시의 여운 같기도 하여, 그동안의 객고를
말끔히 울려 보내주었다.

그리하여 가벼운 걸음으로 절을 돌아 나오며, 많은 사람들이 애송
하고 있는, 당나라의 시인 장계(張繼)의 〈풍교야박(楓橋夜泊)〉의 그
'풍교'가 어디인지 확인해보고 싶은 충동이 생겼다. 사실 풍교가 소주
의 합문(闔門)밖에 있으나, 많은 당시를 연구하는 사람들은 그때에는

이 풍교라는 다리가 없었을 것으로 여기고 있다. 반면에 풍교라는 것은 다름 아닌 강 언덕에 단풍이 들고, 그 옆에 그냥 걸쳐있는 어느 이름 없는 다리였을 것으로 생각하고 있다. 그렇다고 하더라도 안내자를 따라서 풍교를 찾아가 보았으나, 아무래도 실감이 나지 않았다.

> 달은 지고 까마귀 우는 서릿발 가득 찬 하늘인데,
> 단풍진 강가에 고기잡이 불빛은 마주하여 졸고,
> 고소성 밖의 한산사의,
> 깊은 밤의 종소리는 객선에 들려온다.
> 月落烏啼霜滿天, 江楓漁火對愁眠.
> 姑蘇城外寒山寺, 夜半鍾聲到客船.

낡은 기와집들이 즐비하고, 강안의 수목이 별로 없는 등, 아무리 세월을 따라서 강산은 변한다고 하지만, 이 시의 정서와 주위의 풍물의 맛은 아무래도 걸맞지가 않아서, 좀 서운한 마음으로 발길을 돌려야만 하였다.

항주대학杭州大學에서

여행이란 항상 일정한 시간에 쫓기게 마련인가 보다. 다음날 항주대학에서의 돈황학심포지움에 참석하기 위하여, 서둘러 기차 편으로 항주로 향하였다. 항주대학 고적연구소의 장용천(張涌泉)교수를 비롯한 몇몇 교수들이 우리를 마지 하였는데, 다음날 일정에 관하여 의견교환을 하고 바로 헤어졌다.

돈황학(敦煌學)의 석학 장례홍(張禮鴻)선생은 그동안의 돈황학의 연구업적과 전망에 대하여 차분히 설명하였다. 뒤를 이어 본 필자가 한국 돈황학의 연구경향 및 문제점등에 관하여 간략하게 보고하였다.

그리고 임기중(林基中)교수는 〈돈황가사와 한국시가문학〉이란 논문을 요약하야 발표하였는데, 첫 번째의 비교연구라고 하는데, 우선 관심을 갖기에 충분하였다.

돈황가사와 한국시가는 형식뿐만 아니라, 내용과 구성까지도 유사성을 가지고 있고, 갈래의 이름과 전승의 특성, 또한 서로 비슷한 점이 인정된다고 강조 하였다.

또 한 가지 특기할 것은, 그들은 실크의 연구를 돈황학연구의 한 부분으로 비중을 두고 있다고 하는 것인데, 일행 중의 전통복식을 연구하는 분들이 보여준 커다란 관심이었다. 내년 초에 항주에 실크박물관이 개관된다고 하는데, 그렇게 되면 실크의 발전과정을 한 눈에 볼 수 있을뿐더러, 그 실물들을 직접 확인 할 수 있게 된다고 하니, 참으로 다행한 일이 아닐 수가 없다.

이렇게 하루의 일정을 마친 우리는 저녁식사를 서둘러하고, 말로만 들어오던 서호(西湖)로 밤나들이를 하였다. 한나라 때에는 무림수(武林水)라고 하였고, 남북조시대에는 호수 가운데에 금우(金牛)가 출몰한다고 하여 금우호(金牛湖) 또는 명성호(明聖湖)라고 불렸다.

그런데 당나라 때에는 전당현의 경내에 편입되어 전당호로 불려졌다. 그런데 전당현을 봉황산록으로 옮겨오면서, 그 서쪽에 위치하고 있다고 하여 서호(西湖)라고 불려 지기 시작하였다. 북송의 문학가 소동파는 이 서호를 고대 월나라의 미인 서시(西施)에 비교하여 서자호(西子湖)라고 하는 꽃다운 이름을 부여하여 시에서 노래하였다.

오히려 밤바람이 시원하였다. 연꽃 향기가 그윽한 서호를 인력거를 타고 한 바퀴 돌았다.

달 밝은 밤이면 소동파는 시객들과 함께 뱃놀이를 하며 술잔을 기울였다. 아리따운 기생을 짝지어 일엽편주를 띄웠다. 바람에 밀려 편주는 수면 위를 천천히 흘러가다가, 또 다른 배와 교행을 하게 되면, 미리 준비하고 있던 연꽃을 건네주면서, 술잔을 받아 마셔야 했다. 이와 같은 뱃놀이를 새벽녘 달이 질 때까지 하였다고 하니, 그의 시주(詩酒)의 풍류를 알만도 하였다. 그의 '망호루취서(望湖樓醉書)'란 시를 읽어보면 내면의 그의 풍모를 더욱 잘 이해 할 수 있을 것이다.

> 검은 구름 거치어 산을 가리지 않고,
> 맑은 빗방울은 배안으로 뛰어든다.
> 땅을 휘말아 불던 바람 언듯 사라지고,
> 망호루 앞의 물은 마치 하늘처럼 푸르러.
> 黑雲飜墨未遮山, 白雲跳珠亂入船.
> 捲地風來忽吹散, 望湖樓下水如天.

소동파의 이 망호루는 어느 곳인지 자세히 모르겠으나, 공교롭게도 우리 숙소의 이름이 망호(望湖)호텔인 것을 보면, 이 앞의 호수안의 누각이 그곳이 아닐까하는 생각을 하게 되었다. 소동파처럼 뱃놀이를 해보고 싶은 객기가 동했으나, 달이 없는 깜깜한 밤이어서 실행하지 못한 것은 지금도 아쉽기 그지없다.

호수를 돌고 난 뒤 각자 자유로이 흩어졌으나, 아무도 숙소로 돌아가는 것 같지가 않았다. 물론 어디 갈 곳이 뚜렷이 있는 것도 아니었으나, 호반의 커피 집, 야시장의 포장마차 등에서 수시로 얼굴들을 마주칠 수 있었다.

"달이 밝으면 얼마나 좋겠는가?"

"그러게 말이야"

아쉬운 밤이었으나 많이 있음직한 말들을 거두어들이고, 숙소로 돌아오는 길에, 주막의 불빛이 찬란하고 주흥이 겨워 보여 찾아 들어가지 않을 수 없었다. 중국 사람들을 헤집고 넷이서 둘러앉았다. 안주로 '동파육(東坡肉)'을 주문하였다. 사실은 동파(東坡)라는 이름 때문에 흥미를 갖게 되었고, 더욱 맛이 있을 것으로 생각하였다. 아주 묽고 심심한 간장에 오랫동안 졸인 돼지고기였다.

밤이 깊어 가는 데도 이야기는 끝날 줄 몰랐다. 화제는 천방지축이었다. 사랑, 향가(鄕歌), 시, 끝내는 두보(杜甫)에 이르기까지 천하를 주유하였으니, 이만하면 우리네 나들이도 그렇게 낭만이 없는 것만도 아닌 것 같았다.

임포(林逋)는 원래 항주 사람으로, 서호의 고산(孤山)에 초가집을 짓고, 이십년 동안을 성내에 발걸음하지 않았던, 매화를 심고 학을 기르며 살았기에 매처학자(梅妻鶴子)라는 말을 들었던, 탈속적인 선비의 생애의 이야기와 시를 흥을 돋아 읊조리었다. 밤은 깊어만 가는데, 아무도 숙소로 돌아 갈 줄 몰랐다.

4

장사長沙로

아황娥皇 여영女英의 눈물

습관대로 매우 일찍 일어났다. 창밖의 참새 소리가 명랑한 아침이
었다. 장사(長沙)는 성도임에도 시골 같은 느낌을 갖도록 하는 한가
한 도시였다. 호텔 주위를 몇 바퀴 돌다보니, 일행 중의 몇 사람들은
중국 사람들 틈에 끼여 그들의 전통무술인 쿵후를 하고 있었다. 쿵후
의 느린 하나하나의 동작을 제대로 따라하지 못하고, 마음이 조급해
자꾸 빨라지려하는 동작이 웃음을 자아내지 않을 수가 없었다. 또 L
교수 Y여사의 그 무거워 보이는 동작은, 무술 풍자만화와 같이 느껴
졌다. 상강(湘江)에서 불어오는 아침 바람은 매우 상쾌하였다. 불어
오는 바람에 멀어졌다 가까워졌다하는 아침 새의 지저귐은, 잊혀져가
는 아득한 전설들을 읽어가는 듯하였다. 쏴아 하고 바람이 호텔정원
의 대나무 숲을 스쳐갔다.

대순(大舜)의 남방순례는 나라의 가장 큰 일 가운데 하나였다. 당
시에는 교통이 발달하지 않았음은 물론이려니와, 수목이 무성하고 아
직도 많은 곳에는 사람과 짐승이 잡거하고 있었다. 그리하여 대순은

우(禹)에게 국정을 맡기고, 두 아내와 함께 남방 순례 길에 올랐다. 그의 두 아내는 요임금의 딸로, 이름을 아(娥), 영(英)이라고 하였는데, 사람들은 그들을 높여 아황(娥皇)과 여영(女英)이라고 불렀다. 그들은 마차를 타고 대순의 뒤를 따라 황량한 남방으로 향하였다. 오랜 동안의 여행에도 불구하고, 그들은 별로 피로한 기색이 없었다. 밤에는 모닥불을 피워 놓고 둘러 앉아 춤을 추고 노래를 불렀다. 흥이 고조되자 대순은 스스로 악기를 치는 등 밤새는 줄 몰랐다. 비록 남방의 풍토와 음식에 익숙하지 않다고 해도, 별다른 어려움 없이 남방순례의 대오는, 경쾌하게 남쪽으로, 남쪽으로 향하였다. 동정호(洞庭湖) 일대는 땅이 비옥하였다. 대순은 이 지역의 주민들을 모아놓고 북방의 발달한 문화생활과 습관을 소개하고, 농경기술을 가르쳤다. 뿐만 아니라 도자기 고기잡이배 등을 만드는 기술까지도 가르쳐 주었다. 반면에 아황 여영에게도 주어진 임무가 있었는데, 직조기술과 옷을 만드는 방법을 가르쳐 주는 것이었다. 그때까지도 남방 사람들은 옷을 만들어 입을 줄 몰랐다. 그리하여 이 지역의 나이 어린 소녀들은 그들과 가까이 하기를 좋아하였다. 왜냐하면 아황과 여영으로부터 직조와 의복봉제 기술을 배웠을 뿐만 아니라, 노래를 부르고 춤을 추며 어울려 놀기도 하였다. 그리하여 이 지역의 인민들은 아황과 여영을 열렬히 환영하였다. 전설에 의하면 남쪽의 가무는 이들에 의해 전해진 것이라고 하였다. 그러나 대순은 계속하여 남쪽으로 내려가고자 하였다. 그의 목적지는 창오(蒼梧)로, 동정호를 지나 다시 남쪽으로 가야만 하였다. 하지만 그 길은 더욱 황량하고 저습하였기 때문에 인가가 드물었다. 2백 여리를 가도 사람 사는 집을 볼 수 없을 만큼 험난한 길이었다. 그리하여 대순은 아황과 여영으로 하여금 이 상강에 떨어져, 대순이 돌아올 때까지 기다리고 있도록 하였다. 이에 그들

둘만 남겨놓고, 남방순례의 대오는 모두 떠나갔다. 이별이 아쉽고 슬프기도 하였으나, 상강에서도 할일이 있었기 때문에 별로 외로운 줄을 몰랐다. 많은 청춘 남녀들은 항상 그 들을 에워싸고 놀았다. 상강에 뱃놀이를 하기도 하고, 때로는 초원을 달리기도 하였다. 그러는 동안에 가끔 대순의 소식을 들었다. 사슴가죽으로 만든 사슴머리모양의 모자를 쓴 무사들이 그의 소식을 전했다. 상강에서의 바쁜 나날들 속에 어느새 1년이 지나갔다. 이렇게 오랜 동안의 이별은 아무리 바쁘고 즐거운 일들로 소일을 할 수 있다고 하더라도, 남편에 대한 그리움이 사무쳤다. 더군다나 때때로 전해 오던 소식이 몇 달째 끊기기도 하였다. 때문에 그들 두 자매는 눈물을 흘리며, 의논한 끝에 뒤따라 남쪽으로 따라갈 것을 결심하였다. 짐을 꾸리고 옷을 차려 입었다. 상강 인민들과 오랫동안 나눈 정도 깊었으나, 어쩔 수 없이 집을 떠나려던 때였다. 그들의 남편인 대순이 남방을 순행하던 도중에, 풍토병으로 죽었다는 소식이 전해 왔다. 정말로 청천벽력이 아닐 수 없었다. 소식을 듣는 순간 그들은 실신하다시피 하였다.

그들은 상강가의 돌집에 숨어살며, 밤낮을 울음으로 지새웠다. 전설에 의하면 그들은 태양이 떠오르면 돌집 앞에 나와 목 놓아 울었다고 한다. 눈물을 닦아 대나무에 뿌렸는데, 대나무가 갈색의 무늬로 얼룩졌다. 이 무늬는 영원토록 없어지지 않았다. 이 대를 일컬어 상비죽(湘妃竹)이라고 하였다. 그들은 북방에 그들의 고향집이 있음에도, 돌아갈 생각을 하지 않고 거기에서 살다가, 끝내 그 슬픔을 견디지 못하고, 상강에 투신하고 말았다. 그들이 투신할 때에 부근에 있던 사람이 그것을 보고, 즉시 배를 타고 구원하려고 하였으나 찾을 수가 없었다. 이 소식은 멀리까지 전해져 많은 사람들이 다투어 상강가로 모여들었다. 하지만 그들의 흔적은 찾을 수가 없었고, 이 사람들은 상강 언덕에 모여들어 떠날 줄을 몰랐다. 날이 밝아올 무렵, 여러 사람들이 그들을 위한 애도의 노래를 부를 때, 하늘에는 갑자기 오색무지개가 떠 천천히 땅에 드리웠다. 사람들은 이상도 하고 두렵기도 하여 노래를 멈추고 울음도 그쳤다. 순간에 그 오색 무지개로부터 아황과 여영은 구름을 타고 상강의 하늘을 날았다, 그들 앞에는 아름다운 깃발이 펄럭이고, 뒤에는 한 무리의 동자가 합창하였다. 사람들이 모두 그들을 물끄러미 바라보고 있는 동안에, 그들은 천천히 구름 속으로 사라졌다. 이리하여 아황과 여영은 상강의 수신(水神)이 되었다. 예부터 오늘에 이르기까지 상강을 지나게 되는 사람이면 이 아황과 여영의 애틋한 전설을 생각하지 않을 수 없다.

또다시 상강의 바람이 쏴아 하고 대숲으로 붙어 왔다. 상강의 반죽(斑竹)으로 만든 붓이 유명하다던데, 이 붓 몇 자루를 사야겠다고 생각하였다. 이와 같은 여행을 하게 될 때마다 좀 곤욕을 치르게 되는 것은 아내에게 줄 기념 선물인데, 매우 잘되었다 싶었다. 왜냐하면 아내는 붓글씨를 써온 지 그럭저럭 10여년이 되었으니, 이 몇 자루의 붓이야말로 안성맞춤의 선물이 되겠기 때문이다. 무더운 날씨임에도 오히려 날씨가 상쾌한 것은 무엇보다도 이번 여행의 축복이 아닐 수 없다고 이구동성으로 입을 모았다. 차는 동정호를 향하여 달렸다. 시내를 빠져나와 얼마쯤 달리다 보니 멱라수(汨羅水)가 앞을 가로질러 흘렀다. 한강보다 강폭은 좀 좁아보였으나, 짙푸른 강물을 보아 매우 깊을 것으로 생각되었다. 바로 굴원(屈原)이 몸을 던진 곳 이, 이 강이라 생각하니 감회가 깊었다. 굴원이 멱라수에 몸을 던진 지 100년 뒤 에 한나라 때의

상비죽의 붓

굴원

가의(賈誼)는 장사로 가는 길에 이 강을 지나며, 글을 지어 강물에 띄워 보내며 굴원을 애도하였다. '천문'(天問), '초혼'(招塊)을 읽고 그 뜻을 슬퍼하였다. 굴원이 몸을 던진 그 강물을 바라보고 눈물을 흘리고 그 사람됨을 생각해 보지 않은 적이 없다고 그는 술회하였다. 초나라의 회왕(懷王)은 굴원이 진의 사악함을 들어 극구 만류함을 무시하고, 무관(武關)에서 진나라의 왕과 만나기로 하고 말을 달렸다. 그러나 회왕이 무관에 들어서자마자, 이미 매복시켜 놓았던 진나라의 병사들은 일제히 함성을 지르며 일어나 그 뒤를 차단하였다. 그리고 왕을 억류한 뒤에, 땅을 할양할 것을 강요하자, 회왕은 분노하여 듣지 않고, 조나라로 도망하였다. 하지만 조나라가 입국을 허락하지 않자, 회왕은 다시 진으로 돌아와 객사하고 말았다. 이에 맏아들인 경양왕(景襄王)이 왕위에 오르고, 그의 아우인 자란(子蘭)을 재상으로 삼았다. 이때에 초나라 국민들은 자란이 회왕을 권유하여 진나라로 들어가 불귀의 객이 되게 한 사실에 대하여 신랄하게 비난하였다. 또 회왕이 억류 중에 굴원도 그들을 원망하며, 비록 내친 몸으로 떠돌아다니고 있었으나, 군왕들이 깨닫고 세상을 바로 잡아주기를 간절히 바랐다. 재상인 자란은 이러한 사실을 전해 듣고 대노하여, 굴원을 경양왕에게 참소하니 역시 크게 노하여, 이번에는 굴원을 한수 이북에서 양자강남쪽으로 귀양을 보내고 말았다.

굴원은 강가에 이르러 머리를 풀고, 이리저리 거닐며 글을 읊조렸다. 멱라수는 두 갈래의 강물이 모이는 곳으로, 강물은 용솟음쳐 흘렀다. 그는 강물을 그윽이 바라보며 "끝없이 긴 산길이 깊은 숲에 가리어, 가도 가도 길이 보이지 않네."라고 나라의 장래를 상징적으로 표현하였다.

여기에서 굴원의 〈어부사(漁父辭)〉 일부를 소개한다.

– 전략 –

굴원이 대답하였다.

내가 듣건대 새로 머리를 감은 사람은 반드시 갓을 털어 쓰고,
새로 몸을 씻은 사람은 반드시 옷을 털어 입는다고 하였소.
新沐者必彈冠, 新浴者必振衣.

어떻게 희고 깨끗한 몸으로
세속의 티끌과 먼지를 뒤집어 쓸 수 있단 말이오?
어부가 빙그레 웃으며 노를 두드리며 저어가며,

창랑의 물이 맑거든 내가 갓 끈을 씻을 수 있을 것이며,
창랑의 물이 흐리거든 내 발을 씻을 수 있으리라.
滄浪之水淸兮, 可以濯吾纓.
滄浪之水濁兮, 可以濯吾足

– 하략 –

멱라강을 따라 산길을 돌아나가며, 우리 일행은 모두 그의 명복을 빌었다. 머리를 풀고 강가를 서성이던, 그의 모습이 그림처럼 떠올랐다. 불어오는 바람이 그 그림자를 지웠다. 차는 계속 하여 달렸다. 상당히 먼 길이다 싶게 지루함을 느끼기 시작하던 참인데, 길이 막히기

시작하였다. 이미 차들은 꼬리를 물고, 뱀처럼 늘어섰다. 어떻게 된 일인지 꼼짝하지 못하였다. 안내원 아가씨는 분주하게 왔다 갔다 하였다. 강물에 앞의 차가 빠져 인양하는 작업 때문이라고 설명하였다. 나는 오히려 안내원을 위로하며 인양장소를 가 보았다. 아예 길을 가로 막고 인양 작업을 하는 바람에, 상·하 행선이 불통이었다. 언제쯤 끝날 것인지 예측을 할 수가 없었다. 이미 점심때가 지나서 시장한 것은 둘째 치고, 동정호의 스케줄이 무산될 것만 같아 좀 안타까웠다. 몇 시간이나 지났을 것 같았다. 비로소 길이 트였다. 불과 몇 십분이면 갈 거리를 앞에 두고, 그렇게 지체하다니 속이 상했다. 예약된 식당에 들렀으나, 문을 닫고 사람들은 휴식 중이었다. 연락도 오지 않아서 못 오는 줄 알았다고 하였다. 점심을 굶는가 싶었는데, 호텔식당으로 자리를 옮겨 겨우 요기를 하였다. 창밖으로는 바다처럼 넓어 끝이 없는 동정호가 탁 트이었다. 차라리 바다라는 표현이 맞을 것이었다. 그러나 우리가 너무 늦게 도착하는 바람에 동정호의 뱃놀이는 할 수 없게 되었다고 하였다. 모두가 실망하는 표정이었다.

동정호(洞庭湖)는 그 면적이 3천 9백 15 km²나 되는 담수호로, 여러 갈래의 강들이 남서쪽으로 흘러 들어온다. 원래는 이보다도 훨씬 큰 호수였으나, 강물이 유입되면서 실어오는 모래의 퇴적으로 이처럼 축소되었다. 지금도 여름이 되어 비가 많이 내리면, 그 면적이 5천 2백 km²나 되지만, 비가 오지 않는 겨울철에는 3천 1백 km²로 줄어든다. 특히 남현과 안향현 사이에 흘러 들어오는 양자강 토사의 퇴적으로, 대평원이 형성되기까지 하였다. 그 결과로 동정호는 동호와 서호로 나누어지며, 동호가 서호보다도 크다. 동정호가 자주 범람하여 유역의 주민들이 큰 수해를 입기도 하였으나, 최근에는 제방이 정비되어, 홍수 조절을 할 수 있어서 수해를 막을 수 있게 되었고, 도리어

수로의 정비로 수상교통이 발달하였다. 하지만 호텔에서 바라보이는 호수는 망망한 바다 그것일 뿐이었다. 물이 푸를 것으로 생각하였는데, 장마 뒤의 흙탕물과 같이 갈색이었다. 날씨가 그렇게 흐리지도 않은데, 물에서 피어나는 아지랑이 때문인지 호수안의 작고 푸른 산이 있다던데, 잘 보이지가 않을 정도였다. 당나라의 시인 유석우가 '은쟁반위 에 한 푸른 소라'이라고 형용하였던, 그 산이건만, 잘 보이지가 않았다. 이 산의 이름을 군산(君山)이라고 하지만, 옛날에는 동정산(洞庭山)이라고 하였다. '동정호'라는 이름은 이 동정산에서 비롯하였다. 이 작은 산은 풍경이 아름다울 뿐만 아니라, 물산도 풍부한 것으로 이름이 높다. 옛날에는 그 산위에 36개의 정자가 있을 정도로 명승고적이 많았다고 하지만, 지금은 대순의 아내인 아황과 여영의 묘, 진시황의 봉산, 여동빈의 낭음정 등이 있을 뿐이다. 특히, 이 군산의 '상비죽'은 유명하다. 당나라 때의 옹도(雍陶)는 '제군산'(題君山) 시에서,

> 바람과 파도가 일지 않아 그림자 잠기고,
> 푸른색은 전혀 없이 오직 비취색이 진하구나.
> 의심하거니 수선(水仙)의 머리 빗던 곳인가,
> 한 마리 소라 푸른 거울 속에 있구나.

라고 노래하기도 하였다. 또 맹호연도 '동정호에 와서(臨洞庭湖)'라는 시를 남겼으니 이러하였다.

> 8월의 동정호물은 차올라 땅과 같이 평평하고,
> 허공을 적시어 하늘과 합한 것 같다.
> 안개와 습기는 운몽택(雲夢澤)을 덮고,

물결은 악양성을 흔들고 있다.
벼슬에 뜻이 있으나 건널 배가 없고,
한가로이 살자니 성세(聖世)가 부끄럽구나.
낚시를 늘인 사람을 보고 부끄러워하지 말자,
그물을 준비할 생각이 없는 것도 아니지만.

일행은 좀 피로하고 지친 표정이었으나, 동정호를 배경으로 열심히 사진을 찍었다. 그리고 천천히 '악양루'(岳陽樓)를 향하여 발길을 옮겼다. 호텔의 유리창 밖으로 바라보던 동정호 보다는, 위대한 시인 두보처럼 '악양루'에 올라 동정호를 바라보게 되면, 갈색의 흙탕물도, 한층 맑고 푸르고 푸르게 보일 것이 틀림없을 것이다.

호남성제일사범학교 湖南省第一師範學校

우리의 점심식사가 끝날 무렵이었다. 가냘픈 남호(南胡)의 연주가 먼데서인 듯이 아련하게 들려왔다. 아리랑을 연주하였다. 우리는 모두 하던 식사를 멈추고, 무대의 악사를 바라보았다. 그도 방긋거리며 우리의 반응을 살폈다. 나는 악사에게로 다가가 몇 푼의 팁을 주었다. 그는 더욱 신명이 나서 아리랑을 비롯한, 한국의 민요들을 계속하여 연주하였다. 아니나 다를까 하나, 둘 무대 주위로 모여들어 덩실덩실 춤을 추기 시작하였다. 한동안 춤은 계속되었다.

버스는 장사(長沙) 중심가로 들어섰다. 회나무가로수들이 잘 손질되어 있어서, 생각했던 것 보다 상당히 깔끔하고 깨끗한 인상을 주었다. 버스가 길옆으로 미끄러져 멈추자 철제교문이 드르륵 열렸다. 그리고 반백의 노교수가 환하게 웃으며 달려 나왔다. 일일이 악수를 하며 인사를 나누었다. 호남성제일사범학교(湖南省第一 師範學校)라고 내걸린 학교이름이 눈에 들어왔다. 방학 중이었기는 하지만 한명의 학생도 볼 수 없어서 참지 못하고 계단에 올라서며 물어보았더니, 지금은 교사로 사용하지 않고, 기념관으로만 사용하고 있다는 것이었다. 머리위에 '모택동동지청년시기혁명활동진열관(毛澤東同志靑年時期革命活動陳列館)'이란 현판이 걸려 있었다. 홍색바탕에 금색의 흘림체로 써서, 또박또박 활자체로 쓴 학교이름과는 대조를 이루었다. 잠깐 동안 이 학교를 다닐 동안의 모택동의 생활과, 진열관의 내용에 관하여 브리핑을 들었다. 노교수는 수건으로 땀을 닦아가며 매우 진지하게 설명을 하였다. 모택동은 1893년 12월 26일 호남성 상담현 소산충(湖南省湘潭縣韶山)이란 두메산골의, 한 평범한 농가에서 3남 1녀 중 장남으로 태어났다. 소산이란 이 마을은 호남성의 성도인 장사(長沙)로부터는 180여리이상 떨어진 산골마을이어서, 행정력이 잘 미치지 못하였기 때문에, 도둑 떼가 득실거렸다고 한다. 호남(湖南)은 유명한 동정호의 남쪽이란 뜻으로, 신화와 전설이 많을 뿐만 아니라, 이 지역 사람들은 성격이 강인하고 아주 배타적인 특성을 갖고 있다. 역사적으로 이름난 민족주의자들이, 이곳에서 많이 배출된 것도 그와 무관하지 않을 것으로 생각된다. 어쨌든 "호남 사람이 있는 한, 중국은 멸망하지 않는다"라고 하는 속담이 전해질만큼 그들의 자부심은 대단한 것이었다.

이와 같은 지역적인 특성과 특히 성장 과정 중에, 아버지와의 관계에 있어서, 모택동의 혁명적 기질은 배양되었다고 해도 괴언이 아니다. 아주 엄격하고 가혹한 아버지와, 자상하고 화기애애하기 그지없는 어머니 사이에서 '미움'과 '사랑'의 양극을 경험하고 성장해왔던 것을 간과 할 수 없기 때문이다. 그는 여섯 살이 되어서 다른 아이들

과 마찬가지로 소를 기르고 집의 허드렛일을 도왔다. 모택동은 당시 자기의 아버지에 대하여,

"그는 엄격한 선생이었다. 나의 게으름을 대단히 미워했다. 그는 성격이 포악하여 항상 우리를 때렸다. 우리에게 돈이란 것은 준 적이 없고 음식은 가장 나쁜 것을 주었다. 매월 보름이 되면 공인들에게는 계란을 주지만, 한 번도 고기는 주지 않았다. 그러나 나에게는 계란도 고기도 주지 않았다"

라고 술회하고 있다. 또 소학교 때, 그의 친구들의 술회에 따르면 모택동은 아버지에게 모진 매를 맞으면서도, 꼼짝하지 않고 울지도 않았다고 한다. 그렇게 울지도 않고 꼼짝하지 않은 어린이의 마음속에는, 반항심으로 충만해 있었을 것이다.

모택동이 열일곱 살 되던 해에 장사에서 농민들의 폭동이 발생하였는데, 그 폭동은 자신의 일생에 영향을 주었다고 후일 스노우(Snow) 기자에게 술회하였다. 그리고 당시의 사정 을 설명하였다. 동정호(洞庭湖)의 범람으로 수재가 심하였다. 쌀값이 폭등하고, 상인들의 매점매석으로 돈을 갖고도 쌀을 살 수 없을 지경이었으며, 상강에 빠져 죽는 사람들이 발생하였다. 한편 장사시내에는 기민들로 들끓었고, 쌀가게를 포위하여 쌀을 빼앗으려 하였다. 이에 동원된 군인들의 발포로 10여명이 죽게 되었고, 이에 분노한 기민들은 관청, 세관, 상점, 병원 등 닥치는 대로 공격하였다. 마침내는 청의 군사가 파견되어 진압하였으나, 많은 기민들이 참수를 당하였다.

다음해 춘궁기 때에 는 모택동의 고향에도 흉년이 들어 먹을 것이 없어, 먹을 것을 찾아나서는 유랑민들이 줄을 이었다. 모택동의 아버지는 장날 쌀을 팔러가는 도중에, 유랑민들로부터 강탈을 당하는 사건이 발생하기도 하였다. 모택동은 이 사건에 대해, 아버지를 동정하

지 않았지만, 유랑민들의 강탈은, 잘못된 것으로 인식하였다. 열일곱 살이 되던 해에 처음으로 집을 떠나, 동산(東山)학교에 입학하였다. 〈삼국 연의(三國演義)〉를 중국역사의 정통의 맥으로 굳게 믿었던 그였으나, 그것은 일종의 야사에 불과하다는 역사 선생님의 가르침을 따르지 않고, 오히려 대립과 불만으로 자퇴하고 말았다. 그런데 그 다음 해인 1911년 10월 신해혁명이 일어나자, 장사에서 혁명군의 대열에 가담하였다. 그리고 반년동안을 돌아다니다가, 군대를 이탈하고 말았다.

그 뒤 호남성에서는 가장 우수한 학생들이 모여든다고 하는 호남성제일사범학교에 입학하였다. 그는 먼저 성립 제4사범학교에 입학했었으나, 뒤에 제1사범학교와 병합되었다.

여기까지 유쾌한 듯이 설명하던 노교수는 수건으로 땀을 닦은 뒤에, 차를 한 모금 마셨다. 그리고 천천히 5년 동안의 모택동의 학교생활에 대하여, 흥미진진하게 들려주었다. 모택동은 수학, 과학 등의 기초실력이 부족하여 성적이 매우 낮았을 뿐만 아니라, 그림을 그리는 일은 더욱 싫어하였다. 그의 나이 75세 때였다. 홍위병들에게, 학문은 학교에서 나오는 것이 아니라고 말하였다. 학교의 성적은 60점 이상 80점 이하로, 70점만 맞으면 된다고 하기도 하였다.

어떤 시험은 백지를 내기도 하였다. 특히 기하(幾何)시험은 계란 한 개를 그려놓고, 이것이 기하가 아니냐고 반문하기도 하였다. 이와 같이 성적이 부진했던 모택동은 학교생활도 엉망이었다. 그의 행동은 미치광이로 보일만큼 괴팍하였다고 한다. 노교수의 설명은 아니지만, 여러 가지 책에 의하면 당시 생활의 모습을 짐작하고도 남음이 있다. 입학 당시에 지급 받았던, 교복 한 벌을 졸업 할 때 까지 입고 다녔다. 아버지와의 사이가 좋지 않아, 거의 집을 찾지 않았으니, 옷을 사 입을만한 돈도 없을 터였다. 그리하여 교복이 아니면 두루마기 같은 장포를 즐겨 입었는데, 겨울에는 바지를 껴입기도 하였다. 신발이래야 항상 너덜너덜 해진 것이었고, 여름에는 아예 맨발로 다녔다. 겨우 하나였던 이불마저도 더럽고 때가 붙어, 솜은 딱딱하게 굳어 버렸다.

그를 가까이 하면 냄새가 났을 뿐만 아니라, 옷 위로 이가 설설 기어 다닐 정도로 궁핍한 생활을 하였다. 그러나 부끄러워 하기는 고사하고, 오히려 당당하여 친구들이 비웃어도 개의치 않았다. 이 와같이 보잘 것 없고, 허술한 옷차림의 그는 항상 방안에서 잠을 자지 않고, 주로 교실 밖에서 노숙을 하였다. 다만 비나 눈이 오거나 서리가 심한 때라야, 지붕 밑으로 기어들어와 잠을 잤다. 방이 아닌 복도의 마루에서 웅크리고 잤는데, 철저하게 다른 사람과 함께 잠자리하는 것을 싫어하였기 때문이었다고 한다. 비가 오는 날이면, 비로 목욕을 하기위해 옷을 벗고 뛰어다녔고, 햇살이 뜨거울 때면 일광욕을 즐겨하였다. 또 강풍이 몰아치는 날이면, 고래고래 소리를 지르면서 바람을 맞았는데, 이른바 '바람목욕'이었다. 겨울방학 때에는 그 무서운 추위도 아랑곳 하지 않고 산, 들판을 쏘다니기 일쑤였고, 상강(湘江)에서 수영을 즐기기도 하였다. 휴일에는 학교 뒷산에 올라가, 줄지어 서있는 나무들을 청중삼아 한바탕 연설을 하였다.

다시 한 모금 차를 마시는 노 교수의 얼굴을 바라보며, 위와 같은 모택동의 기행이 사실인지 물어보고 싶었으나, 아무래도 짓궂은 질문이 될 것 같아서 삼가 했다. 노교수는 끝으로 모택동은 학비조달이 어려워 아르바이트를 하였고, 그리하여 다른 학생들 보다 1년 이상을 더 다녀야 했으며, 성적이 나쁜 탓에 항상 맨 뒤쪽에 앉아 공부를 했다고 설명하며, 교실로 들어섰다. 교수의 설명대로 교탁을 중심으로 맨 오른쪽 줄의 끝에서 두 번째가 모택동의 좌석이었다. '모택동동지의 자리(毛澤東同志的座位)'라고 빨강색 글씨로 팻말을 올려놓았다. 그 자리에 앉아 스승인 양창제(楊昌濟)의 영향을 깊이 받았다. 양창제는 일본, 영국, 독일 등지에서 오랫동안 철학을 연구하고, 후에 북경대학의 교수로 이름을 날렸는데, 그는 '실천'을 매우 중요하게 생각하였다. 교탁에 선채로 모택동의 자리를 바라보며, 나 자신을 돌이켜 보기도 하였다. 평생을 교육에 종사해오는 나로서는 나름대로 학생들을 사랑하고 무엇인가를 깨우쳐주려고 노력해오고 있으나, 그 가운데 누구라도 이 와 같이 인격의 변화를 시켜줄 수 있어서, 이 사회의 위 대 한 인물로 키워낼 수 있을 것인가 하는 것이었다.

모택동의 숙소는 어떠했을까? 이층 나무 침대로 여덟 명이 잘 수 있는 숙소는, 당시의 그대로 잘 보존되어 있었다. 입구 오른쪽으로 1층의 침대가 모택동의 자리였는데, 당시에 쓰던 하얀 휘장이 처져 있었다. 휘장은 구멍이 나기도 하고, 온통 낙서로 범벅 이였다. 그러나 이와 같은 안락한 침대를 두고 주로 노숙을 즐겼으니, 아무리 생각해도 기행(奇行)이 아닐 수 없다. 그렇게 다른 사람과 잠자리를 하기 싫다고 하는, 단순한 이유만으로 노숙을 하였다니, 어처구니없었다. 숙사의 뒤뜰에는 우물이 있는데, 아침저녁으로 냉수 목욕을 잊지 않았다

호남성 제1사범학교. 모택동이 앉아있던 자리에서(1991.8)

고 설명했다. 하지만 비를 맞는 것도, 바람을 맞아 소리를 지르는 것도, 노숙을 하는 것도, 냉수욕을 하는 것도 정권을 장악하기 위한 황제로서의 신체를 단련하기 위한 것이라고 스스로 이야기하기도 했다.

연안에서 모택동과 강청

숙소를 지나 복도를 따라가다 보니 열람실이었다. 당시의 여러 신문, 잡지들이 있었다. 그 열람실의 입구에는 모택동의 학창시절중의 생활신조가 붙어 있었다. 첫째, 돈을 말하지 않는다. 둘째, 집안일을 말하지 않는다. 셋째, 여자를 말하지 않는다고 하는 것 이었다. 이 세 가지 신조가운데의 첫째, 둘째는 그런대로 모택동 일생동안에도 잘 지켜졌다고 할 수 있으나, 셋째의 여자관계는 어떠했는가? 그야말로 여인들과의 파란의 생활이 끊임없었으니, 신조를 어긴 셈이 아닐까한다. 모택동은 본처와 헤어지고, 양개혜(楊開慧), 하자진(賀子珍), 강청(江靑), 장옥봉(張玉鳳) 등과 살았으나, 모두 원만하지 못하였다.

마지막으로 노교수는 열람실을 나와 교정을 돌아서며, 모택동의'신민학회(新民學會)'조직에 관하여 설명을 다하였다. 그는 이 제일사범학교 재학시절에 인간의 숭고한 이상의 실천을 꿈으로 키워왔다. 그의 모든 사상의 바탕이 되었다. 그리하여 졸업을 얼마 남겨 놓지 않고, 그 사회이상을 실천할 중심세력을 구성할 목적으로 신민학회(新民學會)를 조직하기에 이르렀다. 이 모임은 모택동 스스로 엄선한

13명의 발기인으로, 1918년 4월에 정식으로 발족하였다. 그들은 뒷날 모두 중국 공산당에 가입하여, 모택동을 도와 정치활동을 다하였다.

모택동은 그해 북경으로 가, 스승인 양창제교수의 집에 머물면서, 북경대학 도서관의 직원(助理)으로 일하였다. 그러나 다음 해인 26되던 해에는, 상해를 경유하여 장사로 돌아와 '호남학생연합회'를 조직하여, 지역 군벌을 몰아내려고 하였다. 그해 러시아혁명이 발생하였고, 다시 북경으로 돌아왔을 때에 사랑하는 어머니가 서거했다. 그러나 장사로 돌아가지 않았다. 그 이후로부터 모택동의 혁명활동은 치열하게 전개되었고, 드디어 중국을 통일하였다. 거대한 공산주의 국가가 탄생하였다.

어느새 우리 일행은 대기 중인 차에 하나 둘 오르기 시작하였다. 노 교수는 아직도 할 이야기가 많은 듯, 아쉬운 표정을 지으며 손을 흔들어 우리를 전송했다. 모처럼의 시간적 여유가 있어서 각기 흩어져 쇼핑을 하기로 하였다.

※ 〈중국의 붉은 별〉 참고

모택동의 강청江青

모택동은 파란의 연애를 하였다고 했는데, 그가 처음 결혼한 것은 양개혜(楊開慧)였다.

1921년 7월 21일(혹은 20일이라고 함)에 상해에서 중국공산당이 성립되었다. 전국대표자대회라고는 하지만, 모택동을 포함해 13명뿐이었다. 이 대회에서 진독수가 당 총서기로 당선되었다. 이 대회에서 모택동은 말석이었다고 하는데, 하여튼 그 당 대회에 참석한 뒤 곧장 장사로 돌아와 양개혜와 결혼하였다. 모택동이 28세 때였다.

그 뒤 중국의 국내정치 상황은 우리가 아는 바와 같이 국공합작, 분열 등으로 어지러워지고, 홍군은 장개석군에 밀려 소위 '장정'을 시작한다. 10만 명의 홍군을 이끌고 포위망이 비교적 허술하였던, 서남으로 탈출하였다. 어렵게 양자강을 건넌 홍군이 대설산을 넘고 육반산에 도착한 것은 서금(瑞金)을 떠 난지 꼭 1년 5일만이었다. 모택동은 감개가 무량한 나머지 육반산(六盤山)이란 시를 읊었다.

> 높은 하늘 하얀 구름,
> 남쪽으로 날아간 기러기를 바라본다.
> 만리장성에 와보지 않고야,
> 사나이라 할 수 있으랴
> 생각하니 행군 이만 리.
> 육반산 높은 봉우리.
> 홍기는 서풍에 펄럭이고,
> 지금 손 안에는 기다란 끈,
> 어느 때야 푸른 용을 묶을 수 있으려나?
> 天高雲淡, 望斷南飛雁.
> 不到長城非好漢, 屈指行程二萬.
> 六盤山上高峰, 紅旗漫捲西風.
> 今日長纓在手, 何時縛住蒼龍？ (1935년 10월)

모택동은 이렇게 어렵고 지루한 1년여의 '장정' 끝에 연안을 근거지로 삼아, 통일전선전술활동을 전개한다.

알다시피 강청(江靑)은 1930년대 상해의 삼류영화배우였으나, '王老五'라는 영화의 주연을 하면서 점차 이름이 알려졌다. 그런데 강청은 연안 근거지의 홍군을 위문하기 위하여, 남편과 함께 연안으로 달려갔다. 겉으로는 홍군을 위안한다는 것이었으나, 사실은 모택동을 수중에 넣고 싶은 욕망의 행로였다. 공연은 시작되었다. 맨 앞줄에 앉아있던, 모택동은 연이어 담배를 피워 물었다. 강청은 공연보다도 모택동의 동정을 살피기에 여념이 없었다. 그의 두 손가락 사이의 담배 불이 타들어갔으나, 그것은 아랑곳없이 강청의 공연에 넋을 앓고 있었다. 강청의 시선은 담뱃불을 떠나지 않았다. 담배 불은 끝까지 타들어가 따끔하고, 넋 잃은 모택동을 일깨웠다. 강청은 속으로 미소를 지으며 욕망이 성취될 것을 의심하지 않았다. 공연을 끝내고 분장실에서 옷을 갈아입고 있을 때에 모택동이 찾아왔다. 몹시 추워 보인다며 모택동은 옷을 벗어 강청에게 입혀주고 공연관람을 잘했노라고 가버렸다. 다음날 강청은 옷을 반납해 주기 위해 모택동을 찾아 갔으나, 그날 밤 그녀는 숙소로 돌아오지 않았다. 하자진(賀子珍)에 이은 4번째의 처가 되었다. 약속한 시간이 되어 우리일행은 다시 버스가 대기하고 있는 장소로 모여들었다. 좋은 벼루를 사 좋아하기도 하였다. 소상반죽으로 만든 대 붓을 사기도 하였다. 나는 주자(朱子)의 서첩을 펴 보이며 일행들에게 호들갑스레 자랑을 하였다.

정강산井崗山에서 북대하北戴河까지
- 모택동의 몇 수의 시 -

모택동은 모든 문예활동은 가장 자유스러운 인류의 정신활동으로써 어떠한 간섭과 속박을 받아서는 안 된다고 강조하였다. 그리하여 "필 꽃은 모두 피어라(百花齊放)", "하고 싶은 말은 다하라(百家爭鳴)"는 문예정책을 실시하였다.

모택동은 정치혁명가로서 문예의 본질을 잘 이해하고 있고 또 많은 시를 쓰기도 하였다. 문예가 현실적인 정치에 미치는 영향을 고려하여 그의 문예의 자유선언과는 달리 일체의 문화 예술은 일정한 계급에 속하며 일정한 정치 노선에 속한다. 예술을 위한 예술, 정치를 초월한 예술은 존재 하지 않는다. 때문에 모든 문예는 정치를 따라야 하고 정치에 귀속 되어야 한다는 정치제일주의를 내세웠다.

하지만 모택동은 장정(長征)의 감회를 많은 시에 담아 놓았다. 특히 중국고전시가의 하나인 사체(詞體)를 빌어서 쓴 것을 보면 시사에 대한 깊은 이해가 있었음을 알 수 있다. 사의 기원은 시경(詩經), 음악 문학이 탈바꿈하여 당나라 때에 비롯되었다. 그러나 실제로는 송나라 때에 이르러서야 발전하여 꽃을 피웠다.

어쨌든 그의 남겨놓은 몇 편의 시를 골라 소개함으로 당시 어떤 생각을 가지고 있었는지 알아 보고자한다.

정강산 井崗山

산 아래 펄럭이는 깃발의 물결을 바라본다,
산머리 북소리 둥둥 울린다.
적군은 겹겹이 에워싸고 있지만,
나는 오히려 의연 하여 꼼작인들 하랴.

일찍이 방어진을 구축하여 삼엄하고,
또한 우리 뜻은 강한 성처럼 쌓였네.
황양계의 포성은 작열 하고,
적군은 밤중에 도주했다는 소식이네.
山下旌旗在望, 山頭鼓角相聞.

敵軍圍困萬千重, 我自巋然不動.
早已森嚴壁壘, 更加眾志成城.
黃洋界上炮聲隆, 報道敵軍霄遁. (1928년 가을)

광창로상廣昌路上

온 천지가 하얀데,
눈 속의 행군일랑 더욱 박절하구나.
머리 위 높은 산,
바람에 홍기 나부끼며 대관을 지나네.

어디로 가는 길인가?
감강의 풍설이 아득한 곳.
명령은 어제 내려지니,
십만 노동자 농민은 길 안으로 행군하네.
漫川皆白, 雪裏行軍情更迫.
頭上高山, 風卷紅旗過大關.
此行何去? 贛江風迷漫處.
命令昨頒, 十萬工農下吉安. (1930년 2월)

16자령十六字令

산,
채찍을 가해 말안장에 달라붙듯.
놀라 머리를 돌아보니,
세자 세치 하늘에 닿을 듯.

산,

바다 강을 뒤엎듯 말아오는 노도.

나르듯,

만마는 전선을 질주한다.

산,

푸른 하늘 찌르듯 날카롭구나.

하늘은 떨어져 내리려 는 듯,

우뚝 그 사이를 받치고 있네.

山, 快马加鞭未下鞍. 惊回首, 离天三尺三.

山, 倒海翻江卷巨澜. 奔腾急, 万马战犹酣.

山, 刺破青天锷未残. 天欲堕, 赖以拄其间. (1935년)

장정長征

홍군은 원정의 어려움을 두려워하지 않는다,

수많은 강과 산들 오직 아무런 걱정 없어.

다섯 신령이 구불구불 비등하는 가는 파도이랴,

오몽산의 몽실몽실한 봉우리 진흙방울 흘러내림인가.

금사강의 강물은 운애에 철썩철썩 따듯하고,

대도교를 건너나니 철색이 차가워라.

더욱 기뻐라 민산의 천리의 눈이,

3군이 지나간 뒤 다하는 구나 기쁜 웃음을.

紅軍不怕遠征難, 萬水千山只等閑.

五岭逶迤腾細浪, 烏蒙磅礴走泥丸.

金沙水拍雲崖暖, 大渡橋橫鐵索寒.

更喜岷山千里雪, 三軍過後盡開顔. (1935년 10월)

남경南京을 점령하고

종산의 비바람 황량하게 일고,
백만의 강한 군사 큰 강을 건넌다.
호랑이 웅크리고 용이 서려 오늘이 어제를 이 기어,
하늘과 땅이 번복하다니 감개가 무량하다.
장병들 용기로 비틀대는 적을 추격 하나,
명예를 낚기 위해 항우를 흉내 낼 수 없네.
하늘이 만약 정이 있다면 하늘 또한 늙을 터,
상전벽해야 말로 인간의 바른 길이네.

鍾山風雨起蒼黃, 百萬雄師過大江.
虎踞龍盤今勝昔, 天翻地覆慨而慷.
宜將剩勇追窮寇, 不可沽名學霸王.
天若有情天亦老, 人間正道是滄桑. (1949년 4월)

유아자柳亞子 선생과 함께

왜 이렇게 밝아오지 않는가 대륙의 밤은,
백년 요괴가 선무를 춘다,
5억의 백성들 뭉치지 못하다니.
수탉이 해를 치며 우니 하늘이 밝아,
백성들 노래 부르며 우전을 연주한다,
시인들도 일찍이 이 같은 흥겨운 모임이 없었다니.

長夜難明赤縣天, 百年魔怪舞翩躚, 人民五億不團圓.
一唱雄雞天下白, 萬方樂奏有於闐, 詩人興會更無前.
(1950년 10월)

유아자柳亞子 선생에게

제선왕은 안촉을 앞으로 오라하고,
안촉은 제선왕을 앞으로 오라하고,
군신간의 옥신각신,
그렇게 오랫동안의 모순,
국민당, 공산당의 모순이 가이 없었거니,
이제야 일소하고 신기원을 이루었어라.
참으로 시인은 좋아하여 높이 노래를 부르며 오거늘,
바로 조선 전선의 승리 소식에 화답하니,
묘향산 위에 전승기가 펄럭인다.
顔觸齊王各命前, 多年矛盾廓無邊, 而今一掃紀新元.
最喜詩人高唱至, 正和前線捷音聯, 妙香山上戰旗姸.

(1950년 11월)

북대하北載河

북쪽에 쏟아지는 큰 장마 비,
흰 물결 하늘가에 도도하네
진황도 밖의 고기잡이 배,
까마득한 바다 아무것도 보이지 않는데,
어디를 향하여 가고 있는 가.
거의 1천 년 전에 얼
위의 무제가 채찍을 휘두르며,
동쪽 갈석에 시를 남겼네
소슬한 가을바람 이제 다시 불어오고,
세상은 바뀌었다네.

大雨落幽燕, 白浪滔天, 秦皇島外打魚船.

一片汪洋都不見, 知向誰邊?

往事越千年, 魏武揮鞭, 東臨碣石有遺篇.

蕭瑟秋風今又是, 換了人間. (1954년 여름)

5

동정호洞庭湖로

동정호의 푸른 흙탕물

과연 동정호의 그 갈색 흙탕물이 푸르고 푸르게 보일 것인지 궁금해 하며 악양루를 향하였다. 좀 피로했던지 무겁게 발걸음을 옮겼다. 수염이 말린 듯 추녀 끝을 말아 올린 남방의 독특한 건축양식이 우선 새롭게 눈앞에 다가섰다. 단청이 화려한 4층의 목조 건물이 우뚝 선 채 맞이하였다. 석양의 햇빛을 받아 황금색 지붕이 찬란하게 빛났다. 삐걱거리는 마룻바닥을 밟으며 1층부터 4층까지 돌아 올라가, 다시 동정호를 바라보았다. 푸르다 못해 심록이라던 그 물빛은 호텔 창밖으로 바라보던 때의 흙탕물빛 그대로였다. 오던 길을 그렇게 고생스럽게 하더니, 겨우 이렇게 맞이하는가 싶어 은근히 화가 치밀었다. 심안(心眼)이 있다던가. 아직도 그 눈이 뜨이지 않았는가 싶어 몇 번이고 눈을 씻고 호심에 떠있다던, 군산(君山)을 찾았으나, 물 아지랑이가 시계를 가로막았다. 모택동(毛澤東)이 휘갈겨 쓴 두보의 '악양루에 올라(登岳陽樓)'란 현판이 걸려 있어 좀 의아해 하였다. 낡은 것들은 헐어버려야 한다던 그가, 악양루는 헐어버려서는 안된다고 하고 현판까지 해 걸었다니, 순간 무엇을 생각하였던지, 궁금하지 않을 수 없었다.

악양(岳陽)을 옛날에는 '파릉(巴陵)' 또는 '파구(巴邱)'라고 하였는데, 역사적으로 대단히 중요한 전략의 요충지였다. 수륙교통의 중심지였기 때문에, 소상 북녘의 문이라고 하였다. 그 위에 지형이 험하여 방어하기에 쉽고, 공격하기에는 어려운 곳이어서, 역사적으로 쟁탈전쟁이 끊임없었다. 역사책에 기록된 바에 의하면, 그 옛날에는 악양은 삼묘족(三苗族)이 모여 살던 곳이었으며, 춘추시대에는 초나라에 속하였다. 진시황이 중국을 통일한 뒤에 악양은 장사(長沙)에 속하였고, 3국 시대에는 오(吳)에 속하였다. 이름을 구(邱)라고 하였다. 청나라 때의 '파릉현지'에 의하면, "오나라의 주유(周瑜)는 파구에서 죽었다. 그 이후 손권은 노숙(魯肅)으로 하여금 1만 명의 군사를 파구에 주둔하게 하였다"라고 기록하였다. 또 '융경악주부지'에 의하면, "3국 시대에 손권과 유비는 '오림'에서 조조를 격퇴하였다. 그 때 조조는 강릉으로부터 파구를 거쳐 적벽에 이르렀다. 그런데 오(吳)의 주유는 그 주력을 방어하였다. 부장인 황개(黃蓋)는 거짓으로 투항하여 배에 불을 질렀다. 바람을 타고 불길이 거세게 번져 배는 한척도 남김없이 모두 타버렸다."라고 기록하였다. 이렇게 몇몇 기록만 보더라도, 악양은 군사적으로 대단히 중요한 곳임을 알게 한다.

노숙은 천하가 대란에 휘말리게 되자, 가사에는 별 뜻이 없어, 모든 사재를 털어 어려운 사람들을 구제하고, 우국지사들과 교분을 갖기도 하여, 사람들로부터 칭송을 받았다. 그 뒤 주유는 안휘성의 현관으로 있을 때, 1백여 명의 병사를 이끌고 와 노숙에게 식량을 구하였다. 노숙의 집에는 큰 곡창이 두개 있었는데, 그 가운데 한 개를 아무런 조건 없이 주유에게 주었다. 그러자 주유는 노숙에게 손권을 따르라고 권고하였으며, 흔쾌히 승낙하였다. 그러므로 그는 부하 1백여 명을 이끌고, 주유를 따라 강남으로 오게 되었다. 주유는 노숙을 정중하게 손권에게 추천하였다. 술상을 차리도록 하여 통쾌하게 술을 마시며, 정세에 관한 의견을 교환하기도 하였다. 노숙의 당시 정세에 대한 분석은 상당히 날카로운 것이어서, 오히려 손권의 존중을 받았다. 그런데 조조가 80만 대군을 이끌고, 강남을 공격하여 일거에 오를 멸망시키고자 하였다. 당시 노숙은 주유와 함께 적극적으로 응전할 것을 주장하였다. 유비와 연합하여 조조와 맞서 싸울 것을 주장하였는데, 그것이 손권에게 채택되어, 노숙을 찬관교위로 임명하였다. 그리하여 그는 주유를 도와 적벽에서 조조의 군대를 대파하였다. 그 뒤 조조는 북방으로 쫓겨 가고, 손권, 유비는 형주에 대한 격렬한 쟁탈전을 벌여, 악양은 다시 전쟁의 와중에 휘말려들게 되었다. 그 후 주유는 파구(악양)에서 병으로 죽고, 손권은 노숙으로 하여금 주유의 직무를 대신 수행하도록 하였다. 이렇게 파구를 수비하게 된 노숙은 동정호를 수군의 훈련기지로 하여 한층 훈련을 강화하는 한편, 서문의 성문 위에 한 성루를 건축하도록 하였다. 그리하여 수군을 검열하고 지휘하기에 편리하도록 하였는데, 그것을 '열군루(閱軍樓)' 또는 '열병루(閱兵樓)'라고 하였다. 전하는 바에 의하면 이것이 바로 오늘의 악양루라고 하였다. 동정호를 중심으로 수륙양군의 훈련을 강화함으로, 국력이 튼튼해졌으며, 그 힘을 배경으로 노숙은 스스로 관운장 등과도 담판하여, 상강을 경계로 위, 촉, 오 3국의 정립의 형세를 이룩하였다. 또한 조조는 경거망동하여 남으로 내려오지 못하였다. 그는 임기 중에 병으로 인하여 46세의 젊은 나이로 죽었으나, 악양 인민들은 그를 기념하기 위하여, 열군루 동남쪽에 안장하고 묘를 크게 수축하였다.

호남 한창(漢昌, 악양의 옛 이름)의 '악양루', 강서 남창(南昌)의

'등왕각(縢王閣)', 호북 무창(武昌)의 '황학루(黃碼樓)'를 일컬어 '삼창고루(三昌古樓)' 또는 '강남삼대고루'라고 하였다. 이처럼 '악양루'는 '열병루' 에서 유명한 유람지로 바뀌었고, 수많은 시인, 묵객들이 이곳에 올라 시를 쓰고 읊었다. 그들이 남겨놓은 시는 다 헤아릴 수가 없을 만큼 많았으며, 모두 악양루의 아름다운 형상을 시에 담았다. 맹호연, 이백, 두보, 한유, 유종원, 백거이 등은 악양루에 올라 모두 시를 남겼다.

악양루岳陽樓를 오르며

　안사(安史)의 난 이후였다. 두보(712-770)의 동생인 두관(杜觀)은 두보와 편지를 자주 하였는데, 사천을 떠날 것을 권유하였다. 두보는 기주에서는 생활을 유지할 수 있었으나, 기후가 맞지 않고 친구들도 없었기 때문에, 언젠가는 떠날 심산이었는데, 마침 동생의 권유도 간곡하여 사천을 떠나기로 결심을 하였다. 두보는 당나라 대력 2년 (767) 2월 살구꽃이 필 무렵, 계획대로 백제성(白帝城)에서 배를 타고 구당협(瞿塘峽)을 빠져나왔다. 그리고 험준한 삼협(구당협, 무협, 서릉협)을 지나 2월에 형주에 도착하였으나, 반란이 일어나 세상이 어지러웠다.

　이에 북행을 단념하고 잠시 형주에 머물렀다. 도움을 받을 만한 친구들도 없고, 생활비를 조달할 능력도 없어, 생활은 날로 구차하였다. 몸은 날로 쇠약해지고 귀가 먹고 오른팔이 마비되어 편지조차 쓸 수 없었다. 아들 종무가 대필하여 벗들에게 편지를 쓰는가 하면, 담화도 필담으로 하였다. 두보는 형주에서도 생활을 유지할 수 없었기 때문에, 당 대력 3년(768) 겨울에 식구들과 함께 호북 공안을 출발하여

악주(악양)로 향하였다. 낡은 배인지라 바람과 추위를 막을 수도 없었다. 뱃전에 부서지는 물바람은 살을 예이는 듯이 하였다. 지루하고 고통스러운 뱃길 끝에, 눈이 펄펄 내리는 동정호 나루에 겨우 도착하였다. 그리고 세모의 추운 겨울, 경물에 의탁한 시인의 처절한 심경을 노래하였다.

악양루에서(1991.8)

위대한 시인 두보(712-770)는 그래도 남쪽으로 가면, 아마도 붕새와 마찬가지로 파란 창공에 날개를 펼 수 있지 않을까 하는 희망을 버리지 않았다. 그는 지금의 처절한 심정을 꽃으로 피웠다. 피골이 상접한 회갑이 가까운 노인의 얼굴에 눈물이 줄줄 쏟아져 내렸으나, 미소를 띠고 있었다. 그는 아들 종무에게 악양루를 올라가 보자고 했다. 효성이 지극하였던 종무는 뱃전을 베고 어설피 잠들어 있었으나 얼른 일어났다.

눈은 멈추지 않고 쏟아졌다. 그러나 마침 바람이 불지 않아, 날씨는 포근한 느낌이었다. 두보는 아들의 부축을 받으며, 한 걸음 한 걸음 가파른 길을 걸어 올라갔다. 말로만 들어왔던 동정호였다. 그리고 악양루였다. 그는 악양루를 등에 지고 멀리 동정호를 바라보았다. 눈앞은 막힘이 없이 호호탕탕하였다. 하늘과 땅이 마치 호수에 잠겨있는 것 같이 느껴졌다. 이때에 지은 시가 바로 '악양루에 올라(登岳陽樓)'라는 시이다.

옛날부터 들어온 동정호,
이제야 악양루에 올랐다.
오, 초나라는 동과 남으로 갈라 겼고,
하늘과 땅은 밤낮으로 물속에 떠있네.
친한 친구에게서는 편지 한 장 없고,
늙고 병든 나에게는 단지 배 한 척뿐,
관문 북쪽에서는 전쟁이 끝나지 않았는데,
난간에 기대니 눈물만 쏟아지는구나.

순간 성안 종루에서는 황혼을 알리는 종소리가 무겁게 울려 퍼졌다. 두보는 온통 하얗게 쌓인 눈길을 더듬어 다시 배로 돌아왔다. 그리고 흰죽 한 그릇을 마시고, 차가운 배의 바닥에 누웠다. 눈을 감고 잠을 자려 하였으나, 걱정만 더할 뿐이었다. 흘러내리는 눈물을 삼키며 돌아누웠다. 두보는 이곳에서도 살 길이 막막하여, 악양을 떠나 담주(長沙)를 거쳐 형주(衡陽)에 이르렀다. 이전부터 알고 지냈던 형주 자사를 찾아 갔으나, 그는 이미 죽었다고 하였다. 그리하여 두보는 다시 뱃머리를 담주로 돌리었다. 이 시기에 그는 어디에 안주할 곳이 없어서, 일년 반의 세월을 배에서 보냈다. 늦여름의 날씨는 찌는

듯이 더웠다. 다시 담주(장사)로 돌아온 두보는, 시장 바닥에 약을 펼쳐 놓고 팔았다. 그리하여 생계를 유지할 수밖에 없었다. 그러던 어느 날이었다. 소환이라는 사람이 두보를 찾아왔다. 두 사람은 찻집에 들어갔다. 그는 최근에 지은 시라고 하며 두보 앞에서 시를 읊었다. 그의 시를 다 읽고 난 두보는 감동한 나머지, 그의 시를 높이 평가하였다. 그 후 두 사람은 매일 만나 시에 관한 이야기를 하고, 집안에 어려운 일까지 이야기를 하였다.

이 무렵 현종의 총애를 받던 이구년(李龜年)을 만났다. '강남에서 이구년을 만나다'라는 시가 바로 그때 지은 것이다.

기왕 댁에서 늘 보았고,
최구댁 대청 앞에서는 몇 번이고 연주를 들었소.
지금은 강남에서 풍경이 제일 좋은 때인데,
꽃이 지는 이때 여기서 또 그대를 만나게 되었구료.

그러나 담주는 호남 병마사의 반란으로 전란에 휩싸이게 되어 서로 헤어져 피난을 갔다. 두보는 다시 가솔을 이끌고 배를 타고 형주로 향하였으나, 중도에서 큰 비를 만나게 되어 상강을 벗어나지 못하고, 오르락내리락 하였다. 하지만 오랜 동안의 수상생활로 병이 더하여 배 안에 몸져눕고 말았다. 그리고 끝내 그는 일어나지 못하였다. 대종 대력 5년(770) 겨울에 59세를 일기로 갈기갈기 찢어진 옷을 걸친 채, 추위에 오들오들 떨며 눈을 감고 말았다.

두보가 섰던 자리에 서서 동정호를 바라보니, 그의 고달픈 인생 역정에 관하여 위로와 아쉬움을 금할 수 없었다. 일행은 악양루를 배경으로 부지런히 카메라 셔터를 눌렀다. 그리고 악양루를 중심으로 한 좌우의 삼취정(三醉亭), 선매정(仙梅亭)을 둘러보았다. 그 다음 회보정(懷甫亭)으로 내려가는 길이었다. 중국 관광지에서는 항상 볼 수 있는 관광 기념품 판매소를 들렀다. 붓과 먹 등을 팔고 있었다. 그렇지 않아도 사려고 하였던 상비죽(湘妃竹)으로 만든 붓이 있어, 속으로 쾌재를 부르며, 다른 사람에게 **빼앗길세라** 얼른 샀다. 많다면 모르겠으나, 대의 무늬가 이만큼 아름다운 것도 물론이려니와, 상비죽으로 만든 붓이 몇 자루 없었다. L교수에게 자랑하였더니 자기도 한 자루 사고 싶다고 하였으나, 맘에 드는 것이 없어 끝내 사지 못하고 말았다. 우리 일행은 회보정을 바라보며 동정호 나루터로 한 걸음 한 걸음 내려갔다. 돌아갈 시간에 늦지 않도록 약속한 시간에 돌아오라고, 안내원의 몇 번이고 당부하는 소리를 뒤로 하며, 두 손으로 호수의 물을 떠 보았다, 멀리 떠나가는 배가 보였다. 두보의 배가 아닌가 싶었다.

이백李白의 우정

이백은 당나라 개원 13년(725)이니까, 그의 나이 26세 되던 가을이었다. 사천을 떠난 이후 30여 년 사이에 여섯 차례나 동정호에 배를 띄워 놀이를 하였으며, 여러 편의 시를 남겼다. 이백은 사천을 떠난 다음해 여름, 친구인 오지남(吳指南)과 함께 배를 타고 악양에 이르러, 동정호에서 뱃놀이를 하였다. 하지만 너무나 더운 탓이었던지, 오지남은 병에 걸려 죽고 말았다.

객지에서 친구를 잃다니 기가 막힌 일이었다. 하늘이 캄캄하고 땅이 꺼지는 것 같았다. 이백은 친구의 시체를 부둥켜안고 하염없이 울

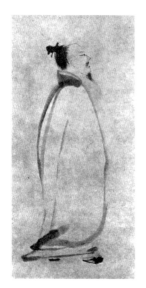
이백의 행음도

다 지쳐 쓰러졌다. 끼약, 끼약하는 갈매기의 음흉한 소리에 깨어나, 잃었던 정신을 차리었다. 그는 싸늘한 친구의 시체를 호수가의 우거진 갈대숲을 헤치고, 갈매기의 둥지처럼 둥지를 틀고 내려놓았다. 인가라고는 없는 황량한 곳이어서, 아직도 들짐승이 출몰하는 그런 곳이었다.

그리하여 이백은 밤낮으로 며칠 동안 시신을 지키고 있다가, 흙 속에 매장한 다음 슬픔을 머금고 이곳을 떠났다.

그 뒤로도 이백은 도저히 동정호반에 어설프게 매장한 친구 오지남을 잊을 수가 없어서, 그는 결혼한 지 2년 뒤에 그의 묘를 고향으로 옮길 것을 결심하고, 다시 동정호로 찾아왔다. 묘를 파헤쳤으나, 그때까지도 그의 시신은 썩지 않아, 친히 깨끗이 씻은 다음 봇짐처럼 싸 등에 걸머지고, 강하(江夏)에 와 돈을 빌려 안장을 하였다고 하니, 이백의 마음 됨을 알 수 있지 않겠는가 싶다.

이백은 여러 차례 동정호에 뱃놀이를 하고 악양루에 올라 시를 지었는데, 현재에 전해지고 있는 것은 모두 15수로, 거의 모두가 그의 특유한 호방함을 반영하고 있다. 그 가운데에 장사(長沙)에 좌천되어 온 시인 가지(賈至)와 함께 동정호에 노닐며 지은 시 한수를 소개하고자 한다.

동정호에서 서쪽을 바라보면,
초강이 들어가는 것이 분명히 보이고,

남쪽을 바라보면 수평선 끝까지,
밝게 개어 구름 한 점 없다.
해 는 지고 장사의,
가을빛이 멀리 이어졌으니,
어느 곳에서 상군(湘君)을,
조상해야 좋을지 모르겠네.

삼취三醉한 여동빈呂洞賓

"비록 붉은 꽃이 아름답다고 해도, 파란 잎이 받쳐 주어야 한다"라는 속담이 있듯이, 악양루(岳陽樓)는 그 주위에 파란 잎처럼 선매정(仙梅亭)과 삼취정(三醉亭)이 있기 때문에 한층 아름답다. 악양루의 왼쪽에는 청기와의 선매정, 오른쪽에는 황기와의 삼취정이, 악양루와 함께 품(品)자 형태로 배열되어 있다. 이밖에 동정호반에 회보정(懷甫亭)이 있어, 악양루의 의의를 더욱 크게 하고 있는데, 이 정자들에 대하여 간략하게 설명하고자 한다.

선매정(仙梅亭)은 전해오는 이야기에 의하면 명나라 숭정(1628-1644)에 악양루를 수리할 때, 파도가 넘실대는 호반의 모래더미 속에서, 한 돌조각을 발굴하였는데, 그 위에는 잎이 없는 말라빠진 매화 한 가지가 새겨져 있었다. 줄기가 마르고 잎도 없었으나, 꽃 스물 네 송이가 피어났다. 사람이 조각한 아무런 흔적이 없이 자연적으로 피어있는 본래의 모습과 같았다. 당시의 사람들은 그것은 신선의 유적이 틀림없다고 생각하고, 한 작은 정자를 지어 그 가운데 매화석을 세우고, 선매당(仙梅堂)이라고 이름을 지었다. 그 후 전화(戰禍)가 끊이지 않아, 선매당은 무너지고, 매화석은 온데간데없었다. 청나라 때에 이르러, 악양루를 중수하게 되었는데, 그때에 한 민간인의 부뚜막 돌로 사용한 매화석을 찾아내었다. 그러나 이미 훼손되어 매화 무늬가 뚜렷하지가 않았다. 그리하여 그것을 모각하여, 옛 정자 자리에 새로이 정자를 세웠다.

'삼취정(三醉亭)'은 악양루의 오른쪽에 있는데, 청나라가 악양루와 선매정을 중수할 때에 창건한 것으로, 원래의 이름을 '망선각(望仙閣)'이라고 하였다.

이 망선각은 여동빈(呂洞賓)을 기념하기 위하여 지은 것이다. 전설에 의하면 악양의 태수는 악양루를 천하제일의 아름다운 누각으로 중수하고자 하였다. 그러나 뛰어난 목수를 찾지 못해 밤낮으로 초조해 하였다. 안타까워하였다. 그러던 어느 날이었다. 관아의 공무로 바쁜 날이었다.

어떤 기골이 장대한 노인이 태수를 찾아뵈러 왔다고 아뢰었다. 내어준 명함에는 회암객(回巖客)이라고, 초서로 날아갈듯 휘갈겨 썼다. 태수는 즉시 모셔 들이라고 하였다. 태수는 얼떨결에 벌떡 일어나, 그를 맞이하였다. 푸른색의 포의를 입고, 창포짚신을 신고 있었다. 그리고 하얀 수염이 가슴에 휘날렸다.

손에는 한 자루 불진을 들고, 등에는 한 자루의 보검을 메고 있었으며, 허리에는 세 개의 큰 동전을 차고 있었다. 태수는 속으로 범상하지 않은 사람이 틀림없다고 생각하였다. 이에 술상을 들이게 하고, 마주 앉았다. 태수가 먼저 물었다.

"선생께서 하관을 찾아 주시니 무슨 일이옵니까?"

그는 한참동안 대답이 없었다.

태수는 그의 표정을 읽으며 술을 권하였다. 그는 술을 한 잔 마신 다음 입맛을 다시며, 하얀 수염을 쓰다듬어 내렸다. 그리고 빙그레

웃으며,

"저는 화주회도사(華州回道士)라고 합니다."

라고 우선 자신을 소개하였다. 그리고 찾아온 이유를 설명하였다.

"저는 최근에 대인께서 하루 종일 근심 걱정하는 것을 알고 있습니다."

"그러 하오면…"

태수는 몹시 놀라지 않을 수 없었다.

"무슨 어려운 일이 있으십니까? 들려주실 수 없겠습니까?"

하자 태수는 서둘러 대답하였다.

"악양루를 중수하려고 합니다. 천하제일의 누각으로 중수하려고 하오나, 그만한 목공이 없어 시작하지 못하고 있습니다."

자칭 '화주회도사'는 웃으며 자기는 어려서부터 토목건축을 해왔고, "모든 궁전누각, 사묘는 소인이 건축했습니다. 대인께서 괜찮다고 하시면, 제가 맡아서 할 수 있도록 하여주시면 고맙겠습니다."라고 하였다. 그리고 늙은 도사는 소매 속에서 한 장의 그림을 꺼내어, 태수의 면전에 내보였다. 3층의 날아갈 듯한 악양루였다. 태수는 기쁨을 감추지 못하였다. 즉시 목공들을 악양루에 불러 모았다. 그리고 도사를 스승으로 삼는 예식을 거행하고, 모두 그의 하나하나의 지시에 따라서 악양루를 짓기 시작하였다.

한 사람 한 사람 나누어 일을 맡았다. 일은 질서정연하게 진행되었다. 몇 개월의 시간이 흘러갔다. 잘 깎고 다듬고 한 목재들을 맞추어 가기 시작하였다. 정말 놀랍게도 한 개의 못도 사용하지 않고, 악양루는 지어졌다.

악양루가 낙성되는 날, 태수는 악양루에서 잔치를 베풀어 도사의 공을 치하하였다. 그러나 그 늙은 도사는 잔치에 마련한 음식과 물건들을 가난한 이웃사람들에게 나누어 주기를 바랐다.

그런데 갑자기 가벼운 바람이 불더니, 그는 보이지 않고, 다만 하늘로부터 한 장의 종이가 날려 떨어졌다. 그 위에는 다음과 같이 쓰여 있었다.

> 용문의 여동빈(龍門呂洞賓),
> 도(道)로 악양루를 지었거니와,
> 사람들은 나를 알아보지 못해,
> 그래 회도인(回道人)이라고 했지.

그제야 악양의 태수는 8신선 가운데 한 신선인, 여동빈 이라는 것을 알았다. 그리하여 그를 기념하기 위하여, 여동빈상을 새겨 악양루에 봉헌하였다.

여동빈이 악양을 지나갈 때였다. 한 노송(老松)아래에서 쉬고 있었다. 바람이 불었다. 그런데 한 노인이 그 나무 꼭대기로부터 내려와, 여동빈에게, 한 알의 단약(丹藥)을 주고 한 수의 시를 읊었다.

> 홀로 와서 홀로 앉아,
> 세상 사람들 몰라준다고 한하지 않아.
> 오직 성남의 노수정(老樹精)은,
> 신선이 지나가며 쉬는 것을 알아.

전설에 의하면 여동빈은 악양루에서 삼취(三醉)를 하였다. 그리고 즉흥적으로 시 한 수를 지었다. 그리고 그 시를 낭음하며, 동정호를 날라 넘었다.

그 뒤에 여동빈은 항상 동정호를 내왕하였다고 한다. 역대로 그가 내왕한 흔적이 있었으나, 청나라 때에 이르러 그의 흔적을 찾아 볼 수 없었다. 어떻게 하여 그가 내왕한 흔적을 찾아볼 수 없게 되었는지, 사람들은 몹시 안타까워하였다. 하루빨리 악양에 다시 나타나기를 기다려, 정자의 이름을 망선각(望仙閣)이라고 하였다. 그러나 오래가지 못하고 붕괴하고 말았다. 그 뒤에도 몇 차례의 개축을 하고, 이름도 바뀌어 '삼취정'이라고 하였다. 연희의 장소가 되기도 하였다. 현재 삼취정의 1층 가운데에는, 여동빈의 술에 취한 화상이 있고, 그 위에는 그의 시구들이 걸려있다. 나는 그의 시구들을 찬찬히 읽어가며, 그의 떠돌이 생활에 대하여 생각하며, 악양루의 뒤뜰을 돌아 나왔다.

〈악양루기岳陽樓記〉를 둘러싼 논쟁

범중엄(范仲淹)의 '악양루기'는 과연 동정호(洞庭湖)를 와보고 쓴 것 일까 하는 문제는 아직도 학자들 간에 이견이 분분한데, 뒤 뜰의 주랑 벽의 대리석에 새겨진 악양루기를 손바닥으로 더듬으며, 안내원에게 그것을 어떻게 생각하느냐고 물어보았다. 안내원은 대답대신에 그 문제에 관한 설명책자를 보면 알 수 있을 것이라고, 기념품 판매점으로 안내하였다. 기념품을 파는 것 이외에도 악양에 관한 안내책자들을 팔고 있었다. '악양루사화'라는 책을 샀다. 그 책자에는 '악양루기'의 작가인, 범중엄이 동정호에 왔었다는 설과 오지 않았었다는 두 가지 설로 나누어 자세히 설명하였다. 먼저 '악양루기'의 앞의 일단을 읽어 보도록 하자.

"내가 대체로 파릉군의 훌륭한 경치를 돌아보니, 동정호를 중심하여 그 가운데 모든 경치가 들어있다. 호수는 넓고 아득하여, 멀리 산을 입에 물고 있는 것 같고, 장강을 머금은 듯 끝없는 물줄기가 뻗어있어서, 그 모양은 호호탕탕하여 옆으로 끝 간 데를 몰랐다. 아침 태양빛과 저녁 어스름 구름 바람과, 그 밖의 모든 경물의 변화가 다양하여, 여러 가지경치를 나타낸다. 이것이 악양루를 멀리 바라본 풍경이다.

… 북쪽은 무협의 급류에 통하고, 남쪽은 멀리 소수와 상수에 미치어, 이 지방은 예부터 귀양살이하는 불운한 사람과, 뜻을 얻지 못한 시인묵객들이 많이 모이는데, 그들이 이 악양루를 돌아보는 정감은 각기 자신의 처한 경우에 따라서 다르지 않다고 할 수 없다. 실로 가지각색의 심경이었을 것이다.”

이 일단의 글을 읽어만 보아도 동정호를 와보지 못한 사람이, 이렇게 사실적으로 묘사 해 낼 수 있을 것인지 의문이 가지 않을 수 없다. 그러나 작자 범중엄이 동정호를 와보지 못하고 썼다는 설을 주장하는 사람들은, 나름대로의 여러 가지 증거를 제시하고 있다.

와보지 않고 그만큼 천고의 빛나는 글을 쓸 수 있었던 것은, 그가 소주(蘇州)인 이었기 때문이라는 것이다. 비록 동정호는 와 보지 못하였다고 하더라도, 그의 고향인 태호(太湖)에 대하여 잘 알고 있었기 때문에 쓸 수 있었다는 것이다. 또 와 보고 썼다는 설을 주장하는 사람들은, 여러 가지 역사책들의 기록에 근거하고 있다. 범중엄은 계부를 따라서 동정호반의 안향(安鄕)에서 살았다. 아침저녁으로 동정호에서 놀았기 때문에 ‘악양루기’를 쓸 수 있었다고 하는 것이다. 어쨌든, 이 두 가지의 주장 가운데 와 보고 썼다는 것이, 비교적 합리적이라는 생각을 하며, 둘러갈 길을 재촉하였다.

버스는 넓은 길을 집어 삼키듯이 빠른 속도로 달렸다. 돌아 올 때에 둘러 보리라던 굴원대학을 시간이 촉박해 지나쳐 버릴 수밖에 없었다. 조금 아쉬운 마음이었다. 어느새 장사시의 외곽으로 차가 돌아들어 오는 동안에, 시내의 전기불이 들어오고, 어둠이 짙게 드리웠다. 무사히 돌아왔다 싶었는데, 상강다리에서부터 길이 막히기 시작하더니, 좀 체로 빠지지 않았다.

　호텔의 밤은 조용히 깊어갔다. 이튿날 오후 우리 일행은 계림(桂林)으로 가기 위하여 기차역으로 나갔다. 외빈용 좌석을 예약했었으나, 차표를 살 수가 없기 때문에 일반석을 타고 갈 수 밖에 없다고 하였다. 그 넓은 대합실에는 모두들 어디로 가려는 사람들인지 입추의 여지가 없었다. 여름의 땀내를 맡으며, 얼마동안을 기다렸을까, 그만 주저앉고 싶었는데, 괴물처럼 거대한 기차가 미끄러져 들어왔다. 이틀 동안을 안내했던, 눈이 항상 젖어 있던 아름다운 아가씨는 연거푸 눈물을 닦아내며 손을 흔들었다.

　아가씨의 손 흔드는 모습이 점처럼 사라지고, 기차는 어둠을 뚫고 달리기 시작하였다.

마왕퇴馬王堆의 애틋한 전설

　다행히도 맑은 날씨였다. 몹시 더울 것으로 다짐하였는데, 차라리 선들선들한 느낌마저 들어 상쾌한 마음으로 마왕퇴를 찾아 나섰다. 마왕퇴는 동쪽으로 외곽을 벗어나 한 초라한 농촌마을 뒤쪽 에 자리 잡고 있었다. 이곳에 원래 두 개의 토총(土塚)이 있었는데, 전해오는 이야기에 의하면 오대(五代)때의 초왕(楚王)인 마은(馬殷)의 묘지였기 때문에 '마왕퇴'라고 불러왔다고 한다. 이 두 개의 토총은 동서로 서로 인접하여 말안장 모양을 하고 있어서 '마안퇴(馬鞍堆)'라고 하기도 하였다. 그리고 여러 문헌에 기록된 바에 따르면 '이희묘(二姬

墓)’, ‘쌍녀분(雙女墳)’이라고 하였다.

즉 한나라 초에 장사왕 유발(劉發)의 어머니 ‘당희’와 ‘정희’ 묘지라고 하는가 하면, ‘유발’과 ‘왕희’의 분묘라고 하기도 하였다. 또 청나라 때의 ‘호남통지’에도 “두 묘가 장사현 동쪽에 있다”라고 기록하고 있다.

한나라 경제(景帝)는 ‘정희’를 몹시 사랑하였다. 물론 그녀는 매우 아름다워 경제의 마음을 사로잡았다. 어느 날 밤 경제는 정희를 입궁하도록 불렀으나, 몸이 불편하여 시녀인 ‘당아’를 입궁시켜 수청을 들도록 하였다. 그러나 그날따라 임금께서는 술이 너무 취해, 다행히도 진위를 구별할 수 없었다. 그 뒤 ‘당아’는 임신을 하여 아들을 낳았다. 그리고 이름을 ‘발’이라고 지었으며, ‘발’은 자라서 장사왕으로 봉해졌다. 전설에 의하면 정희, 당희가 죽은 뒤에 함께 이곳에 매장하였다고 하였다.

그와는 또 달리 그녀는 원래 한궁(漢宮)의 노래 잘하고 춤 잘 추는 궁녀였다고 한다. 그런데 황제의 눈에 들어 비(妃)로 선택 된 뒤에 아들을 낳았다. 그 뒤에 황후의 질투를 받아 생명의 위험을 느끼게 되어 궁궐을 탈출하여 멀리 도망을 가버렸다. 이 마을 저 마을 전전하다가 두부를 파는 한 늙은이에게 시집을 갔다. 아들이 성장하여 황위에 오른 뒤에, 다시 어머니를 만나게 되었다고 한다.

그런데 1972년 초로부터 1974년 초까지 장사 마왕퇴 3기의 토총이 계속하여 발굴됨으로, 분묘의 주인이 밝혀졌다. 이 3기의 한 묘에서는 3천여 건의 문물이 발견되었고, 살아 움직이는 듯한, 한 구의 여자 시신이 발굴되었다. 따라서 한나라 초기의 정치, 경제, 문화 및 사회를 연구함에 있어서 대단히 중요한 자료를 제공하게 되었다.

이 3기의 묘는 서한 때의 ‘장사승상’, ‘대후이창(大侯利蒼)’의 가족

묘지임이 밝혀졌다. 제2호묘 가운데에서 '長沙丞相', '侯之印', '利蒼'이라고 새겨진 3개의 인장이 발견되어, 한나라초의 장사국 승상의 가족묘임을 분명하게 증명하게 되었다. 역사문헌에 의하면, '이창'의 죽음은 B.C.186년이며, 제3호 묘는 그의 아들의 묘로 B.C.168년에 사망하였다. 제1호 묘는 '이창'의아내의 묘로, 출토된 인장에 근거하면, 그녀의 이름은 신추(辛追)로, 아들보다도 좀 뒤에 사망한 것으로 추정되고 있다. 이 3기의 토총의 규모는 거대해서, 제1호 묘의 경우를 보면 봉토로부터 묘실까지의 길이가 20.5m, 동서의 넓이는 17.8m나 되었으며, 외관의 길이는 6.73m,

마왕퇴 명정

넓이는 4. 81m, 두께는 41cm나 되었다. 그 규모의 거대함을 쉽게 짐작할 수 있다. 내관은 융, 비단 등으로 장식을 하거나 옻칠로 꽃문양을 그렸다. 그리고 하늘의 흘러가는 구름 살아있는 듯한, 여러 가지 모양의 신기한 새와 짐승을 그려 장식하였다. 이런 것들은 모두당시의 민간신앙 습속과 관계있는 것들이나, 다음 기회가 있을 때에 생각해 보기로 하고, 지금은 묘에서 출토된 값지고 귀한 많은 수장물품에 관하여 알아보기로 한다.

제1호와 제3호 묘의 내관위에는 모두 '丁'자형의 백화(帛畵)가 덮여 있었는데, 그 그림의 내용은 서로 비슷하였다. 그림의 위로부터 아래로 하늘, 사람, 지하세계의 모습을 묘사하였다. 하늘에는 해, 달, 별, 부상나무(신목이며 여기에서 해가 뜬다고 함), 천신을 비롯한 하늘나라의 수문장이 그려져 있고, 가운데 인계에는 묘주인의 출행 및 제사의 장면들이 묘사되었다. 그리고 아래의 지하세계는 한 거인이 두 마리의 자라위에 올라서서 대지를 떠받들고 있는 모습을 그렸다. 이 백화의 위치나 형태 등을 미루어 보아 우리 장례예속 가훈데 '명정'에 해당하는 것임을 알게 한다.

제3호분 관실의 동서 양벽에는 두 장의 장방형의 백화가 걸려 있는데, 서벽의 백화는 길이가 2.12m, 넓이는 0.94m로 많은 사람, 수백 필의 말, 수십 대의 마차가 그려져 있는데, 그 내용으로 보면 출정하는 군대의 검열 장면이었다. 동벽의 백화는 지나치게 훼손되어 그 내용을 잘 알 수 없지만 집, 차마, 부녀들의 뱃놀이 등의 그림으로 미루어보아, 묘주인의 생전 호화로운 생활을 반영하고 있는 것으로 여겨진다.

제3호분에서는 한 개 까만색의 칠합이 발굴되었는데, 그 안에는 습기에 찬 실크가 담겨 있었다. 그것은 모두가 고대의 '백서(帛書)'로 모두 20여종의 12만자가 넘는 것들이었다. 종이가 발명되기 이전의 중국에서 '죽간'이나 '목판'에 글을 쓰거나 새겼기 때문에 "죽서" 또는 "간서"라고 하였다. 대략 춘추후기에 이르러서 비단에 글씨를 쓰고 그림을 그리는 것이 유행하였다. 이와 같이 비단위에 쓰는 것을 '백서'라고 하였으며, 비단이 하얗기 때문에 '소서(素書)'라고 하기도 하였는데, 한나라 때에 이르기까지 죽·백을 혼용하였다. 고대의 '백서'가 어떤 모양의 것인지는 아는 사람이 드물었으나, '마왕퇴'에서 발굴됨으로 그 진상이 밝혀졌다. 이 '백서'의 글자체는 대체적으로 3가지 종류였다.

첫째 전서, 둘째 예서, 셋째 진예로 되어 있는데, 상나라 때의 갑골문, 주나라 때의 금석문을 이어 진한 때의 한자의 변화과정을 알아볼 수 있는 것들이어서, 서예에 있어서도 자못 가치가 크다고 하겠다.

'백서'의 내용은 거의가 역사, 철학으로 '노자', '갑을 양종', '주역', '춘추사어', '전국종횡가서'를 비롯한 의학, 과학에 관한 것들이었다. 특히 '오성점(五星占)' 및 천문에 관한 기록 등은 괄목할 만한 천문학에 관한 것이어서, 더욱 흥미를 자아낸다. 천기의 기록, 천체의 측량, 천체측량기기 등의 것들은 지금에 생각해 보아도, 커다란 성과가 아닐 수 없다.

'오성점'은 대략 6천자로서 앞부분은 점에 관한 글이고, 뒷부분은 5성(五星)의 위치이다. 옛날사람들은 비, 바람, 번개, 천둥 등 자연현상에 관하여 과학적으로 이해를 할 수 없었기 때문에 절로 자연을 숭배하게 되었고, 그 후 점성술이 등장하였다. 하늘의 변화를 통하여 사람들의 화복을 추측하였고, 그리하여 점성술은 발전하였다.

'백서'에는 진시황 6년(B.C.241)으로부터 한 문제3년(B.C.177)까지의 목성, 토성, 금성의 위치를 기록하고 있는데, 별의 관측이 십분 상세한 것을 알 수 있다. 예를 들면 이들 행성의 주기에 관한 기록을 현재 주기와 비교해 보면, 금성의 경우 불과 0.48일의 차이밖에 나지 않는데, 상당히 정확하니 놀랍다고 하지 않을 수 없다.

또 목간, 악기, 칠기, 목용(木俑), 실크제품 등이 출토되었는데, 이 가운데에서도 특기 할 만 한 것은 실크복식이었다. 많은 복식가운데에 '소사단의(素絲單衣)'는 길이가 1백 28cm인데, 무게는 겨우 48그램밖에 되지 않았다. "매미날개와 같다", "안개와 같다"라는 표현은 매우 걸 맞는 표현으로 당시 중국의 실크제조의 기술이 얼마만큼 높았던가 하는 것을 잘 말해 주는 것이었다.

이밖에 더욱 세계를 놀라게 하였던 것은 2100여 년 동안을 썩지 않고, 산사람과 같은 모양으로 묻혀있던, 제1호 묘의 이창의 아내인 신추의 시체였다. 신장 154cm, 발굴 당시의 그녀의 체중은 34.3kg이었다. 체형을 온전하게 갖추고 있었으며, 온몸은 윤택하고 피부는 탄력성까지 있었다. 대부분의 모발은 그대로 남아 있었으나 가발이었다. 시체의 혈액형은 'A'형인데, 가발의 혈액형은 'B'형인 것으로 확인되었다. 부분 부분의 관절들은 오그렸다 폈다할 수 있었고, 방부제를 주입시키자 전신으로 퍼져나갔다. 내장도 완전하게 남아있어서, 그 방부 액은 속으로까지 퍼졌다. 여러 방면으로 연구한 결과에 의하면, 살아있을 때에 그녀는 동맥경화, 담석 등의 병을 앓고 있었다고 한다. 식도와 위장에서는 참외 씨 1백 38개가 검출되었는데, 이것은 참외를 먹은 지 오래되지 않아 죽었음을 보여주는 것이다. 그리고 사람이 죽을 때면 입을 꼭 다무는 것이 보통이겠으나, 그와는 달리 혀를 길게 빼고, 입을 크게 벌리고 있는데, 그것은 배안에 가득 찼던 가스가 밖으로 터져 나오면서 생긴 현상이라고 하였다. 어쨌든 시체가 부패하지 않고, 몇 천 년 동안을 잠들고 있었다고 하는 것은, 정말로 불가사의한 일이었다.

중국의 고대복식은 상·주이전의 남녀의 복식형식은 기본적으로 같은 것이어서, 일반인들은 모두 상의하상(上衣下裳)을 하거나 혹은 '심의(深衣)'를 입었으며, 신분의 구별은 재료와 문양 밖에 없었다. 하지만 한나라 때에 이르러, 부녀들은 예복으로 심의를 입었다. 신을 경배하고 조상에 대한 제사 때가 아니면, 혼, 상례 때에 입었다. 일상생활에 있어서는, 그들은 윗저고리, 아래치마로, 옛날의 '치마'와 큰 변화가 있는 것은 아니었다. 옛날의 치마(裳)는 남녀가 다 같이 입었으나, 한나라 때의 '군(裙)'은 같은 치마이나 부녀의 전용 품으로 바뀌었다. 그 이후로도 치마의 양식은 대단히 많은 변화를 가져왔다. 마왕퇴 제1호 묘에서 출토된 치마'는 매우 작아서 현대여인들이 즐겨 입는 꼭 끼는 치마와 같은 것이었다. 중국부녀들의 복식은 위·진·남·북조이후 북방의 많은 소수민족의 영향을 받아서 뚜렷한 변화를 보여 왔다. 위가 길고, 아래가 짧은 것이, 위가 좁아지고, 아래가 풍부해졌다. 넓은 옷, 넓은 띠에 소매는 좁아지고, 몸에 꼭 맞도록 바뀌어갔다. 하지만 당나라 때의 부녀자들의 복식은 가장 기본적으로 하피, 삼, 치마였다. 치마는 길어서 땅에 끌리었다. 삼은 안에 받쳐 입었고, 오늘날의 숄처럼 어깨에 하피를 둘렀다.

제1호 묘에서 출토된 신을 검토해보면, 한 나라 때의 중국 부녀자들은 '전족'을 하지 않았음을 증명할 수 있다. 당나라 이후주(李后主) 때에 비단으로 발을 동여매고, 춤을 추 게 한 이후로 부터 전족이 유행하였다고 하였는데, 신빙성이 없지 않다.

마왕퇴 제3호 묘에서는 한 폭의 전통무술의 기본도형이 발견되었다. 높이 50cm, 길이 1m의 이 그림은, 남녀노소 44명이 4열로 그려졌는데, 짧은 저고리, 긴 포, 짧은 바지 등을 입고, 대부분이 맨손이었다. 몇 사람들만이 운동기구를 들고 있을 뿐이었으며, 각기 다른 운동 자세를 취하고 있다. 이 운동은 '외단공(外丹功)'의 가장 오래전의 기본 자세로, 호흡과 신체운동을 잘 결합시킨 한 가지 의료보건체조로 흥미 있는 것이었다.

이 그림은 3가지로 분류할 수 있는데, 첫째, 운동의 자세로 펴고, 무릎을 굽히고, 옆으로 돌리고, 뛰는 등등의 지체운동을 설명하고 있다. 이외에도 호흡운동을 비롯한 곤봉, 모래주머니, 접시, 공 등을 이용한 운동도 없지 않은데, 무엇보다도 이들 양생술에 있어서 가장 중요한 것은 호흡운동이어서 '행기(行氣)'를 으뜸으로 쳤던 것 같다.

마왕퇴(馬王堆)에서 발굴 한 '무술기본도형'

　둘째, 이 운동의 자세는 어떤 동물의 자태를 모방하는 것 에 대한 설명이다. 곰의 나무에 올라가는 모습, 원숭이의 동작, 새의 나는 모습 등을 모방하여 사람이 새처럼 가벼워져 날아다닐 수 있기를 목표로 하였던 것 같다.

　셋째, 이 운동이 여러 가지 질병에 대한 치료의 설명으로 많은 분량을 할애하고 있는 것을 보면, 예나 이제나 건강을 지키려는 노력을 얼마나 많이 하였던가 하는 것을 알 수 있다. 그러나 사람은 죽을 수밖에 없다고 하는 것이다. 그러나 죽음이 있어서, 희망의 삶을 소유할 수 있을 것이라는 생각을 하며, 기를 토해내며 죽어간 그 미라의 혼나간 모습을 머릿속에 떠올리며, 어두컴컴한 유물 전시관을 빠져 나왔다. 시간을 보니 열두시가 가까워졌다. (1991.8)

악록서원嶽麓書院의 주자朱子

　버스는 어느새 호남대학 캠퍼스 안으로 들어섰다. 길을 가로막듯이 높다란 모택동의 동상이 우뚝 서 있었다. 동상을 지나 뒤쪽 산자락 끝에 〈악록서원〉이 자리 잡았다.

이 서원은 중국의 고대 4대 서원 가운데 하나이다. 송나라 태조 (976) 때에 창건되었으니, 1천 년이 넘었다. 필자가 이 서원에 대하여 관심을 갖기 시작한 것은, 주자(朱子)가 남긴 시가 1.200여수가 넘는데도 불구하고, 그 동안 단편적인 글들은 여기저기서 읽어볼 수 있었어도, 종합적인 연구가 되어 진 것은 찾아 볼 수 없었다. 그리하여 연구를 시작한 지 10년 만에《주희와 퇴계시 비교연구(朱熹與李退溪詩比較硏究)》(북경대학출판사)라는 책을 내게 되었다.

나는 이 책 두 권을 챙겨 들고, 〈악록서원〉이라고 쓴 대문 안으로 들어섰다. 주한민(朱漢民) 선생이 반갑게 맞이하였다. 점심때인지라 쉬어야 할 시간에도 자신의 방으로 안내하였다. 필자의 책을 건네주었더니, 대뜸 주자에 관한 국제학술회의를 준비하고 있는데, 초청하면 올 수 있겠느냐고 물었다. 그리고 자신의 저서인 〈호상학파와 악록서원(湖湘學派與嶽麓書院)〉이란 책을 주었다. 그리고 방을 나와 악록서원을 돌아보며 하나하나 설명하였다. 먼저 악록서원의 창건 과정부터 설명하였다.

서원이 창건되기 전인 당나라 때에, 두 중이 이곳에 와 한 사설교육 기관을 설립하였다. 호남의 자제들을 불러 모아 교육을 시작하였다. 호남은 남쪽에 치우쳐 있고, 문화가 비교적 낙후해 있었다. 더구나 이민족의 문화적인 폐회가 심각하였다. 이에 유가의 도를 가르침으로 백성을 교화시키고자 하였다. 그들은 중이었음에도 유가의 도를 가르치려고 했던 것을 보면, 당시 유불의 융화 과정을 쉬이 짐작할 수 있는 대목이기도 하였다. 어쨌든 그 이후로부터 이곳은 교육 문화 활동의 중심지가 되었다. 하지만 악록서원이 크게 이름을 떨치기 시작한 것은 송나라 때부터였다. 특히 남송 때에 저명한 이학가인 장식(張栻)이 서원을 맡고 있었는데, 주자는 두 차례나 이곳에 와서 강학을 하였다. 이때에 도처에서 학생들이 모여들어 1천여 명이 넘었다고 하였다. 말을 매어 놓을 곳이 없을 정도였다니, 상황을 짐작하고도 남는다.

주자는 이곳에서 강학을 하는 동안에 장식과 함께 매일 아침 뒷산에 올라 일출을 관망하였다. 그리고 혁희봉(爀曦峰)'이라고 명명하였다. 뒤 명나라 때에 주자를 기념하기 위하여 정자를 세워 '혁희대'라고 하였다.

주자는 그 무렵 사상적으로 방황을 거듭하고 있었다. 주자는 일찍이 불, 노에 심취되어 있었으나, 이연평(李延平) 선생을 만난 뒤로부터 차츰 불교의 '공(空)'의 허무함을 깨닫기 시작하여, 유학으로 전환하게 된 것은 잘 알려진 사실이다. 그만큼 이연평 선생의 가르침은 학문적으로나 사상적으로 지대한 영향을 끼쳤다. 주자는 이연평 선생으로부터 중용(中庸)을 배웠다. 사람의 심성에 대한 토론을 하였다. 선험과 경험의 심리적인 통일성을 말해 온 이들과는 달리, 양자를 구별하여 이 문제를 설명해온, 호상학파의 영수인 오봉(五峯)의 제자 장식(호는 南軒)을 찾아가 토론해보기로 마음먹고, 복건성 숭안(崇安)으로부터 악록서원을 찾아왔다. 주자의 나이 37세 때였다. 두 사람의 토론은 주로 서원에서 진행되었다.

두 달 동안을 주로 이 문제를 놓고 밤낮으로 토론을 벌였으나, 끝내 의견의 일치를 보지 못하였다. 이에 주자가 복건으로 돌아가려고 하자, 장식은 그를 초청 남악을 등반하였다. 눈이 휘몰아치는 겨울이었으나, 두 사람의 유흥은 끊이지 않았다. 당시 시를 짓지 않겠다던 주자였으나, 시정이 발동하여 며칠 동안에 화답한 시가 무려 149수였다.

뒤에 장식은 이것을 〈남악창수집(南嶽唱酬集)〉이라 이름 하여 시집을 엮어 내었다.

후일 주자는 장식을 생각하며 다음과 같이 시를 읊조렸다.

집 뒤에는 그늘이 짙고,
집 앞에는 호수가 깊구려.
그대 생각으로 이 마음 가눌 길 없어,
천리 먼 곳 꿈에서 찾아.

비록 학문적인 견해는 달리 한다고 하더라도, 학문적인 인연으로 맺어진 정의를 금할 수 없었다. 집 앞 호수의 물이 깊지만 파도가 일지 않는다. 그저 맑고 잔잔하기 그지없다. 이렇게 시는 고즈넉한 아름다움이 잘 표현되고 있으나, 사실은 그리움의 애수가 시릴 만큼 바닥에 깔려 있다. 주자의 위의 시에 대하여 장식은 다음과 같이 화답한다.

깊이 '벌목편'을 읊조리네,
날은 저물어 새는 둥지로 날아들고.
오랫동안 서서 그대 기다리나,
문 앞에 시냇물이 깊이 흘러갈 뿐이네.

'벌목편(代木篇)'은 〈시경〉의 편명으로, 옛 친구를 그리워하여 부르는 노래이다. 장식은 이 '벌목편'을 깊이 읊조리며, 날이 저물어 둥지로 돌아가는 새처럼, 그가 찾아오지 않나 하고 노을 지는 들녘을 멀리 바라보고 서 있다. 그러나 문 앞에 강물만 말없이 흘러갈 뿐이었다.

그들의 만남이 긴 시간은 아니었음에도, 교우의 정은 죽마고우 못지않게 깊은 것이었음이 시에 잘 표현되고 있다.

주한민 선생은 다음 반학재(半學齋)로 안내하였다. 반학재는 역대 산장(山丈)들이 거주하던 곳이었다. 그런데 중국 현대사에 있어서 매우 큰 의의가 있는 곳이었다. 모택동이 그의 스승인 양창제의 주선으로 이곳에 우거하며, 〈상강평론〉, 〈신호남〉 등의 잡지를 발행하며, 혁명 활동을 해온 곳이기 때문이다. 알다시피 모택동은 누구보다도 문예를 잘 이해하고 있었기에, 반대로 문예를 혁명 방법으로 이용하였다.

악록서원을 한 바퀴 돌아 나오는 동안, 주한민 선생은 나의 많은 의문과 질문에 대하여 성의를 다하여 설명해 주었다. 미안도하고 고맙기도 하였다. 곧 다시 만나기로 약속하고 서원을 돌아 나왔다.

유유히 흘러가는 상강의 물은 그지없이 푸르렀다. (1991. 8)

퇴계退溪 시의 빛갈

퇴계는 주자를 스승으로 받들었다. 주자는 1130년에 출생하여 1500년에 사망하였고, 퇴계는 1502년에 출생하여 1571년에 사망하였으니 시대적인 차이가 까마득하다. 그러나 퇴계는 주자를 스승으로 깍듯이 받들고, 그의 학문을 이어받아 나름대로의 '이기론(理氣論)'의 체계를 확립하였다. 한편 주자와 퇴계는 무려 1, 2천 수이상의 시를 남겼으며, 시의가 서로 닮아 한 시대 인물들의 시처럼 느껴지기도 한다.

소동파가 왕유(王維)의 시를 평하면서 "유마힐(維摩詰, 왕유의 호) 시 가운데에는 그림이 있고, 유마힐의 그럼에는 시가 있다"라고 하였듯이 퇴계의 시에서 짙은 화취(畵趣)를 찾아 볼 수 있다. 퇴계는 산물 새 꽃들을 어느 누가 보아도 좋아 하였던 까닭에 자연히 시의 소재로 많이 채택되었다.

풍가음귀영계월馮家飲歸詠溪月

취하여 돌아 올 제 말(馬)가는대로 맡겼노라.
초생 달이 물에 비쳐 밝기도 하구나.
달이 잠긴 시냇물을 거듭하여 건너자니
시내달이 서로 따라 굽이굽이 맑노 매라.

풍씨네에서 술을 마시고 취해 달 따라 귀가하는 정경을 노래하였다. 술에 만취하여 말을 조정할 수 없기 때문에 그저 말 가는대로 가고 있을 뿐이다. 초생 달이 시냇물을 비추고 술에 취한 한 서생이 말을 타고 건네는 광경을 눈앞에 보는 듯한 생동적인 한 폭의 그림이다.

추일남루만재秋日南樓晩齋

소소한 빗소리는 늦어서 개이고,
그 곁에 작은 시내 잔잔히 흐르네.
호수에 이는 구름 파르라니 깔려있고,
햇빛은 머흐려도 오히려 화안하이
작은 누각의 지체가 높구나.
높이 앉아 있으니 자리가 상쾌하네.
시정을 읊으려니 생각이 맑아지고,
병든 몸 눈을 뜨니 먼 들판이 아득하여라.

라고 읊조리고 있다.

작은 누각에 홀로 앉아 소슬한 가을의 경치를 노래하고 있다. 누각의 문을 열고 멀리 들판을 바라보는 병든 이의 묘사는 고적하고 정겨운 한 폭의 그림이다.

조추야좌早秋夜坐

이제야 초생달이 바다에 돋아 올라,
희디흰 그 빛이 담 모퉁이에 비치네.
귀뚜리 우는 소리 새벽에 들려오고,
풀 이슬 함빡 젖어 목욕함과 같구나.

라고 하였다. 본디 깊이 스민 병을 기꺼이 져버리고는 비교적 담담하게 초가을의 밤을 노래하고 있다.

시인은 언제나 색채에 대하여 강렬한 자아의식을 갖게 되며, 시에 반영되게 마련이다. 또 생활의 체험을 통한 정신적 색깔이 곧잘 시로 표현되고 있다. 위의 시에서 직접적인 색체 용어를 사용하고 있지는 않으나 그저 하얗게 느껴진다. 바다에 떠오르는 달빛으로 온 누리는 하얗게 덮여 가고, 우는 풀벌레 소리마저 하얗게 물들어 가고 있는 가을의 야경을 한 폭의 그림으로 엮었다. 흰색은 우수를 의미하고 있으며, 당시의 시인의 심경을 한 폭의 그림으로 표현해 내고 있다.

「입추일계 당서사(立秋日溪堂書事)」
묵은 안개 처음 걷고 새벽해가 밝아 올 제,
차가운 시내 깊은 골이 모두 푸를 뿐이어라.
병 깊은 이 몸이사 따사롭게 다스리고,
궁곤한 채 밭 동산은 반일랑 버렸노라.

라고 노래하였다. 새벽해가 밝아 온다고 하는 것은 희망적으로 생각할 수 있으나, 오히려 모두가 희다 못해 푸르게 보이고 있다. 푸른색의 이미지는 차갑고 슬픈 것으로, 햇빛을 받아 시리고 하얗게 흘러가는 산 개울에 대한 느낌도 차갑고 슬픈 것이었다. 지극히 슬프고 절망적인 정감을 참으로 아름다운 한 폭의 그림으로 형상화하고 있다 "백발에 병들어 누워있자니 서울에 눈이 내리고"라 하고 있고 늦가을 "푸른 소에 차가운 물결 어리고, 단풍진 가을 숲에 바람 불어 잎이 분분히 지는구나."하고 노래하고 있는 것은 더욱 우수와 절망의 감정이 깊어 감을 보여주고 있다. 끝의 시는 66세에 지은 것으로 몇 번이나 사직소를 올렸으나 허락을 받지 못하였다. 반면 병은 깊어만 갔다. 첫째구의 푸르고 하얀 슬픈 정감이, 둘째구의 붉은 낙엽에 실려 분분히 떨어져 내리는 것의 묘사는 오히려 극적으로 승화되고 있어서 독자로 하여금 충격적으로 공명을 갖게 하고 있다. 배경은 주로 가을과 겨울로써 시인의 본래의 애수 우환의 정감을 계절의 이미지를 이끌어 내어 묘사하고 있어서 더욱더 화취를 갖도록 하고 있다.

퇴계의 시를 읽어 보면 술을 즐겨 마시고 취했음을 알 수 있다. 혼자 마실 때나 친구들과 어울려 마실 때나 말술, 병술, 잔술 등을 가리지 않았다. 도학자로서 주법(酒法)은 파격적이라고 할 수 있다.

술에 대하여 "취하도록 마시지 않고, 거나하게 취하면 그만두었다"라고 술회하고 있으나 친구들과 사냥을 나가 질탕하게 놀다가 취하여 말에서 떨어진 일이 있었고, 과거에 합격하던 해에는 날마다 술 마시기에 겨를이 없을 정도하였다. 그러나 뉘우치지 아니하였고, 술을 끊을 생각도 없었다. 술을 끊겠다는 제자(月川)에게 "옛 성현을 따른다면, 어찌 아니 마시기 위해서 주례(酒禮)를 폐하겠는가?"하고 오히려 계주(戒酒)를 당부하고 있다.

퇴계는 "술 가운데에 현묘한 이치가 있으나, 사람마다 깨닫지 못하리라"라고 하기도 하였다. 퇴계의 병의 증세로 보아서는 마시지 않아야 옳을 진데, 그 현묘한 이치와 기쁨을 얻기 위해서 술을 멀리 하려고 하지 않았다.

> 술을 거룩하다하리 병중에 추억 있네.
> 아무리 가난해도 돈을 형으로 섬길 리야.

라고 술을 성스러움의 경지에 까지 올려놓았다. 그리고 취중이라야 진심을 볼 수 있다고 하였다. "술 취한 가운데에 천진함이 나타난다."고 거듭 강조하고 술을 깬 자는 속됨을 면할 수 없으리라고 까지 하였다.

> 늦게 핌도 하늘 뜻, 복숭아, 살구꽃에 비기리.
> 시인인들 어찌 오묘함을 다 말할 수 있으랴.
> 이렇게도 아름답다니 철석간장인들 어이할고
> 아무리 병든 몸이라고 해도 술 병들고 가보련다.

라고 늦게 핀 봄 매화를 노래하고 있다. 퇴계의 시 2천여 수 가운데, 매화를 읊은 시가 100수에 가깝다. 도연명은 국화를, 주무숙(周茂淑)은 연꽃을, 임포(林逋)는 매화를 좋아 하였다. 하지만 퇴계 는 이들 못지않게 절실하고 애절하게 매화를 좋아하였다. 이질과 설사로 죽음에 임박하였을 때에 분매(盆梅)가 옆에 있었다. 퇴계는 그것을 다른 곳으로 옮기라고 하였다. "매형(梅兄)에게 불결하면, 내 마음이 편안하지 못하다"(考終記)는 것이었다. 이렇듯 매화를 높이 형님으로 받들었다.

뜨락을 거닐자니 달이 사람을 따르고,
매화꽃 둘레를 몇 차례나 돌았구료.
밤 깊도록 앉아 일어남을 잊었으니,
옷깃에 향내 머물고 그림자는 몸에 가득,

라고 하였다. 맑고 깨끗한 절개와 지조를 갖추고 있는 매형(梅兄)을 떠나기가 싫어 주위를 맴돌며, 밤늦도록 자리를 떠날 줄 모르는 한량 없는 애정을 갖고 있으니, 아무리 병든 몸일지라도 술병을 들고 달려가지 않을 수 없었던 것이다.

이 몸이 병이 드니 술벗이 전혀 없고
늙었다고는 하나 시정은 다함없네.
서울이라 풍진 속에 푸르른 봄은 저물어 가고
흰 구름 바라보며 지산의 집을 생각하네.

늦은 봄이 되어 독서당의 매화가 피었기 때문에, 소동파의 운을 벌어 3수의 시를 지었다. "꿈을 깨자 매운 향내 나의 품에 가득하네. 달 아래 가지 잡아 술항아리 기울였네"라고 노래하였고, 바로 뒤를 이어서 지은 시에서는 병이 들어 술을 전혀 못하는 것을 한탄하고 있다. 퇴계는 이 시기 비교적 고통스러운 날들을 보내고 있었다. 이에 더욱 고독함을 느꼈으며, 벗들과의 교류도 소원해 질 수 밖에 없었다.
근심·고독이 깊어질수록 한잔 술에 취하여 "온갖 번뇌 풀어주고 단지라움 깨쳤으니, 괴안국의 영화보다 안락 하도다"라고 한 것처럼 벗들과 술잔을 나누며 번뇌에서 깨어나고 싶었다. 그리고 편안하게 쉬고 싶었다.

돌을 품에 안고

차창 밖의 펼쳐지는 산들은 한국과 꼭 같았다. 높지도 크지도 않은 올망졸망한 산들, 꼬불꼬불한 길, 소나무 와 돌들뿐인, 고향에 와 있는 착각을 갖게 할 정도였다. 가끔 보이는 물소들이 한국이 아님을 깨우쳐 주지 않으면, 고향의 한적한 산길을 여행하는 느낌을 갖게 하였다.

차는 어느새 굴원시를 접어들었다. 중국에서 잘 볼 수 없었던 여인숙이 있는가 하면, 노점 상점들이 많아 졌다고 하는 것이, 이전의 여행에서는 볼 수 없는 것이었다. 알다시피 굴원(B.C. 340-277)은 이름은 평(平)이라고 하였으며, 정치적으로 높은 뜻과 외교에 뛰어난 솜씨를 보였다. 당시의 초 회왕은 내외의 국사를 그와 의논하는 등 굴원(屈原)을 매우 신임하였다. 그때의 초나라는 진나라와 첨예한 대립을 하고 있었고, 안으로는 보수파와 개혁파의 투쟁을 계속하고 있었다. 이 틈바구니에서 굴원은 친진파의 모함으로 추방당하여 정처 없이 떠돌아 다녔다.

굴원시를 빠져나와 얼마쯤 달리다 보니 멱라수(汨羅水)가 앞을 가로 질러 흘렀다. 한강보다 강폭은 좁아보였으나, 짙푸른 강물로 보아 매우 깊을 것으로 여겨졌다. 굴원이 몸을 던진 곳이 이 강이라 생각하니 감회가 깊었다. 굴원이 멱라수에 몸을 던진 지 100년 뒤에, 한나라 때의 가의(賈誼)는 장사로 귀양 가는 길에 이 강을 지나며 굴원을 애도하는 글을 지어 강물에 띄워 보냈다.

듣거니 굴원이,
스스로 멱라에 빠져 죽었다고,
여기에 이르러 상강에 붙여,

삼가 선생을 조문하노니.
세상의 망극함을 만나서,
결국 그 몸을 마치게 되었다.
아! 슬프도다.

그리고 그는 하염없이 흘러가는 강물을 바라보았다. 굴원의 〈천문
(天問)〉과 〈초혼(招魂)〉을 읽고 항상 그 뜻을 슬퍼하였다. 사람됨을
깊이깊이 생각하고 잊지 못해 하던 차였다. 하염없이 강물을 바라보
던 가의는 끝내 눈물을 감추지 못하고 통곡하였다.

굴원은 비록 내친 몸으로 떠돌아다니고 있었으나, 군왕들이 깨닫고
세상을 바로 잡아주기를 간절히 바랐다. 재상인 자란(子蘭)은 굴원의
이와 같은 이야기를 듣고 크게 노하였다. 이에 대노한 왕은 굴원을
한수 이북에서 양자강 남쪽으로 귀양을 보내고 말았던 것이다. 당시
이 지역은 사람이 많이 살지도 않았을 뿐더러, 문화적으로도 미개하
였고, 맹수들이 출몰하여 사람이 살기 힘든 곳이었다.

굴원은 강가에 이르러 머리를 풀고, 이리저리 거닐었다. 우두커니
먼 하늘을 바라보기도 하였다. 마음 속의 울분을 달랠 수가 없었다.
울분을 글로 엮어 내었다.

끝없이 긴 산길이,
깊은 숲에 가리어,
가도 가도 길이 보이지 않네.

하고 나라의 장래를 상징적으로 노래하였다. 또한 굴원은 풀섶을 이
리저리 거닐다가 큰 돌을 찾아내었다. 그리고 길게 한숨을 지으며,

〈돌을 품에 안고(懷沙)〉라는 시를 읊었다.

아프고 아프도록 못 견디는 슬픔에,
깊이 탄식하며 한 숨 짓네.
혼탁한 세상이라 날 아는 이도 없고,
세상인심은 말도 할 수 없다네.
나는 이미 죽음을 각오한 몸이니,
부디 이 생명에 애착일랑 없도록,
후세의 군자여 분명히 말하거니,
이내 뜻을 깊이 새겨 모범으로 하고 싶네.

이렇게 절규하며 굴원은 돌을 끓어 앉은 채, 푸르른 강물 속으로 몸을 던졌다.

이 이야기는 입에서 입으로 빠르게 사람들에게 퍼져나갔고, 그들은 '쫑즈(棕子)'라는 떡을 만들어 강물 속에 던졌다. 강 속의 많은 물고기들이 굴원의 시체 대신에 '쫑즈'를 먹으리라는 생각에서였다. 그 후부터 단오절이면, 중국인들은 이 떡을 만들어 먹는 습관이 생겨났으며, 한국, 일본으로까지 전파되었다.

멱라강을 따라 산길을 돌아나가며 우리는 모두 그의 명복을 빌었다. 머리를 길게 풀고 강가를 서성거리던 그의 모습이 그림자처럼 떠올랐다. 불어오는 강바람이 그 그림자를 지웠다. 차는 좀 더 빨리 달리기 시작하였다. 동정호로 가는 길은 이처럼 중국역사의 드라마였다. (1995.3)

저자소개

생가 앞에서

이수웅李秀雄

충북 중원
중국문화대학 중국문학과 졸업
동 대학원에서 석·박사학위 취득
국립안동대학 한문학과 전임강사
건국대학교 중문과 교수, 명예교수
미국 일리노이대학 아시아 태평양 연구소(Center for East Asian and Pacific Studies University of Illinois) 교환교수
한국돈황학회 회장
중국돈황투루판학회 회원
고려대학교 민족문화원 자문위원

저서
「중국어 회화」, 「돈황문학」, 「돈황문학과 예술」, 「중국문학사」(공저), 「중국문화의 이해」(공저), 「중국문학개론」, 「노사(老舍)」, 「곽말약(郭沫若)」, 「주희와 이퇴계 시 비교연구」(북경대학 출판), 「역사를 따라 배우는 중국문화사」 외 다수

역서
「천추실의」, 「서역시선」, 「모택동시선」, 「중국복식사」, 「중국 차 향기 담은 77편의 수필」, 「중국기녀문화사」, 「시경언해」(6책), 「주역언해」(5, 6, 7권), 「명황계감언해」(2책), 「우리말 시경」, 「오륜행실도(열녀)」, 「천주실의」(필사본 주역), 「이승만 한시선」 외 다수

서역기행

초판 1쇄 인쇄 2020년 9월 15일
초판 1쇄 발행 2020년 9월 25일

저   자 | 이수웅
펴 낸 이 | 하운근
펴 낸 곳 | 學古房

주   소 | 경기도 고양시 덕양구 통일로 140 삼송테크노밸리 A동 B224
전   화 | (02)353-9908 편집부(02)356-9903
팩   스 | (02)6959-8234
홈페이지 | http://hakgobang.co.kr
전자우편 | hakgobang@naver.com, hakgobang@chol.com
등록번호 | 제311-1994-000001호

ISBN 979-11-6586-108-7 03810

값 : 17,000원